LE CRABE-TAMBOUR

PIERRE SCHOENDOERFFER

LE CRABE-TAMBOUR

FRANCE LOISIRS
30, rue de l'Université, Paris

Édition du Club France Loisirs - Paris
avec l'autorisation des Éditions Grasset et Fasquelle

ISBN 2-7242-0013-6

A Ludovic
et
à Pierre G..., mon ami

Les oies sauvages abaissaient leur vol et Akka de Kebnekaïse criait : « Venez avec nous! Venez avec nous! Nous partons pour les Fjells. »

Les oies domestiques ne pouvaient s'empêcher de lever la tête pour écouter. Mais elles répondaient, pleines de bon sens : « Nous sommes bien ici, nous sommes bien ici. »

SELMA LAGERLOF,

Le Merveilleux Voyage de Nils Holgersson.

PROLOGUE

LE SOLEIL

Bien entendu, vous pouvez être trop sot pour risquer de vous dévoyer, trop borné pour soupçonner même que vous êtes assailli par les puissances des ténèbres.

J. CONRAD,

Le Cœur des ténèbres.

Des nuages en fuite sans but et le soleil, un soleil livide, sans rayon et sans chaleur, très bas au-dessus de l'horizon, droit devant nous.

Dimanche 18 décembre 11 h 30.

Un grain arrivant par notre hanche tribord nous aveugle en un bref et cinglant déluge. Les veilleurs aux manteaux de mer vernis de pluie se tassent contre le pavois de l'aileron, à demi suffoqués. Ils montent et plongent avec le roulis, suspendus dans le flagellement qui noie le ciel et la mer.

Quand la punition cesse, aussi brutalement qu'elle a commencé, ils tournent à nouveau leurs faces rouges vers le soleil.

Cap au sud, le bateau creuse son chemin à dix nœuds en roulant bord sur bord. Le radar de route indique la côte invisible d'une des Lofoten à quelque quinze milles dans l'est et beaucoup plus près l'écho d'un gros minéralier se dirigeant vers Narvik. Une voix à la radio nasille dans le désert le sermon dominical :

« ... *Malheur aux renégats, aux impudiques, aux enchanteurs et à tous les menteurs, leur part sera dans l'étang ardent de feu et de soufre, ce qui est la seconde mort...* »

La bordure du grain suivant monte à l'ouest, obscurcissant la houle grise striée de longues traînées blanches.

Sur la passerelle, penchés en avant, les coudes sur la main courante de cuivre, le front sur les vitres, les yeux écarquillés, nous regardons droit devant sans cligner des paupières : le soleil!

Un mois et demi, cinquante-sept jours exactement dans la nuit. Nous venons de passer cinquante-sept jours et cinquante-sept nuits dans la nuit...

Le triomphe de la nuit — la dernière nuit qui ne sera suivie d'aucun matin — est notre certitude.

La joie de la vie est empoisonnée depuis la nuit du commencement.

Sans doute!...

A cet instant ce n'est que mensonges. Je voudrais que la voix entonne un Alleluia au lieu de rabâcher ces éternelles vérités sur la misère et la vanité de l'homme, le reniement des meilleurs.

« ... *Pierre, lui-même, ne s'est-il pas écrié sur le chemin de Gethsemani :* “ *Quand bien même tous succomberaient, moi pas!* ” ... »

A cet instant je ne suis que naissance, force, émerveillement. Le bateau sous mes pieds tressaille à la bourrasque. Ce pitoyable soleil pâle et froid comme l'étreinte de la mort, m'est aussi glorieux que la création du monde : « Dieu vit que la lumière était bonne. Ainsi il y eut un soir et il y eut un matin : ce fut le premier jour. »

Les débuts de l'hiver furent rudes cette année dans les hautes latitudes, au nord du cap Nord, dans les parages de l'île de l'Ours et sur la mer de Barents. L'une après l'autre, inlassablement, les dépressions formées de l'autre côté de l'Atlantique, au sud du cap Hatteras, se creusèrent sur les bancs de Terre-Neuve et au large du cap Farewell pour nous frapper plus sauvagement dans notre abominable nuit.

Toujours la même monotonie : le baromètre descend. Le vent de sud-ouest fraîchit. Cramponné à la table des cartes, l'officier de quart note d'une écriture incertaine au journal de bord : « *Mer grosse. Vent S.-O. Force 7 à 8. Température : moins 4 centigrades.* »

Les chalutiers en pêche, scintillants de tous leurs feux comme des arbres de Noël, disparaissent effacés, dissous, submergés par les grains invisibles.

Le baromètre descend. Le vent force. La grêle crépite contre la tôle. Les veilleurs de l'aileron, aveuglés, inutiles, vaincus, gagnent furtivement l'abri de la passerelle; on les entend souffler dans leurs doigts. Là-bas — le radar seul sait où — les chalutiers sont toujours en pêche!

Le baromètre descend. La nuit hurle. La nuit gémit. Nous sommes seuls. Rien ne demeure au monde que les voix des ténèbres, les cliquettements de la barre, les tremblements du bateau, les yeux luisants sous la lumière rouge des lampes de veille et, au-delà des vitres aveugles, le commencement de ce qu'on ne peut voir.

Le vent force. Il passe dans le secteur nord-nord-ouest. Le vent plus cruel. La mer, plus hachée. La nuit, plus froide.

(Le journal de bord : « *Mer : très grosse. Vent N.-N.O. Force 9. Temp. moins 12 centigrades.* »)

Le baromètre descend. La neige remplace la grêle. A la radio les capitaines de pêche amers, annoncent l'un après l'autre leur défaite : « Vire et prends la cape » ou, laconique : « En cape... En cape... »

Le baromètre descend.

(Le journal de bord : « *980 millibars, 970...* »)

Le vent saute franchement au nord, puis au nord-est.

(Le journal de bord : « *75-80 nœuds, avec rafales à 85. Temp. moins 21 cent.* »)

Toujours le même vent mais la nuit a changé : c'est un diamant noir étincelant. Rien ne donne le sentiment d'épouvante devant l'horreur et la splendeur de l'univers comme une tempête sous la minérale clarté du grand Nord.

L'aurore boréale palpite. Le bateau roule, roule et roule encore sous les formidables coups, accablé de glace, renâclant à s'enlever sur les lames. On se sent engourdi d'un insidieux désir de silence, de repos, de néant.

Le baromètre reste stationnaire. La banquise se rapproche. La houle s'écrase, s'aplatit, fume : les premières convulsions d'une énorme agonie.

Les chalutiers remettent en pêche. Engoncés dans la carapace craquante des cirés jaunes, les hommes peinent avec des mouvements de crustacés hors de l'eau sous la lumière des projecteurs et le scintillement des étoiles.

Le baromètre lentement remonte. Le vent faiblit, hésite, meurt. La mer, silencieuse, visqueuse, figée, si froide, semble morte.

Alors, au sud-ouest, la nuit s'obscurcit à nouveau, annonçant la prochaine dépression. Et tout recommence...

La même accablante monotonie! Et la nuit, la nuit, toujours la nuit!

Bien sûr il nous arriva de la voir blêmir, à midi, lorsque nous descendions sur Honningswag ou Hammerfest pour débarquer les blessés et les malades des chalutiers; avec un vent de nordé le ciel prenait une teinte de cendre froide; avec le suroît il y avait comme une flaque de sang derrière la fuite éperdue des nuages noirs et nous savions alors que le soleil était levé, là-bas, loin sur la terre.

Oui, l'hiver fut rude dans le Nord! A la flottille de pêche il y eut un assassinat au couteau à morue — alcoolisme, solitude, désespoir, démence? — et quatre disparitions inexplicables — suicides? mains tendues que personne n'a pu prendre, n'a voulu prendre? Qui sait?

La nuit! Qui parle de nuit?...

Un bateau de guerre moderne est une boîte soudée hermétiquement — sans ouverture, sans hublot — pour résister un peu plus longtemps aux radiations atomiques d'une improbable apocalypse. Seule une poignée de spécialistes ont accès au pont, à la passerelle, au vent et à la mer. Les autres besognent dans un sentiment de parfaite sécurité, mangent et boivent sous l'éclairage sans mystère des lampes électriques, dorment dans l'atmosphère conditionnée et la douce chaleur d'un sein maternel; protégés de toutes les puissances des ténèbres par d'épaisses tôles d'acier — une couchette, des habitudes, des bruits accoutumés, un travail sans surprise, un ordre immuable — les jours s'écoulent lents et calmes émoussant la curiosité, l'inquiétude.

A chaque départ quelques hommes cependant flânent sur la passerelle. Cela semble leur suffire, et jugeant que le secret n'en vaut pas la peine, ils tournent le dos à la mer, résignés, et replongent dans le ventre chaud et ronronnant.

L'hélice tourne sans défaillance, les turbines grondent, le temps passe. Demain sera comme aujourd'hui, comme hier. Il n'y aura pas d'âcre odeur de poudre, pas de promesse de gloire, ni espoir, ni peur; tout est en ordre. La mort n'entrera pas en tempête, mais elle est quand même là, tapie; une voleuse attendant avec une infinie patience.

Les jours s'écoulent lents et calmes, un à un disparus dans l'oubli. Le bateau roule, tangue; la lassitude ternit la fraîcheur des regards; les couleurs pâlissent. De petites joies, de petits malheurs, un vague ennui sans objet précis. Le matin le clairon sonne; il faut se lever encore une fois et recommencer.

Sous la fuite anxieuse des grands nuages, le bateau poursuit sa route : que nous importe!

Nous accomplissons la tâche qui nous a été assignée, puis nous jouons aux cartes, nous lisons des romans policiers, à la radio nous écoutons des chansons; parfois devant une bouteille nous argumentons indéfiniment sur nos droits, nos chances d'avancement, nos avantages acquis, nos retraites...

Qui parle de nuit? Il n'y a pas de nuit.

La voix à la radio :

« ... *En vérité, Pierre, je te le dis, le coq ne chantera pas aujourd'hui que tu ne m'aies renié trois fois...* »

Le front contre la vitre le commandant contemple le soleil et la fuite des nuages. Il n'a pas bougé. J'observe son visage desséché par des années de servitude; depuis longtemps j'essaye de le déchiffrer à d'imperceptibles nuances.

Tout commandant — maître après Dieu — imprime sa marque à son navire. Gris, froid, brisé de vieilles blessures, enfermé dans un silence de trappiste, notre commandant — même derrière la porte d'acier de sa cabine — nous impose une énigmatique autorité que nul jamais ne lui marchande. Je sais que son orgueilleuse solitude, sa rigueur ne vont pas sans une certaine dose de mépris, d'amertume et de désespoir, mais l'équipage ne veut y voir qu'un refus hautain de l'enlisement et de la déchéance. Je crois que le souhait obscur des hommes est moins d'être libre que d'être inspiré.

« ... *Tous les disciples l'abandonnèrent et s'enfuirent...* »

Le grain d'ouest a envahi la moitié du ciel. Des lambeaux de nuages bas voilent le soleil. La mer est verte. Le commandant détache soudain son front de la vitre et va vers la radio.

« ... *seul Pierre le suivait de loin...* »

De la main gauche — la droite n'est qu'un gant de cuir noir sur une prothèse de plastique et de fer —, il coupe le sermon et branche le circuit intérieur.

« Le commandant à tout l'équipage : pour la première fois nous voyons le soleil! ... nous sommes sortis de la nuit. »

Il relève la tête; d'ordinaire le regard de ses yeux usés me rend mal à l'aise, mais à cet instant ce regard me fuit. Je vois le commandant brusquement rougir, comme s'il venait de me révéler une faiblesse cachée de sa nature. Gêné, je me détourne.

Il rebranche la radio :

« ... *Pierre se chauffait près du feu au milieu de la cour...* »

Il s'éloigne, raide, tournant le dos au soleil, me laissant aussi incrédule que si j'avais vu une statue de calvaire verser une larme de sang.

Et le miracle a lieu! Comme des crabes sortant de leurs trous, silencieux, maladroits, titubant tous ensemble aux coups de roulis, les hommes du ventre, ceux pour lesquels il n'y a jamais ni nuit ni jour, les hommes raisonnables, rassasiés, sans soif, sans faim et sans inquiétude émergent des profondeurs par tous les sas et se répandent sur le pont, à l'abri du canon avant, derrière le roof, sous la passerelle. Le vent emplit leurs yeux de larmes. Ils se cognent en aveugles. Ils regardent le soleil moribond, ils en devinent la chaleur et ils tremblent de froid. Sur la plage arrière plus accessible, là aussi à l'abri du canon, ils sont une vingtaine, agglutinés, à se tordre le cou pour mieux voir et la gloire inonde leurs visages blafards.

Le vent et les embruns chassent rapidement le plus grand nombre mais les autres se cramponnent comme si tout à coup les solides tôles de la coque ne leur semblaient plus un abri mais une prison.

« ... *toi aussi tu es de ces gens-là. Mais Pierre dit : Non, je n'en suis pas. Et il se mit à faire des imprécations et à jurer...* »

L'haleine froide du grain nous atteint avant que la pluie ne frappe les vitres et ruisselle en cataracte, rejaillissant sur le dos des veilleurs. En bas, sur le pont, les crabes surpris regagnent péniblement leurs trous. Il en reste un dernier qui regarde encore avidement vers le sud. Puis il abandonne à son tour.

Le grain passe, laissant le bateau net et lisse sous le soleil.

« ... *Le coq chanta. Et Pierre se souvint de la parole que le Seigneur avait dite. Et Pierre étant sorti dehors, pleura amèrement.* »

Ce soir-là, l'officier mécanicien, le chef comme on l'appelle, m'entraîna dans une de ces parties de dames où chaque pion est un verre de whisky et je ne revis le soleil qu'à Amsterdam, notre première escale.

PREMIÈRE PARTIE

LA NUIT

Ships that pass in the night and speak each other in passing,
Only a signal show and a distant voice in the darkness.

The Theologian's Tale.

« Navires qui se croisent dans la nuit et s'appellent,
Rien qu'un signal et une voix lointaine dans les ténèbres. »

CHAPITRE I

L'ÉPOUVANTAIL

J'ai voulu reprendre la mer! Il y a plus de vingt ans que je n'ai navigué.

Il y a vingt ans j'ai tourné pour toujours le dos à l'Europe. « Adieu vieille Europe, chantait la Légion étrangère, Que le Diable t'emporte... »

J'avais choisi mon pays : « *Quelque part à l'est de Suez...* » Forêts impassibles, grands fleuves couleur de glaise, hautes montagnes bleues dans le tremblement de la chaleur, odeurs de boue et d'épices mêlées, pluie tiède de mousson, éclat d'un ciel blanc qui décolore la terre et oppresse les hommes.

J'avais choisi mon peuple : jaune, brun, cuivré, aux cheveux noirs, aux yeux noirs. J'ai voulu être l'un des leurs...

J'avais choisi ma vie. Vingt années! Presque un quart de siècle de labeur, de fidélité, de soumission, de révolte; presque un quart de siècle d'amour... et de peur, d'efforts pour essayer de... Quelle importance! Je fais vraiment trop grand cas de moi-même.

Il y a six mois je débarquais un matin, seul, sans bagage, battu, grelottant dans mes vêtements tropicaux. J'étais rentré!

Une porte s'était refermée — ou l'ai-je claquée derrière moi en partant? — j'ai distinctement entendu dans mon dos le ferraillement des chaînes et du cadenas verrouillé. Il fallait maintenant me mettre à errer en quête d'une nouvelle illusion qui me rende la vie tolérable.

Je traînais dans la ville. Je me faisais l'effet d'avancer dans un rêve. Le vent d'ouest roulait des pages arrachées aux journaux. Des gens couraient, d'autres, figés, attendaient — un signe? un autobus? Dans des bars livides, d'autres encore buvaient. J'éprouvais un sentiment bizarre : ces gens n'avaient pas l'air vivant. C'étaient des hommes et des femmes ordinaires vaquant à leurs affaires; certains étaient tristes, certains étaient heureux de se serrer l'un contre l'autre; il y avait aussi ceux qui ne cherchaient qu'à assouvir leur faim, leur soif, leurs désirs; mais ne me semblaient guère différents les mannequins de carton gris des vitrines violemment éclairées.

Sous les affiches géantes des cinémas — presque toujours des femmes à demi nues — d'autres foules obscures piétinaient, également inertes, muettes.

J'étais rentré. La vieille Europe n'avait pas beaucoup changé. La vie continuait, plus difficile et plus amère. Je me perdais dans le troupeau des hommes, mes frères dans le reniement, dont les visages anonymes s'illuminaient parfois à l'éclat d'impitoyables réclames.

Une nuit je tombai sur un épouvantail surgi de mon passé. Depuis mon retour je n'avais parlé à personne et je n'avais aucune intention de le faire. Il me sauta dessus le regard trouble, le visage bouffi; il insista avec volubilité pour prendre un verre au nom de notre camaraderie d'autrefois, de notre jeunesse. Il s'attendrissait, larmoyant entre deux gorgées de cognac. Il se cramponnait à moi, rabâchant d'imbéciles souvenirs de sa voix éraillée d'alcoolique pour tenter de me retenir; il ne faisait que dépouiller de ses derniers restes de beauté, cette jeunesse qui nous avait été commune.

« Ah! toubib, c'est plus comme en 49 — on était des hommes nous, hein? — on leur en a fait voir — tu t'rappelles — le fleuve, putain! — le p'tit midship au chat noir, çui qui f'sait sonner le clairon — tu sais, le grand blond, le patron de la flottille, tout en os, avec un nom de Boche — le crabe-tambour qu'on l'appelait — qui m'a fait foutre en l'air le pavillon noir à tête de mort que j'avais cloué sur mon sampan. Ah! le con! Tiens, file-moi une pipe — la fille au chinetoque, le marchand de soupe, près du ponton, elle avait un ticket pour lui, putain! — Pierrot remets nous ça... Si, si c'est pas tous les jours... non, te barre pas, reste avec moi. Et la fois qu'y z'ont découpé le vieux fou en rondelles, tu t'rappelles?... »

Je le voyais changer de ton, l'alcool lui redonnait de l'assurance, il promenait autour de lui des regards protecteurs et clignait de l'œil d'un air entendu de mon côté : « On était des hommes, putain! » Repu et satisfait, il était pitoyable.

Je restai avec lui, fasciné, épouvanté, comme devant un miroir, certains matins, lorsqu'on découvre sur son propre visage le signe irréfutable d'une faiblesse soupçonnée.

Il avait été mon ami. Il avait été un « homme », c'est vrai! Une fois au moins il avait fait une chose dont j'aurais été fier. Oui, nous avions été heureux de marcher tous les deux côte à côte, sous le soleil et sous la pluie...

Plus tard, le coucou du ridicule chalet suisse accroché au-dessus des bouteilles chanta trois fois. Pierrot, le patron, bâilla et éteignit quelques lampes.

« On ferme! »

Mon bouffon sinistre se leva en chancelant. Il y avait du désespoir dans ses yeux.

« Putain! C'est triste comme la mort ici. »

Dehors, des filles guettaient le client. Il sortit, somnambule, indifférent à leurs sourires. Je payai, le rattrapai et je lui pris le bras.

« Laisse-moi — gronda-t-il — t'en as marre de toutes mes histoires, j'ai bien vu. Et pour dire la vérité j'en ai assez moi aussi. Tout ça c'est fini. »

Il éclata d'un rire stupide, pathétique, inattendu, et m'arrachant son bras d'une secousse, fit quelques pas, revint vers moi et s'arrêta le visage blafard :

« Barre-toi, barre-toi bonhomme! Sauve-toi avant qu'y soit trop tard. Barre-toi vite... Sinon t'es foutu! »

Et il partit en courant, les jambes écartées comme un marin. J'essayai de retrouver son nom — Dubourg? Babourg?... Lebourg? Il disparut.

Ce même matin, je restai longtemps devant le miroir de la salle de bains avant de me raser. Ce que je lus sur mon visage me décida : je demandai ma réintégration dans le Service de santé de la Marine.

Je rentrais. J'étais rentré, définitivement. Le cercle était bouclé.

Je n'ai plus ni innocence ni insouciance. J'ai peur. J'ai entrevu tout à coup les profondeurs inconnues de la veulerie et la médiocrité de la nature humaine, de ma nature. J'ai peur! Je m'étais cru de bronze et de marbre; je ne suis que chair. Ce n'est pas l'homme qui gagne, c'est la vie. — O vous, scribes et pharisiens, qui le savez depuis toujours, pourquoi ne me l'avez-vous pas crié? — Je sais de quoi nous sommes capables, de quels héroïsmes, de quelles souffrances, de quelles abjections nous sommes capables pour la vie, rien que la vie! Je sais la redoutable force de persuasion de la lâcheté, sa molle séduction. J'ai peur!... pas de la mort, de l'abominable route qu'il me reste à parcourir à sa rencontre.

Je file comme un crabe vers son trou.

J'ai distinctement entendu l'appel de détresse de mon ami (Dubourg? Babourg? qu'importe le nom de cette ombre!). J'ai vu sa main se tendre vers moi alors qu'il était déjà happé par le courant et je n'ai rien fait, je n'ai rien pu faire. A moi aussi le sol manquait sous les pieds et l'immonde fleuve qui ne s'arrête jamais m'aspirait. Je me sentais lâcher prise — comme une ancre dérape sur un fond malsain — lentement partir à la dérive.

J'ai peur de moi. Je rentre dans le rang.

Le médecin-colonel, un ancien camarade de promotion, me retint par le bras lors de la visite médicale.

« Ne fais pas l'idiot. Tu ne vas pas rempiler maintenant? »

Je hochai la tête.

« On peut te trouver un poste dans une clinique. La clientèle privée ça marche très bien. »

Je secouai la tête.

« Tu es un vieux fou. Tu vas te retrouver capitaine avec une solde minable. »

Je ne répondis pas, j'achevai de me déshabiller.

Nuit. Pluie. Un ciel rouge — reflet des lumières de la ville — que déchiquettent les mâts et les antennes des bâtiments de guerre. Odeur pourrie du fleuve clapotant le long des coques.

Quelques femmes s'attardent sous des parapluies, pauvrement éclairées par les lampes du quai qui oscillent au vent d'octobre, s'allument et s'éteignent.

Trépidations du bateau. Souffle chaud, un peu écœurant, du mazout brûlé dans les turbines. Cris d'oiseaux de mer. Coups de sirène assourdis d'un remorqueur du port de commerce — qui ressemblent aux barrissements de l'éléphant solitaire de ma forêt perdue.

Ce qu'il me reste à accomplir je l'accomplirai dans le rang, sur ce bateau ou sur un autre.

Les phares d'un taxi. Un matelot en uniforme court au milieu des flaques d'eau vers la coupée. Quelqu'un crie : « Au revoir! Au revoir! » Le taxi repart. Un train passe avec un grondement d'artillerie sur le pont métallique, couvrant la voix sèche du capitaine d'armes et les explications embrouillées du matelot retardataire. La porte du sas grince; un rectangle de lumière brutale, découpé à l'emporte-pièce, illumine l'homme de garde tout givré de pluie. Une voix : « Tout le monde à bord, lieutenant. » Une autre voix : « Bien. » Deux ombres! La porte d'acier claque, fauchant tout. La nuit!

Où sont les nuits blanches et merveilleuses des veilles de bataille?

CHAPITRE II

JE PRENDS!

A 0 h 30 le clairon sonne : « Poste d'appareillage. »

L'éclairage rouge des lampes de veille baigne la passerelle d'une atmosphère sous-marine qu'accentuent des senteurs de nuit et de marécage, des rafales de pluie tourbillonnant par les portes ouvertes sur les ailerons. Le front sur la vitre, le commandant garde le silence. Un jeune enseigne est de quart. Sa tension et sa joie sont presque palpables : le commandant lui a laissé la responsabilité de l'appareillage.

Sur le quai luisant, strié par le balancement des lampes, un va-et-vient de petites lumières s'agitent autour de nos points d'amarrage.

« Peut-on larguer le traversier, Lieutenant?

— Oui. Faites aussi dédoubler les aussières avant et arrière. »

La voix de l'enseigne est nette, presque sèche; j'y sens pourtant vibrer un mélange de confiance et d'inquiétude. Ce jeune garçon va vivre pendant quelques heures une grande aventure.

La manœuvre à effectuer n'est pas simple. Le vent d'ouest assez fort plaque le bateau contre le quai, mais le reflux de la marée devrait aider à le décoller. Il faudra ensuite virer de bord dans un chenal étroit, encombré de coffres, de balises et de pontons; l'obscurité, le vent de travers et le courant n'arrangeront rien.

« Avant zéro. La barre 15 à droite. Larguez devant.

— Avant zéro transmis.

— Bien.

— La barre est 15 à droite.

— Bien... Filez à la demande à l'arrière. »

La rage de ce maudit vent de travers semble redoubler. Les défenses en osier grincent, craquent. Le front sur la vitre, immobile, rigide, sanglé dans son manteau de mer, le commandant est muet; comme si la manœuvre ne le concernait pas. Son silence pèse sur le jeune enseigne.

Lentement le bateau commence à s'écarter du quai, grâce au courant, malgré le vent. Je sens le soulagement de l'enseigne. Ses yeux luisent à la lueur de la lampe de veille et il a un beau sourire. Sa voix nette se dépouille encore davantage de toute émotion.

« Avant deux.

— Avant deux transmis.

— Bien. Zéro la barre.

— La barre est à zéro.

— Bien.

— Avant deux exécuté.

— Bien... Larguez derrière. »

Les grosses aussières font gicler l'eau huileuse et sont halées par l'équipe de la plage arrière.

Les ordres laconiques, repris en chœur par des récitants anonymes, se succèdent comme des annonces de poker. Ce qui doit être dit est dit, rien d'autre; mais sous cette sèche efficacité il y a l'exaltation muette, l'inquiétude de ce gamin de vingt-quatre ans qui ne doit pas avoir besoin de se raser plus d'une fois par semaine — je pourrais entendre cogner son cœur — et 1 500 tonnes, 10 000 chevaux-vapeur lancés dans tous les pièges de la nuit.

La proue fait un angle ouvert avec le quai. L'arrière aussi est légèrement décollé (les 15 degrés de barre au début ont produit leur effet).

Le bateau prend de l'erre et s'écarte franchement. Le courant plus fort au milieu du chenal le frappe sur l'avant et accélère le mouvement de giration. Sur le quai un petit homme agite encore un fanal en guise d'adieu et court se mettre à l'abri d'un hangar de l'arsenal.

« Tout à gauche.

— La barre est tout à gauche.

— Bien. »

Droit devant, sur l'autre rive, proche, très proche, les lettres d'une réclame flambent au-dessus d'un entrepôt. La noirceur de goudron du fleuve se raye de traînées rouges, hachées par des rafales de pluie. Le bateau fait tête au vent; il est perpendiculaire au courant et dérive avec lui. Sur l'aileron bâbord un veilleur crie :

« Bouée par le travers, à deux cents mètres.

— Bien. Arrière deux... La barre à...

— Je prends... Arrière quatre. Ne touchez pas à la barre. »

La voix du commandant! Il a à peine bougé, il s'est simplement écarté de la vitre. Il n'a pas crié mais il a parlé avec une telle autorité que l'enseigne a eu un sursaut.

« Arrière deux transmis. Arrière quatre transmis, commandant.

— La barre est tout à gauche. »

Le ton des récitants s'est modifié : il est plus intense.

Les turbines vibrent, on perçoit un long frémissement sous nos pieds.

« Arrière deux exécuté... Arrière quatre exécuté.

— Bien. Bosco!

— Oui, Commandant. »

Le bosco, un vieux second-maître, jaillit de l'obscurité, gnome hilare. Le commandant ne bouge pas, ne détourne même pas la tête. Son immobilité de pierre ajoute encore à son autorité.

« Allez sur l'aileron. Vous me direz quand on culera. Et gardez un œil sur cette bouée.

— Oui, Commandant. »

La bouée tire sur sa chaîne et semble se précipiter sur nous dans les tourbillons de pluie. Le bosco la prend dans le rayon du projecteur Scot; c'est un énorme coffre de croiseur, noir, luisant. Il n'est plus qu'à une cinquantaine de mètres et se rapproche toujours, de biais, comme s'il cherchait la meilleure place pour frapper. A l'arrière, l'hélice bat follement, soulevant des remous.

« On cule, Commandant, on cule », hurle le bosco.

Malgré le vent et le grondement des turbines sa voix doit atteindre les deux rives du fleuve.

« Bien. Inversez la barre. Tout à droite. »

Le servo-moteur cliquette frénétiquement.

« La barre est tout à droite.

— Bien. »

Le coffre s'arrête, oscille dans les remous de l'hélice, commence à reculer; on entend le grincement de sa chaîne. Il s'éloigne vers l'avant et subitement disparaît quand le bosco éteint le projecteur.

« Avant un.

— Avant un transmis. »

Les lettres de la réclame sont maintenant par notre travers tribord. La pluie et le vent s'engouffrent dans la passerelle. Le bateau a achevé son virement de bord. Il est cap sur l'estuaire du fleuve et la mer.

« Zéro la barre.

— La barre est à zéro.

— Bien... A vous le soin. »

Le petit enseigne, je l'avais oublié.

« Merci, Commandant », dit-il dans un murmure et puis il ajoute très vite : « Excusez-moi, Commandant.

— Un officier n'a jamais à dire merci, ni à s'excuser devant un supérieur. Jamais! C'est un de nos privilèges. »

Le commandant, lui aussi, a parlé bas. Son ton était neutre, il a seulement insisté un peu sur « Jamais! ». Il n'a pas changé son attitude favorite, le front contre la vitre.

« Oui, Commandant. »

Droit devant, une petite jetée de bois au musoir à moitié effondré se découpe en ombre chinoise sur les lumières brouillées du port de commerce.

« Cinq à gauche.

— Lieutenant, quand on prend le commandement de la passerelle, on dit : Je prends.

— Oui, Commandant. Je prends! Cinq à gauche. »

Sa voix est franche et nette. Il a trébuché et s'est relevé aussitôt.

Un chien aboie quelque part sur la berge. L'eau glisse et s'écarte de la coque. Un parfum de jungle apporté par le vent se mêle aux odeurs d'huiles chaudes et de peinture; nous longeons des grumes de teck ou d'ogoué amoncelées sur les quais, qui me rappellent la mort de ma forêt. L'enseigne ne regarde que le fleuve, plus noir que les nuages de tempête : ne t'inquiète pas, ta route est encore longue, bientôt tu marcheras à grands pas, plus tard tu hésiteras, tu trébucheras encore et un soir tu tomberas, comme nous tous.

« Comme ça.

— Cap au 210.

— Bien. »

Je me sens presque heureux et ma peur se dissipe. Nous partons, nous tournons le dos aux cris, aux pleurs et aux grincements de dents; nous laissons derrière nous les arguties, les jérémiades et les pauvres excuses; ici, à bord, on demandera que notre oui soit oui, que notre non soit non, rien d'autre. Ainsi il n'y aura point de place pour les séductions du Malin.

Je prends!

Dernières balises, dernières langues de terre basse. Nous passons si près d'une villa que je peux voir à la jumelle, à travers une large fenêtre éclairée, un couple devant un feu de bois. L'homme est tassé dans un fauteuil, il fume et boit un verre. La femme tout en noir est debout, elle parle avec de grands gestes saccadés; malgré la distance et le voile de la pluie, sa véhémence, son désespoir m'émeuvent. Elle marche vers la fenêtre, elle contemple la nuit. Je la vois encore s'agiter mince et droite. Elle prend quelque chose sur le manteau de la cheminée — un vase? un bibelot? — et le jette par terre. Puis je ne la vois plus.

Une rafale de vent et de pluie me saute dessus, nous venons de franchir la passe. Le bateau pique du nez et roule dans une houle noire venue du large; n'y étant pas préparé, je traverse la passerelle de part en part avant de retrouver mon équilibre et d'agripper une porte.

« Restez avec nous, Docteur », murmure le jeune enseigne.

Tout au bout de l'horizon clignote l'œil d'une balise solitaire. Une nausée me tord l'estomac. Je suis malade. Je me penche au-dessus du pavois pour vomir. Un embrun me cravache. J'essaye de retrouver mon souffle puis, furtivement, j'abandonne la passerelle.

CHAPITRE III

LES SOURDS-MUETS

L'*Eole* met le cap à l'ouest.

La Marine aujourd'hui vit à l'ombre d'une gloire acquise aux siècles passés par le succès de ses armes et l'abnégation de ses équipages.

L'*Eole* est le septième bâtiment du nom. Le premier de tous s'illustra en 1672, sous le règne du Roi Soleil, à la bataille de Solebay. Croisant au large, en découverte, il sauva les forces combinées franco-anglaises au mouillage en se rabattant en hâte à l'aube et en annonçant à grands coups de canon l'arrivée de l'escadre hollandaise de l'amiral Ruyter. Les cinq autres *Eole* ont laissé moins de traces dans l'histoire. Il y eut une flûte de ce nom sous le Premier Empire, une jolie corvette ensuite avec une réputation de bonne marcheuse, une canonnière stationnaire du Yang-tseu-kiang qui participa à quelques chaudes affaires, un torpilleur à six cheminées de l'escadre de Méditerranée, et un bâtiment auxiliaire de la flottille de l'Atlantique. Le tout dernier du nom enfin, est un petit aviso polyvalent de 1 500 tonnes construit dans les années 50 : une belle coque fine à la guibre élancée, un robuste bloc passerelle, une grosse cheminée inclinée vers l'arrière, un mât tripode couvert d'antennes compliquées, deux canons de 100 mm automatiques sous tourelles, une poignée d'œrlikons et de lance-grenades. L'amirauté n'a pas jugé opportun de le refondre, d'y installer des rampes de missiles, mais a perfectionné son électronique avant de l'affecter à l'assistance à la Grande Pêche et à d'autres missions plus discrètes.

L'*Eole* met le cap à l'ouest.

Par le travers du phare d'Eckmühl à Penmarc'h, il infléchit sa course vers le nord, embouque le raz de Sein, l'Iroise, le chenal du Four.

Nous sommes dans le mois des tempêtes et le mauvais temps ne nous est pas épargné cette première nuit; deux fois je suis flanqué hors de ma couchette. Incapable de dormir, malade — la seule idée du carré avec ses odeurs de nourriture et de café me soulève le cœur — je remonte sur la passerelle.

Je reste à l'extérieur avec les veilleurs. Un vent mouillé gifle le bateau. Le pinceau tâtonnant du phare de Creac'h balaie les nuages bas. La corne de brume du Conquet beugle monotone. Mes malaises s'atténuent et de nouveau j'éprouve une sorte de bonheur.

Les déhanchements réguliers du roulis, le froid, la fatigue me tiennent suspendu entre une rêverie lucide et un demi-assoupissement. Le sentiment de culpabilité, l'angoisse d'un juste châtiment pour un crime inconnu (vaguement soupçonné?) qui depuis mon retour m'obsédaient se dissipent. Je me sens détaché, indifférent à tout ce qui peut m'arriver. Mon esprit vagabonde autour d'une légende, d'une fable que m'a contée il y a bien longtemps le vénérable Huong, le prophète à l'oreille coupée, dont la vérité profonde me frappe soudain.

Un roi cruel — ou un Seigneur de guerre — *ordonna un jour aux plus déshérités de ses sujets de partir dans la forêt qui ceinturait son royaume, d'y vivre et de lui signaler toute approche d'armées ennemies ou de bêtes dangereuses.*

Les pauvres hères s'enfoncèrent dans la forêt. Ils n'avaient rien compris à l'ordre qui leur avait été donné, ils étaient tous sourds-muets. Ils n'avaient vu que l'épée tendue, le regard cruel de leur seigneur et il valait mieux ne point désobéir. Certains pensaient qu'on voulait seulement se débarrasser d'eux, d'autres croyaient avoir lu quelque chose sur les lèvres souveraines mais aucun de ceux-là n'étaient d'accord sur le sens de ce qu'ils avaient cru comprendre.

Ils s'enfoncèrent dans la sombre forêt. Ils traînèrent, incertains, des mois, des années, sans presque jamais voir le soleil, courbés sur le sol, disputant leur subsistance aux bêtes sauvages. Ils souffrirent, ils gémirent, ils rirent même parfois. Le soir ils se serraient autour de leurs feux en proie à toutes les terreurs de la nuit. Ils interrogeaient les flammes, les étoiles, le vent; ils attendaient un signe, incapables de trouver par eux-mêmes un sens à leur exil dans cette forêt.

Ils crûrent et se multiplièrent. Certains moururent de lassitude, de désespoir, de misère. Parmi ceux qui survécurent un grand nombre oublièrent qu'il y avait eu ordre du roi et pensèrent qu'ils étaient là par hasard, qu'il ne fallait rien attendre, ni espérer; mais ils ne furent pas plus heureux pour cela.

Un matin, cependant, trois dragons pénétrèrent dans la sombre forêt — ou bien étaient-ce les quatre sinistres cavaliers de la mort? — *un matin, à l'aube, trois dragons pénétrèrent dans la forêt; de leurs têtes sortaient du feu, de la fumée et du soufre. Et la horde des sourds-muets, ceux qui croyaient à l'ordre du roi et ceux qui n'y croyaient plus, s'enfuirent épouvantés vers le royaume, préférant affronter la colère de leur cruel tyran que les trois monstres abominables.*

Le roi entendit leurs grognements terrifiés et le bruit de leurs courses éperdues. Il sut qu'un danger approchait. Il fit verrouiller aussitôt les portes de ses remparts.

Je pense qu'à moi aussi, qu'à nous tous, des ordres, des instructions ont été donnés dans une langue incompréhensible. (Est-ce une petite musique venue du fond de la nuit éternelle que les hommes se transmettent sans le savoir avec leurs chromosomes?)

Parfois il semble que certains d'entre nous comprennent quelques mots, devinent des bribes de phrases, comme les sourds-muets croyaient avoir déchiffré le mouvement des lèvres du roi; alors ils révèlent des croyances, des religions, des philosophies nouvelles; ils parlent de Vérité, de Justice, de Liberté, de Fraternité, d'Amour et les mots qu'ils trouvent pour les dire, étrangement convaincants, font vibrer chez tous et chacun la mystérieuse petite musique. D'autres donnent l'impression de recevoir des avertissements, des présages qu'ils ne peuvent énoncer ni décrire, et nous disons qu'ils ont des prémonitions ou simplement qu'ils ont le don de voyance.

N'ai-je pas moi-même ressenti la détresse de cette femme inconnue entrevue un instant à la fenêtre de sa villa?

Je ne saurai jamais si j'ai failli à ma mission ou si

je l'ai remplie (suis-je moi aussi une de ces sentinelles du matin, sourdes et muettes, sacrifiées?) mais la seule pensée qu'il y ait une mission m'apporte un puissant réconfort.

La sonnerie éclatante d'un clairon me ramène sur terre. Je retrouve la nuit un peu moins sombre, le vent mouillé, le phare de Créac'h plus loin derrière nous, le veilleur noir et immobile contre le pavois, le froid. Mes certitudes s'estompent comme il en va toujours de ces idées si claires et si fortes nées de l'insomnie ou de la fièvre, qui, le matin, ne se peuvent ressaisir. Je me réfugie à l'abri des vitres de la passerelle.

« Il y a du café chaud dans la chambre des cartes », me dit l'officier de quart.

Sous mes pieds, dans le ventre brillamment éclairé, les hommes d'équipage se lèvent à contrecœur, nauséeux, lourds de sommeil et s'évertuent à enfiler leurs treillis, cramponnés d'une main au montant des bannettes (pour ceux qui ne se sont pas couchés tout habillés et tout chaussés).

Je viens de passer une nuit blanche, j'ai cru pressentir un sens à la vie, le café est bon, je n'ai plus le mal de mer. Il y a dans le vent du large quelque chose de cette exaltation qui faisait crier les singes de ma forêt juste avant l'aube.

La voix des veilleurs : « Feu blanc fixe, trois quarts bâbord. Feu vert un quart tribord.

— Bien », répond chaque fois l'officier de quart.

Le clairon, qui vient de sonner le réveil devant le micro branché sur le circuit intérieur, salive dans l'embout de son instrument; il en tire parfois quelques sons, comme font tous les musiciens avant d'attaquer un morceau. Il attend les dix minutes réglementaires pour annoncer le petit déjeuner de l'équipage. Je me souviens d'un autre clairon, il y a longtemps. Peut-être ma rencontre avec ce pauvre Babourg a-t-elle ravivé de vieux souvenirs?

CHAPITRE IV

LE CLAIRON

« En 48 j'ai une fois participé à une charge au clairon », dis-je.

Je ricane pour atténuer le romanesque de cette déclaration et je crois entendre un grognement d'approbation ou d'intérêt. Je continue :

« J'étais jeune médecin alors, à la base navale du fleuve. Une nuit un petit poste de la biffe est attaqué — ça arrivait souvent — un de ces ridicules petits postes avec une tour de bambous et de terre sèche, sur la berge en amont, au milieu des joncs et de rien — pas un arbre, pas une barraque — rien — seulement des moustiques! A les écouter à la radio l'empoignade était chaude. Il y avait des blessés — on pouvait même en entendre crier un dans les écouteurs — pas mal de coups de fusil aussi! Willsdorff — un jeune enseigne — vous avez entendu parler de lui?... vingt-deux ans à l'époque. Un fou! il commandait la flottille — on l'appelait le crabe-tambour!... La flottille! un bien grand mot : deux L.C.V.P., des petites barges américaines de débarquement; la Marine les avait renflouées à Omaha Beach tant bien que mal avant de les envoyer ici — plutôt mal, ils ne tenaient que par la peinture —

et deux sampans à moteur, renforcés de sacs de sable. (Des noms prodigieux, dûment immatriculés : le *Magnifique*, le *Glorieux*, le *Tonnant* et la *Dévastation*.)

« Willsdorff connaissait le chef du poste attaqué — un sergent de la Coloniale. “ On ne va pas le laisser tomber ”, dit-il du ton nonchalant qu'il avait souvent, “ on ne boirait plus jamais son pastis dégueulasse! ”

« Il fabriquait lui-même son pastis — le chef de poste — très mauvais, avec un arrière-goût d'alcool de riz. Comme il y avait des blessés je décidai d'y aller moi aussi. On avait l'ordre strict de ne pas sortir la nuit, notez bien — à cause des embuscades — mais... »

« Feux, rouge et blanc, fixes. Cinq quarts, tribord, hurle un veilleur.

— Bien. »

L'officier de quart se penche sur l'écran radar. On commence à y voir beaucoup d'échos.

« Ça doit être celui-là, dit-il en montrant une tache lumineuse, un gros pétrolier. Nous approchons du rail. »

De nouveau le silence, la voix de la mer déchirée par l'étrave et le bourdonnement du vent dans la mâture. Le commandant est là, avec sa main de fer dans son gant de cuir, mais je ne le sais pas, je ne le vois pas : une ombre muette, un peu plus noire que la nuit, contre la vitre.

Comme ce misérable Babourg, trop préoccupé de moi-même, je raconte mon souvenir :

« Le fleuve était lisse comme du verre — Willsdorff assis dans son fauteuil, sur le toit du L.C.V.P., son chat sur les genoux. On ne recevait plus la radio du sergent, notre appareil déconnait — encore du matériel récupéré sur les champs de bataille d'Europe! —

mais on avait quand même entendu les hurlements du blessé — un Français au son de la voix; les Vietnamiens vont mourir dans leur trou en silence, comme des chats.

« Willsdorff avait un chat, tout noir avec une cravate blanche — un petit triangle de poils blancs sous le cou —, Monsieur Dégouzzi! Quand la flottille rentrait le soir, les équipages — des Bretons, des Cambodgiens des Vietnamiens et un Angevin — chantaient sur un air de comptine :

Dégouzzi a une quéquette
Pas plus grosse qu'une allumette
Il s'en sert pour faire pipi
Vive la quéquette à Dégouzzi!

« Sale bête! Sans Dieu ni maître — toujours à dormir le jour, à vadrouiller la nuit — et il vous engueulait! il vous miaulait des insultes quand vous lui marchiez dessus dans l'ombre — vous pensez : tout noir!

« Monsieur Dégouzzi était vautré sur les genoux de Willsdorff, qui lui-même était assis tout droit dans son fauteuil — un fauteuil de mandarin, austère, en bois noir, au dossier de marbre gris veiné de blanc, avec des idéogrammes gravés en rouge et un cachet de collectionneur. Je ne sais pas où il l'avait déniché mais il l'avait fait boulonner sur le toit de tôle de son rafiot — une pièce de musée!... »

De nouveau l'éclatement cuivré du clairon; les dix minutes réglementaires sont écoulées : petit déjeuner de l'équipage. Là en bas, quelques-uns des hommes s'entassent à la *cafeteria* aux tables repliables et aux tabourets métalliques, dans le vacarme des plateaux de fer entrechoqués; riant et jurant à chaque coup de roulis, le gosier bourré de nourritures englouties à grandes lampées de café. Les autres doivent être cramponnés au-dessus de seaux et de lavabos, verdâtres, tremblants, inondés de sueurs.

Je regarde au loin les feux des cargos qui entrent et sortent de la Manche, *le rail* comme disent les marins. Je n'ai plus tellement envie de raconter mon souvenir.

Pourtant il y a des moments où des fragments de vie reviennent à l'esprit avec une clarté hallucinante, comme certains vers de poètes oubliés, comme certaines chansons dont on n'est pas très sûr de retrouver les paroles mais qu'on ne peut s'empêcher de fredonner... Willsdorff dans son fauteuil. La nuit tiède — toutes les étoiles! le croissant de la lune! Le fleuve lisse comme du verre; les berges couvertes de joncs frémissants, menaçants. L'odeur de boue et de fièvre. Il n'y a pas de mots pour exprimer le sentiment de marcher au combat — J'aurais voulu fumer une cigarette mais nous foncions tous feux éteints. C'est aussi fort, aussi puissant, que l'angoisse sexuelle d'un adolescent.

... La nuit tiède, le fleuve comme du verre — Willsdorff dans son fauteuil avec sa sale bête sur les genoux... On se sent vide, sans une idée en tête, ni un mot, ni une seule image. Vide, aussi vide qu'on doit l'être avant de naître. Et tout le temps on est aux aguets...

Nous avons deux cerveaux sous notre boîte crânienne. Les Grecs l'avaient déjà pressenti. Aujourd'hui les biologistes et les neurologues vont beaucoup plus loin; nous sommes tous bel et bien schizophrènes.

Nous avons deux cerveaux; le plus petit (appelé cortex limbique par Broca) est celui d'un mammifère, peut-être même d'un reptile, en proie parfois à toutes les terreurs venues du fond des âges; l'autre plus grand, qui enveloppe le précédent (le néo-cortex) est un cadeau prodigieux de la nature, il est le domaine de la raison, de la pensée et de son expression : le langage. L'ennui est qu'entre nos deux cerveaux il y a peu de liaisons et pas de hiérarchie. Le néo-cortex semble gouverner intelligemment les hommes jusqu'à ce que les émotions viscérales du cortex limbique — la peur, la haine, l'amour aussi — les inondent de passions inarticulées.

Je n'ai plus tellement envie de raconter mon souvenir; moi qui me félicitais justement quelques heures plus tôt d'avoir tourné le dos à toute exhibition d'émotion! Je suis furieux contre moi-même, mais j'ai commencé, il me faut bien continuer — ou me sentir ridicule :

« On entendait au loin la pétarade La radio ne marchait plus — impossible de faire savoir à ce pauvre sergent, là-bas, que nous arrivions à la rescousse — Willsdorff appela son clairon :

" Sonne la charge, comme ça il nous entendra, ça lui donnera du cœur au ventre.

— J'ai pas appris, répond le clairon.

C'est vrai, dans la Marine, on a rarement l'occasion de sonner la charge!

— Joue quelque chose, n'importe quoi, quelque chose de gai. "

« Le clairon Bocheau, un Angevin — très bon musicien — saliva un peu dans son instrument et se lança à corps perdu. Monsieur Dégouzzi sauta en l'air, le poil hérissé, et disparut : il semble que le chat ait horreur d'être ému par un bruit à en perdre la tête. Willsdorff alluma un cigare et des deux mains, joua du tambour sur son ventre. Voilà, nous marchions à tout casser — on ne devait pas aller bien vite malgré tout — avec l'autre L.C.V.P. et les deux sampans bourrés de sacs de sable dans le sillage; l'escadre au complet en ligne de bataille : le *Magnifique*, le *Glorieux*, le *Tonnant*, la *Dévastation*. La nuit — la lune — le fleuve lisse — les berges menaçantes : une embuscade est toujours possible, attention! — et cet animal de Bocheau debout sur le toit sonnant le réveil comme un possédé!

« Quand il reprit son souffle, Willsdorff lui dit :

“ Tu ne pouvais pas trouver autre chose?

— C'est plus entraînant que la soupe ou l'extinction des feux, ” répond Bocheau.

« Willsdorff éclate de rire :

“ Tu as raison, vas-y.

— Je peux vous faire un pot-pourri si vous aimez mieux.

— Oui. Vas-y, vas-y, tu es superbe. ”

« Et c'est vrai, il était superbe, notre clairon dans la nuit tiède — un grand musicien. Il nous donnait des frissons; une sacrée décharge d'adrénaline : accélération du pouls et des battements de cœur, etc. — enfin tous les phénomènes connexes d'une bonne émotion viscérale — Monsieur Dégouzzi inclus (mais lui n'aimait pas).

« Tout y passa : le branle-bas de combat, l'appel des consignés, la double à l'équipage... tout — et toujours le réveil en leitmotiv — le plus beau clairon qu'ait jamais entendu un sergent de la Coloniale. On est arrivés au poste juste à... »

« Feux, rouge et blanc par le travers bâbord.

— Bien.

— Le pétrolier se rapproche.

— Bien.

— Feu fixe bâbord, trois quarts arrière.

— Bien. »

De nouveau l'officier de quart se penche sur l'écran radar et murmure : « Ça y est, on est sur le rail. Il y a au moins une quinzaine de cargos dans un rayon de douze nautiques ».

Il fait un saut sur l'aileron pour voir le pétrolier.

« Cinq à droite. »

L'aube : une lame d'acier entre des nuages bas — si bas qu'on peut presque les toucher de la main — et la plaine sauvage des vagues grises dont l'œil balaye la mouvance jusqu'à l'écœurement. Sur notre arrière le gros pétrolier, énorme, semble aussi immobile qu'une falaise battue par les flots.

« Comme ça.

— 46... 47, cap au 47.

— Bien. »

L'officier de quart fait le point au Decca et reporte la nouvelle route sur la carte éclairée de rouge. C'est alors que je vois le commandant — un frisson prémonitoire m'a averti — ombre indistincte, immobile muette; un visage de crucifié appuyé contre une vitre.

Je suis encore plus furieux contre moi-même. J'ai l'impression que son silence me juge. Qu'a donc ce vieux bonze momifié? Il a choisi de ne rien dire, jamais — seulement : « zéro la barre », ou : « avant deux », ou Dieu sait quoi du même tonneau.

Rien ne rehausse l'autorité mieux que le silence. Et puis... dire quoi? Nous vivons et nous rêvons seuls.

Il n'y a rien à dire, tu entends, mon pauvre Babourg?

Rien, rien à dire! — ou alors il faut être artiste, musicien, peintre, poète. Tu essayais peut-être d'être un poète populiste en scandant tes ineptes souvenirs de « putain! » Mauvais, très mauvais poète, mon pauvre vieux!

Bocheau était un bon musicien, lui pouvait dire quelque chose avec son clairon. L'aube incolore : le chant du clairon! (Nous sommes arrivés juste au petit matin.) Le soleil inondant brusquement le monde de couleur : encore le chant du clairon! Le vieux fleuve, sa teinte de glaise; ses berges vertes, tendres comme le printemps; son odeur de marais : toujours le chant du clairon! Le grand ciel lumineux et tout à coup, au dernier coude, dans l'air frémissant, le petit pavillon tricolore si joyeux sur sa tour croulante : le chant du clairon!...

Notre sergent de la Coloniale était bien vivant : il fallut boire son pastis — à 7 heures du matin! Je m'occupai d'abord d'un supplétif vietnamien assez mal en point et du Français qui continuait à brailler. La double enceinte de bambous acérés du poste était à moitié démantelée. Il y avait aussi des cadavres, le bourdonnement des mouches et l'odeur de la mort.

A dix heures, quand il a commencé à faire chaud, on a tous été barboter dans le fleuve comme des canards et puis on a rebu le pastis. Le soleil assenait sa massue, la stridence des insectes alourdissait encore l'accablante paix...

Voilà, sans doute, ce qu'avait tenté de me rappeler ce pitoyable Babourg : la mystérieuse petite musique du cortex limbique, de notre vieux cerveau de crabe — non, de rat ou de vipère — incapable de s'exprimer autrement que par giclées d'adrénaline, que le génial néo-cortex avec ses milliards de neurones est impuissant à traduire en langage articulé.

Bocheau était un merveilleux musicien. Et un grand chasseur à courre. Dans la vie civile il jouait du cor, de la trompe de chasse exactement. Il gagnait bien sa vie, mais... un désir d'évasion? Lui aussi l'Extrême-Orient l'avait fait rêver! Willsdorff lui dénicha une trompe à Saigon — peut-être l'a-t-il même fait venir de France? — au grand dam de Monsieur Dégouzzi qui n'aimait pas plus la trompe que le clairon.

Le soir, ma journée d'hôpital finie, j'allais souvent sur l'appontement attendre le retour de la flottille. Il y avait là une petite cahute de marchand de soupe — quelques planches et de vieilles toiles de tentes japonaises. J'aimais y flâner, grignoter des *Cá Long Tông* et boire une bière avec mon ami Cao Giao, un confrère vietnamien, au milieu des marins et des coolies accroupis sur leurs tabourets. Un peu de fraîcheur montait du fleuve faussement immobile. Le soleil couchant allongeait des ombres immenses sur la plaine engourdie; il n'y avait pas le flamboiement d'or et de pourpre qu'on peut voir en mer, mais une lente et calme asphyxie; un adieu sans couleur, sans passion, sans regret. La brume montait, grise comme la poussière. Nous interrogions les aboiements des chiens, le vol des grands oiseaux noirs planant haut sans jamais donner un coup d'aile. Alors du fond de quelque nulle part éclatait le son du cor.

Les marins, les coolies écoutaient en silence. La fille du marchand de soupe relevait une des toiles de tente et regardait le fleuve. Elle donnait des leçons de vietnamien à Willsdorff et je crois qu'elle l'aimait.

Le vieux chant des chasseurs d'Europe, mélancolique

et noble, semblait emplir la vacuité de cette plaine, de ce ciel, de cette poussière; résonner contre le rempart même de la nuit.

Des lumières apparaissaient, l'une derrière l'autre; les petites embarcations débouchaient du dernier coude et venaient accoster.

Willsdorff était assis dans son fauteuil de roi, devant lui, debout sur le toit, Bocheau sonnait, sonnait à fendre l'âme.

Parfois le chant était plus triste que d'habitude et je savais alors qu'il y avait des blessés à débarquer qu'on emmènerait à l'hôpital.

Un soir, je n'étais pas sur l'appontement, un soir il y eut un coup de feu, un seul. Une riposte tardive et plus rien, seulement le battement assourdi des moteurs. Quand on m'apporta Bocheau, il était déjà mort.

« Le cap est au 47. On est en plein dans le rail; il y a une quinzaine de cargos dans le secteur. Un gros pétrolier derrière — au moins deux cent mille tonnes. »

Changement de quart!

Le nouvel officier prend les consignes. Il se penche sur la carte, sur l'écran radar, effleure d'un doigté de professionnel des instruments compliqués. Le vent a halé au nord — l'anémomètre affiche 35 nœuds — le baromètre reste stationnaire avec peut-être une légère tendance à la hausse — la mer est toujours grosse. L'*Eole* pique de lourdes embardées dans les creux de houle. Il fait vaguement jour; derrière les nuages on peut voir une lueur qui laisse pressentir le soleil.

« Je prends », dit le nouvel officier de quart.

La lumière de l'aube chasse les fantômes, les chimères et les rêves; il faut se remettre à travailler pour mériter son pain quotidien. C'est l'heure où dans ma forêt les singes cessaient leurs clameurs pathétiques, comme si brusquement leurs angoisses se trouvaient apaisées. Il me faut maintenant réintégrer le ventre tiède et lumineux, remettre de l'ordre dans la confusion de ma cabine, me raser comme chaque jour et rejoindre mon poste : l'infirmerie.

Le commandant est toujours à sa vitre : sentinelle du matin, sourde et muette — sourde c'est trop dire, il a quand même répondu par un geste au bonjour de l'officier de quart. Il reste là, comme s'il attendait patiemment un signe dans la fuite des nuages, une indication dans le choc des lames sur une question restée jusqu'à aujourd'hui sans réponse.

Naturellement il peut faire ce que bon lui semble, sans personne pour le contredire ici-bas : il est le maître après Dieu.

Tu m'as eu, vieux crabe. Ton silence m'a donné une leçon. Bien! (pour employer ton vocabulaire). Il n'y aura plus de trompe de chasse le soir sur le fleuve, plus de Willsdorff dans son fauteuil; je me contenterai de faire des diagnostics...

Ainsi me dis-je, en titubant dans les coursives blanches jusqu'à ma cabine.

J'avais tort.

CHAPITRE V

LA JONQUE

J'avais tort. Ce même jour le vieux crabe me pria à déjeuner. Ce sont les termes mêmes du maître d'hôtel.

« Le commandant vous prie à déjeuner. A douze heures trente. »

Nous y voilà, pensé-je, il se décide à me savonner la tête : « Si vous tenez absolument à raconter votre vie, faites-le au carré devant une bouteille de whisky, *pas* sur ma passerelle! » Je ne suis pas un petit enseigne tout frais sorti du ventre de sa mère, je suis le médecin du bord et je suis presque aussi vieux que lui, alors il prend des gants : je vous prie à déjeuner.

A midi et demi et une seconde je frappe à la porte de son salon.

« Entrez Docteur... Voulez-vous boire quelque chose? »

Il se tient debout, agrippé de sa main gauche au montant de la bibliothèque. Il est rasé de frais — avec quelques petites coupures sur le menton qui saignent encore — strict dans son uniforme bleu — jusqu'au nœud de sa cravate! Je me demande comment il fait avec ce roulis; moi je n'ai pas assez de mes deux mains, ne serait-ce que pour enfiler mon pantalon.

« Avec plaisir, Commandant. »

Autant prendre des forces; je n'ai pas dormi de la nuit et ce qui m'attend ici me tourne sur le cœur. Je n'ai pas chômé non plus à l'infirmerie : un nègre rigolard avec une profonde coupure au front — points de suture — et deux jeunes matelots sérieusement touchés par le mal de mer, au bord de la syncope — pouls qui lâche, œil révulsé; piqûre de solucamphre, etc. Et ils avaient vomi partout, les pauvres bougres!

Le bateau se lance dans une série de balancements renforcés. Le commandant lâche le montant de la bibliothèque et va s'abattre sur le canapé.

« On change de cap. Il roule un peu... sa finesse!... trop chargé dans les hauts. Mais il est bon! »

Je me cramponne à la porte, trop occupé à garder mon équilibre pour répondre, puis je me jette dans un fauteuil en profitant d'un mouvement favorable.

Nous buvons en silence; un whisky bien tassé pour moi, un doigt de sherry pour le commandant. Je suis exaspéré par les mouvements obstinés du bateau. Nous passons à table; toujours en silence.

Il attend que le maître d'hôtel disparaisse, pensé-je.

La table modifie sa pente à chaque instant. Une bouteille d'eau minérale est calée dans le violon antiroulis par un gros livre broché. Je déchiffre le titre : *Ulysse*. Pour rompre ce silence qui n'est entrecoupé que de : je vous en prie... merci, et autres formules de politesse, je dis négligemment :

« Je ne crois pas que Joyce soit très flatté.

— Pardon?

— Votre bouteille, Commandant, c'est Joyce qui la soutient. Il doit se retourner dans sa tombe. »

Le vieux crabe lève sur moi un regard qui semble vouloir me dépouiller de toute personnalité.

« Oh! vous savez, pour un livre, après avoir été lu et relu, servir encore à quelque chose de... positif, ce n'est pas un si méprisable destin.

— Oui, mais c'est de l'eau. Les Irlandais, vous savez!... »

Le commandant appelle son maître d'hôtel :

« Apportez-moi *Lord Jim.* Dans la bibliothèque. Un gros livre blanc. »

Puis il se tourne vers moi avec quelque chose comme un éclat moqueur dans ses yeux gris :

« Il est à peu près de la même épaisseur. Conrad ne buvait pas. Un bon capitaine de navire ne boit pas. Et je pense qu'il aurait aimé voir son Jim, là, dans ce carré, à l'entrée de la Manche... de retour au pays. »

Quand le maître d'hôtel a fait l'échange des livres, il ajoute encore :

« Savez-vous que le cargo polonais *Josef Conrad* a été le seul à être incendié dans le port d'Haiphong lors des derniers bombardements américains, il y a deux ans?... Il a mentionné une ou deux fois Haiphong dans ses romans, mais je ne crois pas qu'il y soit jamais allé. »

Un long silence.

Je parle de mes patients, du nègre hilare — « votre *Nègre du Narcisse* » — histoire d'entretenir la conversation. Le vieux crabe daigne sourire :

« Bongo Ba! O.S. chez Citroën, m'explique-t-il, avant il ramassait les poubelles et balayait les trottoirs. Naturalisé français. Il avait tapé sur la tête d'un de ses congénères qui depuis est devenu ministre dans son pays et il ne peut plus rentrer chez lui — réfugié politique en quelque sorte!... Comme tout bon citoyen français, il doit faire son service militaire. Je ne sais par quel miracle il s'est retrouvé dans la Marine? Il a dû raconter qu'il avait été piroguier sur l'Ogoué! Matelot sans spécialité — complètement illettré — un de nos jeunes appelés, instituteur un peu gauchiste, lui donne des cours du soir.

— En tout cas il jure de façon splendide, dis-je, des jurons que je ne connais pas pour la plupart. »

Le commandant hoche la tête.

« Il a une belle voix, ne trouvez-vous pas? Il est venu me voir avant l'appareillage. " Commandant, je suis content, je veux rempiler... " Je crois qu'il est bien dans sa peau à bord. Il a des camarades — des camarades français pour la première fois — ils vont au bal ensemble. Il est l'un des leurs, l'un des nôtres. Seulement... la Marine n'en veut plus — trop vieux et illettré. »

Ce fut à peu près toute notre conversation jusqu'au dessert.

« Laissez-nous, dit-il alors, je vous sonnerai pour le café. »

Le maître d'hôtel s'éclipse silencieusement. Je me sers un dernier verre de vin; je ne suis ni Conrad, ni capitaine de navire et je sens qu'on passe maintenant aux choses sérieuses.

« Je vous ai entendu, cette nuit, sur la passerelle... »

La phrase reste en suspens. J'allume une cigarette et le regarde droit dans les yeux; je ne vais pas lui simplifier la tâche.

« J'ai bien connu votre ami, reprend-il à ma grande surprise, fin 1955. J'étais commandant du *Cap Saint-Jacques*, un bâtiment de support logistique. C'est nous qui l'avons retrouvé — il était considéré comme disparu, corps et biens. Nous faisions Saigon-Diégo-Suarez par Trincomali — on évacuait du matériel militaire français sur Madagascar. Il était considéré comme perdu, 35 ou 40 jours de retard sur les prévisions. Et il y avait eu ce cyclone dans le golfe du Bengale... Je crois même que la Marine avait annoncé la... la nouvelle à sa famille. Très mauvais cyclone; j'y ai perdu presque toutes mes embarcations; le canon de 40, à l'avant, s'était déverrouillé, il... »

De sa main morte, gantée de cuir, le commandant a un mouvement significatif de balayage.

« ... beaucoup de dégâts. En cape pendant deux jours. 750 millibars, jamais vu ça! Après j'ai décidé d'aller mouiller dans l'archipel des Maldives, pour reposer l'équipage, nous baigner dans le lagon, et jeter un coup d'œil, quand même, bien que la Marine ait décidé d'abandonner les recherches. C'est là qu'on l'a retrouvé. Il avait encore ses deux mâts, notez bien, mais plus de gouvernail; un aviron bricolé pour gouverner. On lui en a refait un avec de grosses ferrures... Il l'a reperdu un peu plus tard. »

Il hausse les épaules avec expression.

« Sa jonque était trop vieille, pourrie... Il est arrivé dans la nuit. Le radar ne l'a pas repéré — le veilleur dormait? — Enfin, le matin au réveil il était là. Le sable, la ligne du ressac, les coraux, trois ou quatre palmiers — vous savez, les Maldives! — et au milieu, se balançant tranquillement, cette... cette chose, blanche de sel, avec des oiseaux de mer qui piaillaient tout autour. Pas une épave, non! la jonque avait encore ses deux mâts. Je suis parti voir avec ma dernière chaloupe en état. J'arrivai sur lui sous le vent : une puanteur! à croire que cette... chose était remplie de cadavres en putréfaction — abominable! Je le hélai. Rien! Une tête de chat noir qui disparut aussitôt par l'écoutille. Et, bien sûr, toujours ces sacrés oiseaux qui me cassaient les oreilles. Je l'accostai : le pont, indescriptible!... Cette odeur! Je plongeai dans l'écoutille — à vomir!... Voulez-vous du café?

— Non merci, Commandant.

— Il était là, allongé sur une natte, torse nu dans un sarong, maigre et bronzé. Et le chat tout noir, assis à côté de lui, qui se léchait les pattes; tout noir, avec une cravate blanche. Ce n'était pas... Comment l'appelez-vous?... Monsieur Dégouzzi, oui! Celui-là avait un autre nom. Ses yeux verts luisaient dans l'obscurité. Il faisait sombre là-dedans : pas d'autre lumière que l'ouverture de l'écoutille... et la petite lampe. " Qu'est-ce que vous voulez? " grogna-t-il en levant l'aiguille.

« J'ai renvoyé la chaloupe. Je suis resté avec lui toute la matinée. Mon bel uniforme blanc a été fichu — l'odeur! et les grandes taches jaunâtres du *nuoc mam* — indélébiles! Le chat se léchait les pattes avec plaisir — deux jarres de bon *núóc mam* de Phu Quoc brisées par le cyclone, du poisson séché partout — il ronronnait et se léchait les pattes. Au bout d'un certain temps on oublie l'odeur, vous savez. Je suis resté avec lui à fumer, la tête sur un sac de riz. J'avais déjà... »

Il lève sa main morte.

« ... C'est lui qui me préparait les pipes. Il a beaucoup parlé de vous, Docteur. Vous étiez son ami... »

CHAPITRE VI

FOU LA TÊTE

Parbleu, je vois bien ce que Willsdorff avait pu raconter au vieux crabe!

Il devait être encore furieux contre moi : je l'avais laissé tomber. En 1948 nous avions décidé tous les deux de rentrer en Europe à la voile. L'idée lui était venue une nuit — une de ces nuits spongieuses de la mousson de sud-ouest. Il faisait bon. La fille du marchand de soupe nous avait concocté un *hú tiêú*, un potage au vermicelle chinois, aux émincés de buffle, aux herbes et au piment, qui vous réchauffe le gosier et l'âme. On buvait de la bière à même la bouteille, en sarong, allongés sur le toit du L.C.V.P. (le *Magnifique*, ou le *Glorieux*, je ne sais plus lequel des deux), aux pieds du fauteuil de mandarin. Monsieur Dégouzzi était en vadrouille. Babourg jurait et tempêtait — mêlant des mots vietnamiens aux français — contre un de ses matelots. (Il buvait déjà trop, l'animal!) Son vacarme troublait la sérénité du fleuve. Willsdorff le fit taire mais on l'entendit encore souffler et grommeler un bon moment. La veille, Willsdorff avait été invité à dîner par le *vénérable* Huong, un métis cambodgien qu'il aimait bien, chef d'une secte religieuse en amont du fleuve. Redoutable flibustier, ce vieux Huong. On racontait qu'il décapitait lui-même ses ennemis au coupe-coupe et qu'il léchait ensuite leur sang sur la lame. Il s'était rallié aux Français un an auparavant, presque nu pour preuve de son innocence et de la misère de ses ouailles, avec une centaine de partisans armés de lances, de coupe-coupe et de rares fusils, presque nus eux aussi. Il s'était tranché l'oreille pour l'offrir à un gros colonel ahuri en gage d'alliance éternelle. Puis il avait demandé des mitrailleuses pour sa bande de soudards. J'ai vu l'oreille au chef-lieu de district, sur le haut d'une étagère, dans un bocal de formol.

Le Vénérable avait invité Willsdorff à dîner dans son fief, cérémonieusement, pour le remercier de l'avoir sauvé : un grand dîner de fête avec les mets les plus rares, cognac, alcool de riz et tout le tremblement. Il n'avait jamais reçu ses mitrailleuses et Willsdorff l'avait dégagé une nuit, de justesse, par une de ses fameuses charges au clairon — les rebelles avaient décampé *mau lên*, en abandonnant des armes et pas mal de monde sur le terrain, sans avoir réussi à massacrer tous les adeptes du vieil illuminé.

Willsdorff m'avait raconté son dîner :

« Je l'aime bien, ce vieux fou à barbiche. Il est rigolo. Il avait fait allumer un grand feu sur la berge. Toute une bande de ses crabes — une garde d'honneur avec des torches — attendait pour m'escorter. J'avais mon uniforme du dimanche, tout blanc; Monsieur Dégouzzi était de bonne humeur, même quand Bocheau sonna de la trompe pour m'annoncer; superbe! Ils voulaient me porter sur une espèce de chaise!... Le vieux Huong en pyjama noir devant sa pagode (une paillote dans les joncs!), entouré d'une quinzaine de disciples silencieux qui fumaient des cigarettes enfoncés jusqu'au cou dans des trous, avait composé un poème pour moi :

Le Crabe-Tambour est venu sous le ciel du Sud; il a lavé son armure dans notre fleuve.
Depuis nos ennemis le fixent d'un regard aveugle, comme s'ils voyaient le soleil...

« Bois, au lieu de te foutre de moi! Quelque chose du genre, je ne suis pas sûr de ma traduction. Il a fallu que j'en ponde un moi aussi... »

Willsdorff déclama en vietnamien et la fille du marchand de soupe éclata de rire. Ils argumentèrent un moment et il m'expliqua :

« J'ai dit *nhã thô* au lieu de *nhã thò*, bordel au lieu d'église, c'est pour ça qu'elle se fiche de moi. Oui, mon poème parlait d'église; il a quand même inventé une religion, le vieux bougre. En tout cas lui n'a pas rigolé. Passe-moi la bière... Il y avait cette quinzaine de crabes muets dans leurs trous, qui m'intriguaient : une vieille sorcière au crâne rasé passait de l'un à l'autre, tirait sur leurs cigarettes et la leur remettait en bouche!... On a commencé à dîner : des chá giõ un buffle des quatre-saisons — un régal! Trop de cognac comme toujours... Ces crabes immobiles qui me regardaient manger, dans leurs trous, à la lueur des torches, et qui se laissaient faucher leurs cigarettes sans rien dire, me faisaient un sale effet — ils n'avaient pas l'air incommodés par les moustiques...

« Monsieur Dégouzzi a été en renifler un, il miaula horriblement et j'ai compris : il n'y avait pas de trous, mon vieux. Ha! ha! ha! Pas de trous! rien que des têtes posées sur le sol. La sorcière ravivait la braise de leurs cigarettes pour faire plus vivant. Ha! ha! ha! ... Huong en pleurait de rire avec toute sa bande de dévots... Le salopard! Je comprenais maintenant le sens de son poème — « *Ses ennemis le fixent d'un regard aveugle* » — Tu parles! Enfin! le repas était succulent. Il y eut de petits cubes de foie marinés dans une sauce piquante auxquels je ne touchai pas, le vieux crabe insistait trop; pas envie de devenir anthropophage!... »

C'est alors, après un long silence, que Willsdorff me parla de son projet.

« Tu vois, Pierre, dit-il, un jour il nous faudra partir. Définitivement. Quitter tout ça... pour toujours! Je voudrais acheter une jonque et rentrer à la voile. Quatre mois de mer. Après ça ira mieux. Tiens, prends la bouteille... Est-ce que tu viendrais avec moi? »

Voilà comment il m'en parla la première fois. Je me souviens de tout : de l'aboiement exaspérant d'un chien dans la nuit — et d'autres aboiements répondaient, lointains, comme autant d'appels, de mises en garde, de plaintes — l'odeur du fleuve et du santal brûlé dans la baraque du marchand de soupe; les éclairs silencieux et les vastes nuages. Nous nous étions partagé les responsabilités : je me chargerais des vivres, Willsdorff de la navigation. Il disait qu'il fallait profiter de la mousson de nord-est pour filer sur Singapour et le détroit de la Sonde « Ça rallonge mais on franchira la ligne. Et puis je veux voir les « Mille Iles », on ne peut pas louper ça. » (J'y suis allé il n'y a pas si longtemps, Willsdorff avait raison : on ne peut pas louper ça). Ensuite Ceylan, poussé par les alizés « la route des goélettes de Macassar et des boutres arabes ». A Colombo on déciderait, en fonction de l'état de la jonque et du temps : le Cap et l'Atlantique Sud, ou la mer Rouge et Suez.

Vers minuit il y eut une bouffée de vent, la pluie commença à tomber — un déluge! Monsieur Dégouzzi rappliqua presque aussitôt en miaulant des blasphèmes parce qu'il était tout mouillé. Sale bête!

Willsdorff avait vingt-deux ans à l'époque. Nous étions tous jeunes, à la recherche de nous-mêmes, éblouis à l'idée d'être enfin des hommes et non plus des enfants. Nous mesurions la vie à l'étalon de nos rêves et la vie nous semblait plus riche, plus brûlante que nos rêves les plus fous, plus merveilleuse que tous les livres. Nous avions le sentiment que le temps qui passe — le terrible Temps qui décolore, use, érode, grignote; qui tue toujours à la fin — ne pouvait rien contre nous.

Nous étions des enfants!

L'Asie!

En 1946, en route pour Saigon et Haiphong le *Pasteur* avait fait escale à Colombo. Les Anglais nous avaient consignés à bord parce qu'ils recherchaient en ville un dangereux Irlandais échappé d'un de leurs transports de troupes. Ils nous avaient raconté que le type en question était fou, qu'il s'était taillé un royaume quelque part au fin fond de Bornéo, qu'il avait fait la guerre aux Japonais et ensuite aux Anglais pour sauver son peuple, qu'il avait été trahi et livré pour trois sacs de sel... A l'aube je me suis retrouvé dans un cachot humide avec trois légionnaires roux, gardés par des Sikhs armés de gourdins. Il fallut des heures au consul de France et au capitaine d'armes pour démontrer que nous n'étions que des soldats français, pas des Irlandais fous. De retour à bord j'ai été mis aux arrêts de rigueur pour être descendu à terre sans autorisation et avoir retardé l'appareillage du bateau — les trois légionnaires roux étaient aux fers, en fond de cale — mais ça m'était égal, j'avais senti l'odeur des nuits de Colombo, des nuits d'Asie, pleines de promesses, de menaces, de démence; j'avais été enivré. Je ne pourrais plus jamais l'oublier.

L'Asie!

Depuis j'ai vu les éléphants de Louang Prabang, les tigres de Banmé Thuot, les champs d'opium de Xieng Kuang, les princes de Johore et les mendiants de Calcutta; Angkor et Borobodur; à Bornéo j'ai remonté la rouge Sembakung et entendu la légende du roi irlandais aux yeux gris *(« Il avait dans le sang une flamme rouge qui lui sortait du sommet de la tête en forme de chevelure »);* j'ai nagé dans la mer de Chine, grise, verte ou violette; des noms sonnent pour moi tout seul : Tao Tsaï, Thulé, Ban-pha-Dinh, Tomani, Long Akah, Hoa Binh, Phu Lang Tuong, Kubaan Bario, Tanjong-Priok... cependant, si je ferme les yeux, c'est encore cette première escapade dans la nuit cinghalaise que je revois; les murs suintant d'humidité de la prison, les Sikhs barbus, et mes rêves de me tailler un royaume moi aussi. Tout était possible!...

Nous étions des enfants!

Willsdorff n'est pas devenu roi, lui non plus, mais il a été le maître d'une bonne portion du fleuve et le protecteur du prophète fou, du poète à l'oreille coupée — inventeur d'une croyance nouvelle — qui lui réservera encore quelques-unes de ses espiègleries avant de finir coupé en petits morceaux par un de ses disciples et jeté dans le courant afin que nul ne retrouve jamais son corps.

En 1950 Willsdorff rentra en France, avec Monsieur Dégouzzi, sans avoir acheté sa jonque. Il passa deux ans sur un escorteur rapide de l'escadre de l'Atlantique puis il se porta volontaire pour un deuxième séjour en Indochine. Je le retrouvai à Haiphong en 1952 avec un autre chat noir au nom ridicule, sous le bras : Mimi.

La guerre avait beaucoup changé. Le temps de l'insouciance, des charges au clairon sur de petits rafiots pourris, le temps des prophètes poètes était révolu. Le corps expéditionnaire français en Extrême-Orient tuait et se faisait tuer dans l'indifférence générale.

Nous avions choisi de croire à des choses simples : une cigarette, un bidon d'eau claire, une bonne paire de « jungle-boots », une boule de riz ou une boîte de ration, un verre d'alcool partagé le soir après la marche; la camaraderie! (Plus jamais dans ma vie je n'ai éprouvé un tel sentiment de fraternité.) Nous avions choisi nos princes : de grands capitaines maigres. Et souvent nous les avons vus mourir; ils levaient des yeux déjà mats, avec une expression de suprême lassitude, faisant un geste comme pour nous dire que cela n'avait pas d'importance, que tout cela n'était que bêtises.

« *Adieu vieille Europe, que le Diable t'emporte!...* »

L'année 1953 nous sépara à nouveau. Willsdorff resta guerroyer dans le Delta et je partis pour le pays Thaï, Laichau et la haute Rivière Noire. C'est là que l'Asie devait me donner son plus grand choc : après la plaine des rizières, chaude et grouillante, je découvris la grande forêt et les peuples des Montagnes... Muong Lay, la vallée de l'Amour, si belle après la pluie du matin... Les Cent Mille Monts, là où naissent les nuages et les légendes...

C'est dans un village meo — je soignais une épidémie de typhus — perché sur une crête à trois mille mètres d'altitude, perdu dans les brumes, que mon opérateur radio m'annonça la nouvelle :

« *Le lieutenant de vaisseau Willsdorff est porté disparu, présumé mort* » — la classique formule administrative. Une sale affaire, de nuit, sur le Daï, un affluent du Fleuve Rouge, qui a fait beaucoup de bruit et beaucoup de morts. Plusieurs bateaux éventrés par des mines et des coups de bazooka. Une embuscade.

J'envoyai un mot au frère de Willsdorff, un adjudant de la Coloniale, chef d'un petit poste isolé du Nord-Laos. Je lui disais... Oh, j'ai dû être très sentimental, conventionnel, je lui disais que son frère était un des princes que nous nous étions choisis... Je ne sais d'ailleurs pas s'il a jamais reçu cette lettre; la situation n'était pas si bonne au Laos et son poste était vraiment dans un coin perdu.

Mimi n'était pas à bord du bateau cette fameuse nuit sur le Daï. Willsdorff resta persuadé que la sale bête avait eu une prémonition. Quand il fut libéré de son camp de prisonniers, fin 1954, après les accords de Genève, il retrouva Mimi tranquillement installé dans les cuisines de la base navale et le surnomma « Mimi le Rat » qui abandonne le navire en perdition (à l'occasion aussi : « Manant, voleur, père de Satan, fils de personne », ou bien tout simplement : « mon vieux »).

Comme beaucoup de prisonniers libérés, Willsdorff ne manifesta aucune intention d'être rapatrié. On pouvait le voir flâner dans le quartier sino-vietnamien de Hanoi, rue du Grand-Bouddha, rue des Balances, rue des Voiles; il s'accroupissait sur les tabourets des marchands de soupe ambulants pour avaler un bol de riz, il rêvait avec Mimi le Rat le soir sur les bords du Grand Lac, le long du Fleuve Rouge. Il parlait peu, et presque jamais de sa captivité. Il était relativement en bonne forme : de l'anémie, du paludisme, un peu d'avitaminose, un début de béri-béri, pas d'amibes — enfin rien de sérieux. Il se débrouilla pour prolonger longtemps son congé de convalescence (je l'aidai un peu). Il faut dire que l'administration, comme la Sécurité militaire, fichaient une paix royale aux anciens prisonniers et leur laissaient la bride sur le cou.

Je le perdis de vue. J'avais mes propres problèmes : décidé à ne plus rentrer en France, il me fallait obtenir ma mise en disponibilité du Service de santé de la Marine. Ce n'est pas chose simple, j'en passe les détails...

Au début de 1955, je retrouvai Willsdorff à Haiphong, commandant un bateau qui évacuait les réfugiés. C'était quelques jours avant que l'armée française n'abandonne définitivement la ville et notre rencontre baigna dans une mélancolie que je peux encore ressentir aujourd'hui.

Haiphong est une ville laide, échouée dans la fange, mais je l'aime. Pendant les fortes pluies de la mousson de nord-est, au moment des grandes marées, tous les égouts dégorgent dans les rues une boue noire et puante, mêlée d'immondices. Les gros cargos remontant le limon liquide du Cua Càm vers le port labourent la vase de leurs quilles. Au nord-ouest les collines du Dong Trieu s'estompent dans la grisaille.

Ce jour-là un crachin noyait la ville depuis l'aube, on respirait de l'eau. Sur les trottoirs, des coolies fermaient des caisses à grands coups de marteau, comme on cloue des cercueils, des femmes accroupies interrogeaient les devins. Le lamentable reflux de réfugiés espérant un dernier bateau coulait, lent, dans un clapotement de pieds nus, sans un murmure, sans un regard en arrière, inondant les quais, les jetées, les warfs, comme une hémorragie silencieuse et brune...

Willsdorff m'entraîna le soir chez des amis à lui — il avait des amis partout — des Nungs dont le fils sous ses ordres avait disparu dans l'affaire du Daï. Le père avait cette gravité, ce regard plein d'interrogations et d'inquiétude des vieillards du Nord. La mère — toute fripée — prit les deux mains de Willsdorff entre les siennes et les serra. Willsdorff, sans un mot, doucement les porta à ses lèvres. Le vieillard nous invita à fumer avec lui, en signe d'adieu : il avait décidé de rester à Haiphong. Allongé sur une natte, la nuque sur une petite brique en bleu de Hué, son visage sortait de la nuit, à la lueur jaune de la lampe comme un masque gothique. La vieille femme accroupie — ses doigts ridés, déformés par le travail roulaient l'aiguille au-dessus de la flamme. Son ombre tremblante sur le mur peint à la chaux. Le grésillement de la pipe de jade. Le ronronnement de Mimi (la sale bête adorait les fumeries). L'odeur douceâtre, agréable de l'opium chassait les remugles d'égouts crevés de la ville. Willsdorff sur la natte, semblable à un gisant. L'humidité, le crachin sur le toit de tuiles, les sirènes lointaines des bateaux. Les propos en vietnamien échangés à voix basse. Mon engourdissement, mes méditations : je partais le lendemain pour le Sud, je savais que je ne reviendrais plus jamais ici, dans cette ville que j'aimais. Plus jamais! deux mots chargés de regret, de remords, comme la vieillesse et l'approche de la mort. Plus jamais, plus jamais! L'opium en accentuait le sens, en émoussait un peu la désespérance.

Cette nuit s'est figée dans ma mémoire.

Je me souviens de Willsdorff racontant :

« Il y avait là-bas un vieux crabe. Ils l'avaient coxé sur la frontière de Chine, au bout du monde. Perron, Romain Perron — lieutenant à l'ancienneté — quarante-cinq ans — de Lanvénégen (Morbihan), surnommé Fou la Tête. Un vieux crabe — bien brave — un peu borné — il ne parlait pas beaucoup mais avec un de ces accents bretons! Il subissait avec docilité notre humiliant cirque habituel : éducation politique, corvée, autocritique... Fou la Tête ne disait rien. Tous les jours, comme une fourmi, il économisait un peu de son riz — c'était de l'héroïsme : avec nos rations quotidiennes, on était à la limite de la survie. Cela dura deux, trois mois, et puis un jour il s'en alla, il disparut. On n'était pas spécialement bien gardés, c'était inutile, le camp était en pleine jungle, beaucoup trop loin d'une zone contrôlée par les Français. Nous avons tous... enfin beaucoup d'entre nous ont essayé de filer, une fois! On s'est tous fait reprendre, très vite. Résultat : une sérieuse raclée et quatre nuits de pilori dans le camp, attaché à un arbre plein de sangsues avec une pancarte infamante autour du cou — « *Ennemi du peuple* » ou quelque chose d'approchant... C'était tout de même préférable à une balle dans la nuque.

« Au bout de cinq jours, on voit réapparaître — comme prévu — notre vieux Fou la Tête, un peu cabossé, entre deux soldats. Lecture moralisante sur sa mauvaise conduite par le chef de camp, quatre nuits de pilori — « *Ennemi du Peuple* » — la routine! Mais à peine détaché, ce vieux crabe entêté recommence à économiser son riz. Deux mois et... pffft! »

Willsdorff resta un instant rêveur, puis il leva vers moi sa main, tous les doigts écartés.

« Cinq fois... Et cinq fois il est ramené *manu militari*, un peu plus cabossé, un peu plus saignant chaque fois. Le chef de camp écœuré l'appelait : *diên cái dâū!* Fou la Tête. Et tous nos gardes riaient de lui, tapaient dessus à coups de crosse ou de bâton... On n'aurait pas été libérés, il aurait recommencé pourtant. »

La vieille femme tapota impérativement le tuyau de la pipe avec l'aiguille de fer pour indiquer que la boulette d'opium était cuite à point et qu'il fallait maintenant la fumer. Willsdorff se tourna vers elle en dérangeant un peu Mimi (« Excuse-moi, vieux Rat »), porta l'embout à sa bouche et aspira une longue bouffée. Son visage, alors bien éclairé de face par la lampe, me frappa par sa gravité. Les yeux fermés, il se laissa retomber en arrière en exhalant la fumée et il eut de nouveau l'air d'un gisant. Je croyais son récit terminé — une banale histoire de captivité somme toute, je ne comprenais pas pourquoi il me l'avait racontée — mais il reprit soudain :

« *Diên Cái Dâū* n'a jamais cherché à s'évader... »

Willsdorff avait gardé les yeux fermés. Il secoua la tête pour confirmer ses paroles et se mit à rire.

« Jamais!... Il avait trouvé une petite clairière discrète, près d'une crête, avec une source, à quelques heures de marche du camp. Il s'installait là et y restait aussi longtemps que son riz — amassé grain par grain, jour après jour — le lui permettait. Puis il descendait tranquillement tout droit jusqu'à ce qu'il rencontre une piste qu'il embouquait. Naturellement il se faisait repérer aussitôt. Et embarquer! Cinq fois!... Cinq raclées, cinq fois le pilori — *ennemi du peuple!*

« " J'en ai marre d'entendre leurs conneries ", lâcha-t-il un jour en guise d'explication. Je lui ai demandé ce qu'il faisait là-haut. " Rien... j'étudie les fourmis " — il y avait une fourmilière dans sa clairière, on en trouvait partout de ces sales bestioles, même sur l'arbre du pilori — " Je les emmerde un peu, je leur fais de petites inondations, je leur fauche leur butin, je mélange deux races différentes pour voir : elles se tuent "... »

Après un silence, Willsdorff conclut de ce ton nonchalant qu'il avait souvent :

« Un homme très remarquable ce Perron, Romain Perron... La dernière fois ils ont dû taper un peu trop fort : il est mort à l'hôpital dès son retour... les reins! Quand il a commencé à manger autre chose que du riz. »

Le bourdonnement d'Haiphong, cette vie qui ne s'arrête jamais, s'est presque apaisé.

Le vieillard d'ivoire semble somnoler. Allongé sur le dos, les yeux fermés, Willsdorff est aussi immobile que s'il était mort. Je pense au vieux soldat tout seul sur sa crête.

Le temps s'écoule...

Willsdorff se redresse et s'accroupit comme un Vietnamien.

« J'ai trouvé notre jonque, dit-il, dans l'île de la Cat Bâ. Un peu vieille peut-être, elle est échouée dans la vase depuis deux ans, mais dans nos prix. Je vais la faire descendre dans le Sud pour la retaper, on aura tout le temps avant le retour de la mousson de nord-est. »

J'attendais ça depuis le début de la nuit, mais j'avais quand même le cœur serré.

« Je ne pars pas avec toi. »

Un silence. Il me semble que Willsdorff n'a pas compris ce qu'il vient d'entendre, ou qu'il ne peut y croire.

« Idiot! grogne-t-il enfin. Elle est en teck. Elle est belle, pas trop lourde. Viens... Quatre mois de mer, après ça ira mieux.

— Non Willsdorff!... Je ne rentre pas. Je reste en Extrême-Orient. Je ne rentrerai jamais en Europe, ça ne m'intéresse plus. »

Il détourne le regard et se laisse retomber sur sa natte. Son visage sort de l'éclairage de la lampe pour entrer dans une zone d'ombre, seuls ses yeux, fixés sur les ténèbres du toit, luisent faiblement.

« Pierre... (depuis le début de notre amitié il m'a toujours appelé Pierre alors que je continuais à l'appeler Willsdorff ou parfois Crabe-Tambour) Pierre, tu rêves. Nous avons été des innocents, des naïfs... et des imposteurs... Des gamins! On a bien rigolé, ça c'est vrai. Mais les vacances sont finies... même ce vieux crabe de Romain Perron était obligé de dégringoler de sa crête. »

Je reste silencieux.

Il ferme les yeux.

« Notre Indochine, dit-il d'une voix très basse, c'est fini, Pierre. Fini!... Je suis plein de honte et d'amertume... Je savais que ça finirait comme ça. Rentre avec moi. »

Je reste silencieux.

« Alors tu me laisses tomber?... Qu'est-ce que tu vas faire?

— Je ne sais pas encore — traîner un peu dans le Sud. Et puis... le Cambodge? La Birmanie? Le Siam? Bornéo?... Je ne sais pas.

— Pourquoi? demande-t-il en me regardant à nouveau.

— Toi aussi tu aimerais bien rester... tu n'es pas sûr d'avoir raison. »

Il se redresse et hésite un peu avant de répondre :

« Oui... c'est vrai, mais... Alors tu laisses tomber! »

L'aube était là, froide, humide, grise. A huit heures je devais prendre à Cat Bi le Dakota qui m'emporterait vers le Sud. J'avais encore ma valise à faire.

« Willsdorff, il faut que je parte.

— Salut... (Il avait de nouveau ce ton nonchalant qu'il aimait prendre quand il était sérieux ou ému.) ... Je naviguerai tout seul. Comme mon ami Fou la Tête... Et on ira voir les *Mille Iles*, n'est-ce pas, vieux Rat? ajouta-t-il à l'intention de Mimi.

— Salut... on se reverra à Saigon. »

Dehors le crachin tombait toujours. Il faisait froid. Les réfugiés agglutinés sous tous les auvents attendaient patiemment; certains dormaient encore, enveloppés dans des sacs de plastique. La boue noire gargouillait dans les égouts et giclait sous les roues des derniers G.M.C. de l'armée.

Haiphong que je ne reverrais plus jamais, plus jamais! Il y avait aussi tous ces stupides coqs, empilés dans leurs paniers de rotin sur la place du marché, qui ne cessaient de chanter et je ne pouvais m'empêcher de penser que je reniais quelque chose.

Je n'ai pas revu Willsdorff à Saigon.

Au retour de la mousson de nord-est, il est parti sur sa jonque, seul. « *Après ça ira mieux!* » Ce qu'il a découvert au cours de ces quatre mois de mer, je ne sais pas. Ce devait être pourtant de quelque importance.

« Complètement fou, ce type-là », me dit beaucoup plus tard un officier d'un stationnaire du Pacifique qui relâchait en rade de Kota Kinabalu à Bornéo. C'était dans les années 60. Je revenais de la haute Sembakung en pays Dayak et l'avais rencontré dans un bistrot chinois; il m'avait invité au carré pour boire un peu de vin, « *du vin de précision* », souligna-t-il. Le vin était bon, le carré frais, les fauteuils confortables. Il y avait longtemps que je n'avais parlé à des compatriotes. J'évoquai quelques vieux camarades.

« Willsdorff? explosa mon hôte, le type au chat noir? En taule! Et il a eu de la chance de ne pas être guillotiné... Complètement fou. Vous êtes au courant de son naufrage?... C'était déjà de la folie de naviguer seul sur un engin pareil : une jonque! Bien beau qu'il ait réussi à traverser l'océan Indien pendant la saison des cyclones!... Des nomades qui rôdaillaient dans le secteur l'ont embarqué — quinze jours attaché à la queue d'un chameau m'a-t-on dit. Il a fallu payer une rançon pour le récupérer... Dire qu'il aurait pu devenir contre-amiral avant cinquante ans! Il avait tout pour lui et la Marine ne craint pas les originaux. Il a fallu qu'il plonge jusqu'au cou dans l'affaire d'Algérie! Il commandait une compagnie de bougnouls... forcément il s'est trouvé embringué dans toutes les sales histoires. J'étais affecté à la base navale de Mers el-Kébir à l'époque du putsch, je l'ai vu arriver un jour, tout seul — un grand escogriffe avec un affreux chat noir — pour convaincre l'amiral de se joindre à leur folie. Il avait laissé sa bête au poste de garde et elle miaulait tout le temps. Une heure plus tard il est venu la reprendre, l'air insolent. Je le vois encore lui grattant la tête en disant : « Le vieux crabe m'a quand même bien fait rigoler. » L'amiral les a laissés filer tous les deux au lieu de les coller aux arrêts. Tout le monde était fou en Algérie dans ce temps-là, mais l'amiral — pas si fou — voulait savoir d'où soufflait le vent avant de choisir son camp... et je le comprends! Votre camarade a fini par se faire pincer plus tard — à cause de son chat d'ailleurs. Résultat : il en a pris pour vingt ans... et il a eu de la chance, le couperet de la guillotine n'est pas tombé loin. Il doit avoir la langue pendante, parce que... je vais vous dire on m'a raconté qu'en Indochine il avait pris l'habitude de... »

Mon hôte se pencha vers moi d'un air mystérieux et porta soudain son poing à sa bouche en aspirant bruyamment, puis il hocha gravement du chef :

« ... il tire sur le bambou, quoi!... Notez bien, il y en a d'autres; encore une tradition dans la Marine. »

L'imbécile! l'opium, c'est moi qui ai décidé Willsdorff d'en embarquer sur la jonque. C'est un excellent remède dans certains cas et je comprends très bien qu'après avoir essuyé un cyclone, bien abrité dans les Maldives, il se soit allongé sur sa natte pour fumer quelques pipes. C'est la meilleure manière de récupérer, meilleure que le tafia; j'en aurais fait autant. Le *núóc-măm* de Phu Quoc, dans les jarres brisées par le cyclone pour le plus grand bonheur de Mimi, qui empestait si fort; le riz, le poisson séché, c'est encore moi. Le *núóc măm* est un concentré de jus de poisson fermenté que fabriquent les Vietnamiens. Il y a des crus, comme pour le vin, celui de Phu Quoc est le meilleur. Ça sent fort, c'est vrai, mais c'est délicieux. On en verse sur tous les mets, même sur la viande. A l'hôpital j'en donnais une cuillerée à soupe tous les matins à mes convalescents. J'en avais fait analyser un échantillon par un laboratoire; il y a dedans tout ce qu'il faut pour l'organisme : des sels, du calcium, du fer, du phosphore, des vitamines, etc. Je pensais qu'avec du riz et du *núóc măm*, un peu d'opium pour se soigner, on pouvait faire le tour du monde — je le pense toujours.

CHAPITRE VII

LA MORT TAPIE

« ... Vous étiez son ami... »

Un coup de roulis particulièrement violent interrompt le commandant. L'*Eole* se couche sur le flanc, il reprend son aplomb avec un tel soubresaut que je manque être projeté hors de mon fauteuil. Les livres se bousculent sur les rayonnages de la bibliothèque. On entend s'abattre une pesante masse liquide sur le bloc passerelle. Le téléphone sonne.

« Excusez-moi », dit le commandant.

J'admire avec quelle habileté, malgré la raideur mécanique de sa démarche, louvoyant au milieu des obstacles, il traverse le salon dont l'inclinaison varie à tout instant pour atteindre l'appareil dans sa cabine. Je l'entends répondre :

« Bien... bien... Dix-huit nœuds, un maximum avec cette mer... prévenez-moi quand vous l'aurez au radar. »

Il revient et m'explique :

« Un yacht en difficulté (il prononce Yak). On est un peu loin... Il a déjà un chalutier anglais près de lui. »

Des tôles vibrent. Le choc des vagues se fait plus rude, le roulis plus sec à mesure que l'*Eole* augmente sa vitesse. Le commandant reprend le récit de sa rencontre avec Willsdorff :

« Il m'a fallu une bouteille entière d'eau de Cologne après la douche... Le soir, à l'heure où s'établissent les brises de terre, l'odeur est arrivée jusqu'à nous. Les oiseaux de mer se sont remis à piailler comme tous les diables. A la jumelle je l'ai vu pomper. C'est ça qui les rendait fous, vous pensez, il rejetait presque autant de *núóc măm* que d'eau. Je lui ai envoyé le charpentier et une équipe pour son gouvernail. Il l'a reperdu plus tard, sur les côtes d'Hadramahut, à l'entrée de la mer Rouge... Je suis retourné le voir dans la nuit — ça sentait toujours, mais c'était supportable. Il m'a prêté un sarong pour ne pas abîmer mon nouvel uniforme... On a fumé et encore beaucoup parlé cette nuit-là... »

Il fait une pause et j'ai l'impression qu'il hésite à continuer.

« Laissons cela. Il a aussi parlé de vous. Il était un peu... exalté : la solitude... la fatigue du cyclone... sa propre méditation. Il disait que vous ne voyez pas... que vous ne voulez pas voir le monde tel qu'il est, que l'Asie que vous... rêviez n'est pas plus réelle que l'Europe que vous fuyiez... Il disait que vous êtes plein d'orgueil... »

Une irritation monte en moi. Le commandant me guette de ses yeux ternes, dénués d'expression, illisibles — de quel droit parle-t-il ainsi de ma vie? C'est vrai, pendant vingt ans je n'ai fait que courir en vain après des nuages. Et alors? C'est ma vie, à moi; elle ne regarde que moi. Et lui-même, qu'avait-il donc fait, ce vieux crabe desséché, que fait-il donc si ce n'est poursuivre des nuages, le nez collé à la vitre de sa passerelle?

Il doit sentir mon irritation car il a un léger mouvement de son bras mort, comme pour me calmer :

« Non, écoutez-moi. Ce qu'il m'a dit de vous m'avait donné envie de vous connaître. Il vous aimait beaucoup... »

Il me fixe de son regard usé et pourtant pénétrant. Il hésite :

« Docteur... je suis malade. J'ai passé à travers la visite médicale mais, vous, je ne pourrai vous tromper longtemps. Je suis... gravement malade. Ceci est mon dernier commandement, je veux l'accomplir jusqu'au bout. Si ce que Willsdorff a dit de vous est vrai, alors je sais que vous... m'aiderez. »

Je reste muet et confondu; bien sûr il est malade, il est en train de mourir! Je ne suis pas apitoyé, certes, je suis fasciné. Il a une voix et un visage de joueur de poker, il vient d'étaler son jeu : il a bluffé tout le temps. Le vieux crabe va mourir, c'est évident, comment ne m'en suis-je pas aperçu plus tôt?

J'ai la désagréable impression que son regard passe à travers moi, comme fixé sur quelque chose de lointain. La Mort est là, dans ce salon confortable, chaud, brillamment éclairé; pas de cris, de flamme de guerre, de trompettes retentissantes; pas de sang rouge qui jaillit, sèche au soleil et craquelle; une présence furtive, comme une eau noire sourd entre les membrures d'une coque, comme une eau sale, silencieusement, envahit une cale, comme une eau froide, inexorablement, monte jusqu'à la gorge.

Il veut que je l'aide à tenir — physiquement — à coups de piqûres et de médicaments. Il veut surtout que je ne fasse pas un rapport sur son cas qui aurait pour résultat son débarquement immédiat et son envoi dans un hôpital. Il veut rester le nez sur la vitre de sa passerelle à regarder fuir les nuages jusqu'au dernier moment.

Je n'ai pas besoin de l'ausculter pour savoir ce qu'il a, mais il faudrait des examens compliqués, impossibles à faire à bord, pour avoir une idée approximative de ce qui lui reste à vivre : six mois, un an? dix-huit mois peut-être?

Je me demande s'il n'a raconté sa rencontre avec Willsdorff que pour gagner du temps, renâclant à sauter l'obstacle, ou s'il a tenté d'établir un lien, une complicité entre nous? Il n'a toujours pas détourné son regard; j'ai la sensation d'être fouillé, soupesé, jaugé. Il doit être inquiet mais il est aussi expressif qu'un morceau de bois.

Je ne prends pas de gants :

« Cancer? »

Il hoche la tête.

« Poumons? »

De nouveau, il hoche la tête.

« Vous savez ce que ça signifie si on n'enraye pas la prolifération des métastases? »

Hochement de tête.

« L'étouffement, j'insiste, très éprouvant à la fin.

— Docteur, je sais tout ça. Je veux commander mon bateau... le plus longtemps possible... »

Toujours cette voix morte de joueur de poker. La phrase reste en suspens. Il ne dit plus rien. Parbleu, il n'y a rien à dire, son silence hautain me transmet un message avec plus de force que tous les plaidoyers.

Qu'aurait-il pu dire? Il n'y a jamais rien à dire. Pour l'essentiel nous parlons et nous chantons seuls. Personne ne nous écoute.

Willsdorff parlait : que sais-je de lui? et pourtant j'étais son ami. Babourg — pauvre Babourg — parlait :

putain!... seul Romain Perron — Fou la Tête — ne parlait pas, si j'en crois Willsdorff, mais peut-être le vieux Breton sermonnait-il ses fourmis, tout seul, là-haut sur sa crête? Ou peut-être s'adressait-il à Dieu directement, le nez en l'air? Qui sait?

Fou la Tête est mort, mort et oublié, les reins brisés. De toute façon, comme le commandant, il n'aurait rien dit.

Le commandant veut entendre un oui ou un non, le reste ne l'intéresse pas. Je biaise :

« Nous n'avons pas à bord les médicaments... »

Il m'interrompt d'un geste de sa main de cuir noir qui fait penser à une pince de crustacé :

« J'ai tout ce qu'il faut. Mon médecin de famille... »

De nouveau la phrase reste en suspens.

J'en ai assez de toute cette histoire, de ce dialogue de sourds-muets. Le vieux crabe peut mourir où il veut et, tant qu'il est capable de tenir debout, qu'il reste donc derrière son carreau si ça lui chante. Je change délibérément de sujet :

« Parlez-moi encore de Willsdorff. »

Je crois discerner un peu de joie dans le regard bleu délavé, je n'en suis pas sûr. Il baisse les yeux pour la première fois.

« Le lendemain, dit-il de sa voix neutre, j'appareillai pour Diégo. La chaloupe est venue me chercher. Le chat a sauté dedans, crachant et miaulant, le poil hérissé. Impossible de le faire partir. Le bosco avait les bras en sang. Moi, je n'avais nulle envie de contrarier un fauve avec des griffes pareilles. Il a fallu que votre ami s'en charge. Il était furieux. Il me dit que déjà une fois la bête avait refusé d'embarquer, et le bateau avait bel et bien sauté en l'air sur le Fleuve Rouge, en 1953.

Cette fois encore le chat avait diablement raison parce que la fin du voyage ne lui a pas porté chance : il est mort. Je crois que les nomades l'ont mangé — ou bien il est mort de soif dans le désert. Il a fallu payer une rançon pour récupérer votre ami... On avait retrouvé sa jonque, sans gouvernail, échouée, entièrement pillée et les traces d'un rezzou sur la plage qui remontaient vers l'intérieur. 3 000 dollars en thalers d'argent à l'effigie de Marie-Thérèse, impératrice d'Autriche — ils n'acceptent pas d'autre monnaie — qu'il fallut acheter à Aden. Un de mes camarades de promotion stationné à Djibouti a été chargé de l'affaire. Ça a duré un temps fou, je ne sais combien de palabres de marchands de tapis dans des coins perdus devant des tasses de café imbuvable... au début ils réclamaient 15 000 dollars ! »

Le vieux crabe me regarde de nouveau de ses prunelles d'une limpidité troublante. Il parle comme il ordonne. Sa voix égrenne les mots un à un et, de même qu'on étouffe un oiseau, elle leur enlève toute vie. Même dans sa voix il porte la mort. Cela donne un caractère irréel à l'histoire.

« Au bout de deux ou trois mois votre ami réapparut sur le dos d'un chameau avec toute une escorte de pillards déguenillés qui tiraillaient des coups de feu en l'air. Au début ils l'avaient bien un peu brutalisé, paraît-il. Ils l'avaient exhibé sur les places de village, dans une cage avec des fers aux pieds; ils lui avaient craché dessus, jeté des pierres... toutes ces sortes de choses qu'ils font habituellement en pareil cas... à l'époque il y avait une certaine tension entre la France et les pays Arabes... la guerre d'Algérie, l'opération de Suez qui n'allait pas tarder... Je ne sais comment il réussit à les amadouer; mon camarade en était encore estomaqué : il s'attendait, avec beaucoup de chance, à récupérer un mort vivant. Il avait pris un rendez-vous secret dans une crique discrète, de nuit, sur un boutre sans fanaux, avec le sac de thalers, un gros revolver et quelques robustes quartiers-maîtres déguisés en bédouins — tous volontaires. Il se demandait s'il n'allait pas y passer lui aussi. Et voilà qu'il tombe sur votre ami hilare, son sextant pendu au cou, trônant comme Moïse sur son peuple, qui l'invite à manger un mouton. Il a été obligé de croquer un œil — ou de le gober — ou de l'avaler tout rond... enfin il s'est débrouillé pour que l'œil de ce mouton se trouve au fond de son estomac et n'en ressorte plus... Il paraît que c'est un mets de choix, votre ami a dégusté l'autre avec gourmandise. La fête a duré toute la nuit et ces abrutis de nomades ont consommé au moins l'unité de feu d'une compagnie de débarquement par affection pour leur prisonnier en braillant en chœur : *El Majnoune, El Majnoune Nazrani* — je crois que ça veut dire : l'Affligé de Dieu Nazaréen... l'Innocent Chrétien, si vous préférez. Ils ont fini par le relâcher à l'aube, après un tas de salamalecs et d'embrassades — et après avoir empoché le sac de thalers. Ils lui ont même donné un sabre ou un grand couteau en souvenir. Willsdorff leur a offert le revolver de mon camarade qui, de retour à Djibouti, a dû faire une déclaration de perte en huit exemplaires pour l'Administration... 3 000 thalers en argent, un gros revolver et six cartouches, voilà le prix de votre ami. »

Le téléphone sonne.

« Excusez-moi. »

De nouveau je suis surpris de l'aisance avec laquelle le commandant meut son vieux corps desséché et raide, profitant des coups de roulis favorables. Un vrai marin!

« Bien... Bien... Faites doubler la veille optique... Bien. »

Il revient s'asseoir sur le divan en face de moi. L'*Eole* vibre plus intensément. Des embruns claquent contre les tôles comme de la grenaille.

« On pousse à vingt-deux nœuds. Le yacht a chaviré. Les Anglais ont repêché deux hommes et une femme. Il y en a encore une qu'ils n'ont pas retrouvée. »

Après un court silence il ajoute sans transition :

« Je l'ai revu en Alsace, en 60... il pleuvait. J'étais affecté à la flottille du Rhin. Exactement à Niederbronn, un village près de Reichshoffen — pour l'enterrement de son frère tué en Algérie. Un vieux soldat, adjudant-chef. Vous le connaissiez?... Deux séjours en Indochine. Les Allemands l'avaient mobilisé en 42... Retraite de Russie, de Courlande... Oui, un vieux soldat. Mort comme un soldat. »

Il souligne ces derniers mots d'un geste de sa prothèse gantée de cuir. Y a-t-il là une indication, pour moi, sur les raisons de sa volonté de rester à bord, ou le geste lui a-t-il échappé? Il reprend aussitôt :

« J'avais lu la nouvelle dans le journal local. Il pleuvait. Le clairon sonnait faux. De jeunes appelés mal entraînés présentaient les armes — misérable. Le drapeau des anciens combattants pendait, tout mouillé. C'était l'hiver. Il y avait aussi deux ou trois Allemands discrets venus de l'autre côté du Rhin, dont un vieux borgne et manchot — le bras gauche — qui pleurait... peut-être que c'était la pluie?... Le pasteur — les Willsdorff sont protestants — marmonnait à propos du centurion de Capharnaüm... Vous connaissez?... “ *Seigneur, dis seulement un mot et mon serviteur sera guéri. Car moi qui suis soumis à des supérieurs, j'ai des soldats sous mes ordres; et je dis à l'un Va! et il va; à l'autre : Viens! et il vient* "... Jésus répond : " *Va, qu'il te soit fait selon ta foi...* " Bonne oraison pour un soldat. Qu'il nous soit fait selon notre foi... notre foi en la rectitude de nos choix... »

Il marque une légère hésitation.

« On a tous été prendre un grog à l'hôtel en face de l'église et votre ami a dit : " Mon frère aurait préféré être enterré là où il est tombé "... Le soir je l'ai ramené dans ma voiture à Strasbourg. Il avait un train à prendre pour Brest. Il n'a parlé que de son frère. Il a mis douze heures à mourir... le ventre déchiré... il commandait une compagnie de harkis dans le Djebel Amour. Votre ami aimait beaucoup son frère. »

« Je sais, dis-je, le soir, sur le toit du *Magnifique*, il en parlait. A son retour, en 45, son frère lui avait dit : " Je me suis battu comme un diable pour ces cochons de Boches! On fait le contraire de ce qu'on veut : tout le temps j'ai souhaité la défaite de l'Allemagne, mais chaque fois que ma compagnie était engagée contre les Russes j'ai fait ce que j'ai pu pour notre victoire. Parce que notre victoire était notre survie, à moi et à mes camarades de combat... " Willsdorff pensait que son frère avait tort. Il disait : " Moi je ne ferai que ce que je crois juste. " »

Le commandant a un geste brusque, sa pince d'acier claque sur la table.

« Balivernes, dit-il avec une violence qui me surprend, le choix de l'homme n'est pas entre ce qu'il croit le Bien ou le Mal — ce serait simple et définitif — mais entre le Bien et un autre Bien, entre deux valeurs essentielles, qui tout à coup, par une sinistre facétie du destin se trouvent en contradiction. Il faut choisir. Et en choisissant un Bien on renie l'autre... »

Il se calme et retrouve sa voix morte :

« Peut-être ne le sait-il pas encore... peut-être ne le saura-t-il jamais. Peut-être est-il un... innocent, comme disaient ces abrutis de nomades? Son frère, lui, le savait : il pressentait l'indépendance de l'Algérie; il avait peur de recevoir l'ordre d'abandonner ses harkis. Il lui avait écrit peu de temps avant : “ Je suis un soldat, mais je ne pourrais plus obéir à un ordre pareil. ” La mort lui a évité de renier ses camarades de combat... ou son sens de la discipline... A Strasbourg on a encore bu un demi ensemble au buffet de la gare. Votre ami m'a dit : “ Je vais le remplacer, là-bas. ” »

Le commandant reste silencieux et je prends conscience des tremblements de la coque d'acier. Les embruns ne cessent de crépiter. Parfois un choc sourd, comme un coup de canon, semble arrêter l'*Eole* dans sa course; pour quelques instants il paraît immobile, puis il se couche et un énorme paquet de mer s'écrase sur le pont avec un fracas d'éboulement.

Là-haut sur la passerelle, le spectacle doit être superbe : 22 nœuds dans des creux de quatre ou cinq mètres. Une charge sauvage de 10 000 chevaux.

« Il souffre », murmure le commandant.

Et il ajoute après une courte pause :

« S'il n'y avait pas cette femme...

— Quelle femme?

— Celle du yacht. On marche trop vite dans cette mer, on risque de casser quelque chose. »

Le sort du yacht ne me préoccupe guère pour l'instant. Je demande :

« L'avez-vous revu ? »

Le commandant est à l'écoute de tous les craquements des tôles, il ne semble pas avoir entendu ma question. Je répète :

« Willsdorff, l'avez-vous revu? »

Il a soudain l'air d'avoir hâte de voir notre conversation se terminer. Je crois qu'il va dire quelque chose; il a seulement un rire désagréable dont la répercussion inattendue lui fait baisser la tête.

J'insiste :

« L'avez-vous revu? »

Le regard qu'il me lance devrait me décourager. Il ne répond pas, il tend l'oreille au gémissement de son bateau, au grondement étouffé de la mer — comme si, au loin, des tambours battaient frénétiquement la charge. Il se lève avec effort :

« Je vais sur la passerelle. »

J'insiste encore :

« Je sais qu'il a été amnistié il y a quatre ans. Qu'est-il devenu? »

Un violent coup de roulis nous jette tous les deux contre la table. Une vague balaye le pont, éclate sur la tourelle du canon avec la force d'un bélier. Je me cramponne des deux mains pour ne pas basculer.

« Vous le verrez dans le Nord », dit le commandant.

Quand il retrouve son équilibre il ajoute :

« Il est capitaine d'un chalutier.

— Quoi?

— Le *Damoclès*, de Fécamp.

— Willsdorff, capitaine de chalutier! »

Le commandant agrippe la poignée de la porte de sa cabine qui s'ouvre soudain d'un seul coup et l'entraîne avec lui.

« Il est en pêche depuis un mois déjà », crie-t-il encore.

Un brusque plongeon du bateau fait claquer la porte. Je retombe dans mon fauteuil : Willsdorff capitaine de chalutier!

La porte s'ouvre à nouveau :

« Docteur, j'oubliais : sur ma passerelle on ne parle que pour raisons de service. »

La porte se referme doucement.

Le vieux crabe! Il ne manque pas d'estomac!

A 15 heures on est sur le lieu du naufrage et l'*Eole* fait des ronds dans la houle, avec des mouvements d'homme ivre, jusqu'à la nuit tombée pour essayer de retrouver cette femme perdue. Des hélicoptères de la base de Cherbourg participent aux recherches.

Il y eut plusieurs fausses alertes qui nous lancèrent en de courts galops à 22 nœuds sur des déchets de toutes sortes jetés à la mer comme dans une poubelle. Nous passons la nuit à la cape pour recommencer le lendemain.

Le matin un message radio annonce qu'un petit pêcheur côtier a repêché la femme à l'aube, dans le courant du raz Blanchard, morte.

L'*Eole* reprend sa route, cap sur la mer du Nord. La Manche est verte, comme dans une marine hollandaise, avec de longues traînées blanches dans les rafales de nord-ouest. Le baromètre remonte. Nous reconnaissons le phare de Gris-Nez au crépuscule. Le radar de route renvoie les échos de plus de trente navires dans un rayon de 15 milles. La nuit est claire, on voit scintiller leurs feux : ferries de Calais, de Douvres, de Boulogne, d'Ostende; énormes pétroliers du golfe Persique; rapides porte-containers américains; placides cargos rouillés venus du bout du monde pour s'engouffrer dans tous les avides estuaires des grands fleuves du nord de l'Europe.

Cette nuit encore je reste de longues heures sur l'aileron, emmitouflé dans mon manteau de mer. Je pense à mon ami Willsdorff, capitaine de pêche. Je n'arrive pas à comprendre...

Mais je reste muet, aussi muet que notre commandant qui meurt doucement contre sa vitre, en regardant passer les nuages.

CHAPITRE VIII

LE COURAGE

Mer du Nord.

Le vent d'est commence à souffler un peu avant l'aube et le thermomètre dégringole d'une demi-douzaine de degrés. Les veilleurs enfoncent leurs bonnets jusqu'aux yeux, remontent le col de leurs manteaux de mer; on les entend taper du pied pour se réchauffer. La vieille houle d'ouest qui nous malmène depuis l'appareillage, abandonne la lutte. L'air devient si transparent que les premières lueurs vertes du jour atténuent à peine l'éclat des étoiles.

Il me semble percevoir de lointaines voix filtrer des tôles comme si, quelque part, quelqu'un avait oublié de verrouiller un sas. Je tends l'oreille. Je crois reconnaître mon nom murmuré.

Derrière la vitre, le commandant est debout, à sa place, immobile; ses traits tirés par la nuit de veille, sous l'éclairage rouge de la lampe, le font ressembler à un vieux clown mal démaquillé se regardant dans un miroir. Il se tourne vers moi au bruit de mes pas, sans rien dire.

Je m'éloigne sur l'aileron. L'appel incompréhensible se fait plus pressant, moins clair, mêlé de soupirs indistincts; de temps en temps, il cesse, laissant un vide, puis il reprend plus fort.

Le vent !

Le vent d'est, sec et gris, dans les antennes radar du mât tripode au-dessus de moi.

Il est né, ce vent qui sent la neige, quelque part dans la zone de haute pression de la lointaine Sibérie; il a tourné en rond sur la steppe et la taïga. Un jour, le vent d'ouest — roi de l'Atlantique — étant las de défendre ses marches orientales, il s'est engouffré comme une horde mongole sur les plaines d'Ukraine et du nord de l'Europe jusqu'à la mer, glaçant tout sur son passage.

Je m'amuse un instant encore à essayer de déchiffrer ses appels, à comprendre ses avertissements mais le charme est rompu, je n'entends qu'un bruit et une fureur qui ne signifient rien.

Le clairon sonne avec un éclat terriblement pur dans l'air froid.

« Il y a du café dans la chambre des cartes, Docteur. »

Un nuage blanc s'éloigne dans l'ouest comme un grand voilier.

A midi le commandant fait mettre cap sur le zéro de la rose des vents, cap sur la fleur de lys du compas gyroscopique qui corrige à chaque instant la déclinaison du nord magnétique, cap sur le pôle Nord, cap sur la nuit. La nouvelle nous est communiquée au carré par les haut-parleurs du circuit intérieur.

Nous sommes bien au chaud dans notre ghetto de tôles ripolinées. Nos manteaux de mer pendent flasques, presque immobiles maintenant que la houle est tombée. Nous mangeons, nous buvons — du vin de précision — nous plaisantons, nous rions. La mer et le vent ne nous préoccupent guère.

Nous écoutons les informations à la radio :

IRLANDE DU NORD :

Dans le centre de Belfast si souvent ravagé par les explosions et les fusillades, des jeunes gens — filles et garçons — ont couru dans les rues nus comme des vers à l'heure de la sortie des bureaux avant d'être embarqués dans un car de police...

LUBANG (Philippines) :

Le dernier soldat japonais caché dans la jungle de l'île depuis 1945 a été tué par des paysans alors qu'il volait une poule à la lisière d'un village.

CARACAS :

Les experts de la conférence sur le droit de la mer ont déclaré : Si les déchets industriels continuent à être déversés à la même cadence, la Baltique et la Méditerranée seront des mers mortes dans moins de dix ans...

Nous entendons une chanson de Nicoletta :

« *Tu n'es qu'une larme dans la mer...* »

Nous fumons des cigares.

Je regarde vivre mes camarades; le jeune enseigne du premier soir, au beau sourire, l'officier en second encore jeune et déjà grisonnant, le chef qui aime trop le whisky, l'officier des pêches au visage noble et séduisant, le spécialiste des transmissions grave et silencieux, le canonnier, le commissaire... Je les regarde, je les observe. Je me sens encore en dehors, spectateur non contaminé, mais je sais qu'au rythme monotone du service, quelques jours suffiront à m'engluer. Le souvenir de Babourg courant dans la nuit, les jambes écartées, entre deux rangées de mornes façades, passe dans mon esprit : « *Putain! C'est triste comme la mort ici.* »

Une autre chanson :

« ... *Ça fait pleurer l'Bon Dieu, la, la; ça fait pleurer l'Bon Dieu...* ».

Le chef me propose un verre de fine. C'est un Bigouden de la région de Saint-Guénolé qui se plaît à raconter d'horribles histoires. Son père était marin-pêcheur; il a disparu au cours d'un abordage entre deux chalutiers, par beau temps, dans le raz de Sein : le pousse-café et le vin rouge d'Algérie à 14° ont dû y être pour quelque chose. Comme beaucoup de Celtes, le chef boit pour noyer un morbide démon intérieur que sa raison a peine à contrôler — dualité de la nature humaine —, malheureusement en noyant l'un il noie l'autre. Je l'aime bien.

Je bois, je regarde mes camarades : le jeune enseigne est plongé dans la contemplation d'une bouteille de bordeaux — à l'intérieur il y a une maquette de voilier. (Il faudra que je voie ça d'un peu plus près, moi aussi les bateaux en bouteilles me font rêver.)

« Prenez encore un doigt de cet excellent cognac, Docteur. »

J'ai trop bu. Le chef est un subtil tentateur, comme tous les buveurs il est prosélyte. Le lâche, le faible, le couard, sont prosélytes. C'est une dernière pitoyable tentative pour se sauver : si tous les hommes renient, alors il n'y a pas de reniement, il y a la nature de l'homme qui est de renier...

Encore une chanson :

« *Je m'en vais voir les p'tit's femmes de Pigalle...* »

Je bois, je suis agréablement engourdi. Le carré est chaud, lumineux; il y flotte une odeur de cigare. Ici il n'y a pas de voix du vent pour vous emplir le cœur d'un inexprimable sentiment de choses à venir.

Seul, là-haut sur sa passerelle, le vieux clown triste qui regarde la Mort en face à travers sa vitre semble ne pas démissionner, rester fidèle à son choix — comme le dernier soldat japonais de la guerre, tué pour un poulet.

Le secret, peut-être, si on veut vivre honnêtement, si on souhaite une mort facile, c'est cela : faire un choix, croire à certaines choses, en refuser d'autres; un choix, un dur choix, entre le meilleur et le facile. Résister sans relâche à l'usure, au grignotement...

Cela demande du courage. Pas le courage du héros, du soldat, ou du martyr, non! un courage moins éclatant peut-être, mais plus... comment dire?... plus humain. Willsdorff, qui ne parlait presque jamais de sa captivité, a mentionné cette sorte de courage, une nuit à Hanoi, dans la vieille pagode rouge transformée en bistrot près du petit lac — des rats couraient entre les tables sous le regard bienveillant de Mimi le Rat. (La sale bête avait été trop bien nourrie dans les cuisines de la base navale pour jamais se soucier de rats.)

Willsdorff m'avait dit :

« La veille de notre libération, sur le Fleuve Rouge, le chef de camp est venu nous faire ses adieux. Tout droit, devant nous, il récitait ses habituelles formules de propagande : “ *Soyez tous des combattants de la paix... Bon voyage et prompt retour dans vos foyers...* ” enfin toutes les âneries qu'il nous rabâchait depuis qu'il savait qu'on allait être libérés — une délégation de paysans disciplinés agitaient de petits drapeaux et reprenaient les slogans en chœur.

« J'étais à côté de Romain Perron, Diên Cái Dâú, que je soutenais un peu à cause des coups de bâton sur les reins. Je pensais : voilà, les temps héroïques sont révolus. Tous ici, en rang, nous n'avons qu'une seule idée en tête : faire un bon repas; demain on bouffera ce qu'on a rêvé de bouffer pendant des mois et des mois. On nous rend la liberté et nous ne pensons qu'à nos ventres!...

« Le chef de camp était devant nous, raide comme un piquet, impassible — les Vietnamiens ne maîtrisent pas leurs émotions, ils les refoulent. Je pensais que pour lui aussi les temps héroïques sont révolus. Plus question de se jeter en hurlant sur une mitrailleuse française, plus de bonne odeur de poudre... vaincre ou mourir... — toutes choses beaucoup plus faciles qu'on ne le croit, quand on est jeune et qu'on a la foi... ou quand on est désespéré. Non, pour lui aussi le temps de la gloire ou de la mort est révolu. Demain, après-demain, il lui faudra se lever un peu plus tôt chaque matin pour labourer un peu plus de rizières... Demain, après-demain, tous les jours... La boue froide jusqu'au ventre, le crachin... courbé vers les pousses de paddy... indéfiniment recommencer. Et plus jamais ces soirs de victoire qui vous gonflent le cœur.

« Voilà ce que je pensais pendant que ce mauvais crabe nous récitait ses formules toutes faites... “ *Prompt retour dans vos foyers* ”... Et une étrange émotion me prit. Pendant quelques instants je n'ai pas su qui avait la meilleure part; nous tous, en rang, qui ne rêvions qu'à nos festins, à nos petites amies ou à nos femmes, nous qui allions bientôt remettre le cap sur la France et la vie facile, la bagnole, le cinéma, le bistrot, le... Oh, tu vois ce que je veux dire... en laissant tout en plan ici, derrière nous; ou lui, eux tous, qui retourneront à leurs forêts... leurs rizières... leur rigueur, leur éducation politique, à tout leur cirque... comme des moines... il leur faudra du courage. »

Willsdorff s'arrêta net, les baguettes en l'air, comme s'il venait de faire une terrible découverte :

« Bon Dieu, c'est surtout à nous qu'il faudra du courage... pour ne pas sombrer », s'écria-t-il soudain avec conviction.

Il resta pensif, chipotant son riz avec ses baguettes, puis il haussa les épaules et reprit :

« J'essaye de te dire ce que j'ai pensé. Peut-être que j'étais complètement idiot à ce moment-là?... Quand on a faim, vraiment faim, on est idiot. L'intelligence n'est pas autre chose qu'un certain nombre de bols de riz par jour. Le courage aussi. Comment le riz se transforme en intelligence et en courage, je ne sais pas. Mais c'est pourtant bien ce qui se passe...

« Bref, il était là, le chef de camp, droit, devant nous tous en rangs. Il ânonnait son inepte catéchisme. Quelqu'un derrière moi lança à mi-voix : " Déconne toujours, mon coco, demain on bouffera du caviar et toi tu seras encore devant ton putain de bol de riz. " Je ne sais pas s'il a entendu? Il était tout droit, impassible. Il nous regardait. J'ai cru lire une émotion dans ses yeux... comme une humidité — que peut-on voir dans des yeux noirs? A la fin, d'une voix un peu rauque il a ajouté : " Adieu... et bonne chance à vous tous " — ce n'était certainement pas dans son manuel. Il a fait deux pas en avant et il a tendu la main. »

Willsdorff posa ses baguettes sur son bol et tendit une main vers moi. Je le regardai, étonné. Je ne savais pas quoi faire, mais comme sa main restait tendue je finis par la prendre. Alors Willsdorff me tira à lui et me serra dans ses bras.

Il y eut un silence dans la pagode; les Vietnamiens autour de nous observaient bouche bée ces deux Français qui s'embrassaient au-dessus d'un bol de riz. Mimi cessa de se lécher et miaula sévèrement. Willsdorff me relâcha.

« Voilà, dit-il, voilà comment ça s'est passé. Il était là avec sa main tendue. Quand il a commencé à la laisser retomber je la lui ai prise... Ma parole, ses yeux étaient mouillés, je l'ai bien vu. Et il m'a pressé sur son cœur comme s'il essayait de me transmettre quelque chose... Et moi je lui ai répondu de la même manière... Il a passé ensuite au vieux Diên Cái Dâú tout cabossé qui lui a simplement serré la main en le regardant fixement — pauvre vieux crabe, mort il y a trois jours à l'hôpital. A côté il y avait un jeune capitaine parachutiste, cravaté à Dien Bien Phu — un type très bien. Lui n'a pas bronché; il est resté figé dans une sorte de garde-à-vous mais il est devenu tout pâle. Le chef de camp n'a pas insisté, il a levé un peu la main en amorçant un vague salut, pour sauver la face, et a répété encore une fois : " Adieu, bonne chance à tous ", puis il nous a tourné le dos et est parti vers la forêt, tout seul, dans son uniforme déteint, avec sa sacoche de toile verte, et sa vieille bicyclette qu'il poussait à côté de lui. »

Willsdorff eut un léger frisson et se frotta le front.

« Ça ne va pas? » demandai-je.

Il secoua la tête.

« Pour bien comprendre ce que je viens de te raconter... ou pour n'y plus rien comprendre du tout, il faut que tu saches... Beaucoup de nos camarades sont morts... de faim, de maladie... de désespoir, par la faute de ce chef de camp, beaucoup! Pas de brutalités, il ne faisait torturer personne, mais il appliquait la loi, leur loi. Et c'est une terrible loi... Il a sciemment cherché à nous avilir, à nous dégrader, à nous... Lui, dans son jargon, dirait : " *à nous faire découvrir la voie juste* "... " *à progresser sur le chemin du progrès et de la paix* "... bla, bla, bla. Il voulait qu'on signe ses maudits manifestes condamnant " *La guerre injuste et criminelle* "... " *les noirs desseins des impérialistes* " et ainsi de suite... Note bien, tout n'était pas idiot dans son baratin, mais le problème n'est pas là; un soldat prisonnier n'a qu'à fermer sa gueule. Un point c'est tout!... Je ne suis pas une girouette. Je suis venu volontaire en Indochine, j'ai été fait prisonnier; je paye. Cela est juste. Je tente de m'évader, je suis repris, je reçois des coups de bâton, cela est juste encore. Si je ne veux pas recevoir des coups de bâton, je n'ai qu'à ne pas tenter de m'évader. Ils auraient même pu me fusiller pour l'exemple et cela encore aurait été juste... d'une certaine manière. Mais tourner casaque... changer de cap... cracher dans la soupe... même si on peut trouver quelques bonnes raisons pour ça... Non! Renier pour un peu plus de riz... une pilule contre le paludisme, pour... juste pour survivre... Chiens de Pavlov! L'ignoble salive du chien de Pavlov!... Il a essayé de nous avoir en s'appuyant sur ce qu'il y a de plus... de plus chien en nous. Il n'a pas réussi, mais je ne sais pas si avec le temps il n'aurait pas réussi, je ne sais pas!... Pierre, je te dis ça à toi parce que tu es mon ami... Je me suis fait peur. J'ai découvert en moi, juste sous la surface : tout ce que je déteste, tout ce que je méprise... un chien qui veut vivre à n'importe quel prix, là, en moi, juste sous la surface. Je ne suis pas tombé, je ne crois pas, mais... c'est le plus morne combat que j'aie jamais mené, dans la nuit, sans rien sous les pieds, sans rien dans les mains... sans aucune certitude de mon bon droit et encore moins de celui de l'adversaire.

« La seule chance c'est de se cramponner. Dire non, non, non... Il ne faut pas essayer de discuter, il n'y a rien à dire, seulement : NON!

« Très difficile de dire non... aussi difficile que de refuser une main tendue. Pauvre chef de camp, lui aussi était une victime. C'était quand même un honnête homme... Il aimait Victor Hugo. Un soir je lui ai récité *les Soldats de l'an II* :

Ils allaient, l'âme sans épouvante et les pieds sans souliers.

« Ha! ha! ha! nous aussi, en tout cas pour les pieds; je suis moins sûr pour nos âmes. Lui, il nous lisait des passages des *Misérables*... Les Misérables! Nous étions liés par une commune misère. Il n'en faut pas plus pour faire naître un peu de... fraternité... Hein? père de Satan! » conclut-il brusquement en grattant Mimi le Rat entre les deux oreilles. (Plus exactement, entre une oreille et ce qui restait de l'autre; la sale bête avait eu une jeunesse aventureuse.)

Mimi prit un air pâmé, s'assit sur son derrière et le regarda comme pour dire : « Tout ça c'est de ta faute, si tu m'avais écouté... »

« Renégat... Déserteur... Prophète de malheur », murmura Willsdorff avec tendresse.

Il se tourna vers moi :

« Tu sais qu'à l'appareillage — la nuit du Daï, l'embuscade — ses yeux étaient effrayants. Il bondissait partout, hérissé de la tête à la queue : « Miaou-aou-aou-hiii-miaou-a-a-ou » Affreux! Il grattait à la porte pour que je lui ouvre, mais il ne voulait pas partir sans moi. Notre mission était idiote. Ah les cons!... On savait qu'il y avait au moins deux bataillons planqués sur les berges à nous attendre. Enfin, un ordre est un ordre. Mais Mimi me cassait les pieds. J'avais assez de mes propres problèmes. Je lui ai balancé un coup de savate. J'ai même demandé au cuisinier de lui apporter un bout de poisson!... Il a fini par filer quand on a largué les amarres. Il a fait un de ces sauts! et j'ai eu l'impression d'être abandonné. Oui, ce fils de Satan est ma conscience. Comme tu peux voir, elle est toute noire... et pas si jolie à regarder. »

La sale bête poussa un miaou d'acquiescement. Willsdorff lui choisit dans son bol un fin morceau de poulet au gingembre et le lui offrit du bout de ses baguettes. Mimi détourna la tête.

« Mais, comme tu peux voir aussi, elle est incorruptible. Ha! ha! ha. »

Willsdorff gratta encore un peu sa conscience qui resta sur une réserve hautaine, puis redevint sérieux.

« Tu te souviens de Huong? notre vieux pirate, le « Vénérable »?... Il aimait raconter des fables, des paraboles, qui lui semblaient illustrer la condition humaine. Eh bien, je vais te dire : je crois que, moi, j'ai vécu pendant ma captivité une de ses fables : un résumé, un concentré de la vie de l'homme sur la terre. Tu ne trouves pas ça très original, hein?... Déjà Dante... et Pascal avec ses condamnés enchaînés et son bourreau [1] je sais, mais moi je ne l'ai pas imaginé, je l'ai vécu! Et puis dans leurs fables à eux, il n'est question que de la mort, dans la mienne l'homme peut se renier... insensiblement, sans avoir choisi le reniement... comme ça, tout doucement, avant d'être égorgé lui aussi. »

C'était la première fois que Willsdorff me parlait si longuement depuis sa libération. J'avais été l'accueillir sur le Fleuve Rouge dès que son retour avait été annoncé. Il était descendu de la péniche en soutenant un vieux bougre assez mal en point (je pense que c'était Fou la Tête, Romain Perron). Dans leurs pyjamas déteints flottant sur leurs corps décharnés, avec tous leurs camarades — une trentaine ce jour-là — ils avaient l'air de fantômes gris. Willsdorff m'a regardé de cet air noncha-

1. « Qu'on imagine un grand nombre d'hommes dans les chaînes et tous condamnés à mort dont les uns étant chaque jour égorgés à la vue des autres, ceux qui restent voient leur propre condition dans celle de leurs semblables... c'est l'image de la condition des hommes. » (Pascal, *Pensées.*)

lant qu'il aimait prendre. « Toi aussi, je t'embrasse », dit-il en ricanant (je n'avais pas compris pourquoi, alors). Puis il a ajouté, tout à coup très sérieux : « Il ne faut jamais être prisonnier, mon vieux, jamais! »

Le vieux bougre a seulement dit qu'il avait soif et refusa catégoriquement de monter dans une des ambulances. Il y avait un tas de journalistes qui s'agitaient, prenaient des photos, posaient des questions. Willsdorff leur tourna le dos et aida son vieux bougre tout tordu à monter dans l'autocar qui les mènerait à l'hôpital d'Hanoi.

Par la suite j'ai dû l'entrevoir trois ou quatre fois. Et puis il m'a invité à dîner dans cette pagode rouge près du petit lac. Je le retrouvais enfin.

Il avait éprouvé le besoin de livrer ses premières réflexions sur son expérience à quelqu'un, et il m'a choisi parce que j'étais son ami.

La nuit aurait dû me sembler moins obscure, mais... Je n'étais pas très sûr de ce qu'il avait essayé de me dire. Aujourd'hui, bien entendu, tout cela me semble clair et évident. Trop clair, trop évident; cela ressemble trop à ce que je pense moi-même... Et soudain je ne suis plus très sûr que Willsdorff m'ait vraiment dit tout cela. Je ne sais plus. Il y a si longtemps, plus de vingt ans. Ai-je trahi le sens de ses paroles?

Je me souviens — et de cela je suis sûr — il a terminé par une citation du *Sapeur Camember* :

« *Bah! La vie, hélas! n'est qu'un tissu de coups de poignard qu'il faut savoir boire goutte à goutte; et, je le dis hautement, pour moi le coupable est innocent.* »

Puis il m'a entraîné rue de la Soie pour entendre une chanteuse traditionnelle qui s'accompagnait d'un instrument à une seule corde.

« Tu verras, elle miaule comme Mimi le Rat, mais, la musique est formidable. »

Et il avait raison.

CHAPITRE IX

LE BATEAU EN BOUTEILLE

Pendant trois jours et trois nuits le vent d'est reste le maître de la mer du Nord. Quand le baromètre chute brutalement, annonçant le retour des vents d'ouest, il n'y a déjà plus de jour pour nous : nous sommes dans l'océan glacial Arctique par 77 degrés de latitude, le long de la banquise, entre l'île de l'Espérance et le Spitzberg, à quelque 780 milles seulement du pôle Nord.

La veille à midi — le soleil envoyait, d'en bas, ses derniers rayons en éventail vers un ciel rose éteint — l'officier des pêches avait lancé un appel sur la fréquence radio réservée aux chalutiers :

« Ici l'*Eole*. Ici l'*Eole*. Bonjour à tous... »

Il obtint quelques informations. La flottille de pêche — une quinzaine de gros chalutiers de 2 000 tonnes — s'est scindée en quatre groupes séparés par de grandes distances. Le plus important — sept bateaux — dans le N.-N.-O. de l'île de l'Ours, sur le banc Nord Flaket; les autres soit à toucher la banquise dans le N.-E., soit sur le Skolpen Bank; deux bateaux seulement ont mis en drague encore plus à l'est, en mer de Barents, au large de la Nouvelle-Zemble : l'un d'eux est le

Damoclès de Willsdorff. Il y a aussi pas mal de Russes et d'Allemands un peu partout.

Je me suis lié avec l'officier des pêches, un jeune lieutenant de vaisseau, mince, qui tranche sur mes autres camarades du carré par une élégance indéfinissable et négligée. J'aime son insolence, son air détaché, comme s'il était là tout à fait par hasard. J'aime la réserve qu'il s'impose et qu'il impose autour de lui. En d'autres temps et autres lieux il aurait pu être l'un des princes que nous nous étions choisis. D'une certaine manière d'ailleurs il me rappelle Willsdorff il y a vingt ans, non qu'il lui ressemble physiquement, mais ils ont quelque chose en commun; ils sont de la même race.

Il exerce sa fonction depuis deux ans et il a de bonnes relations personnelles avec la plupart des capitaines de pêche. Il les a tous rencontrés à Fécamp, Saint-Malo ou Bordeaux.

Je lui demande s'il connaît Willsdorff. C'est au carré vers minuit après la séance de cinéma — un western italien, ridicule (il y avait quand même de beaux chevaux) —, nous sommes seuls tous les deux. Mon complice, le chef, a bien essayé de m'entreprendre sur les légendes de la mort du pays Bigouden, devant un verre de whisky, mais il a été appelé à la machine.

« Oui... (Il hésite un peu.) Je vous ai entendu, la nuit de l'appareillage, sur la passerelle (décidément il y avait du monde pour m'écouter cette première nuit). Sur les bancs on l'appelle : l'Alsacien!... un personnage étonnant. L'année dernière il était porteur. Et avant matelot, simple pêcheur.

— Porteur?

— Oui, un capitaine de pêche, de grande pêche, doit

avoir le brevet de capitaine au long cours; ceux qui ne l'ont pas, qui ont échoué aux examens, embarquent un capitaine porteur. Le porteur a la responsabilité légale du bateau. La plupart du temps il roupille dans sa bannette. Pas l'Alsacien, il était tout le temps sur la passerelle. J'ai souvent parlé à la radio avec lui. Un jour, une nuit de gros temps — nous étions tous à la cape — il nous a récité un poème de Victor Hugo, ou de Dieu sait qui... complètement fou! Et tous les autres écoutaient. Il réussit même à faire taire les interminables palabres des Russes. A la fin on a entendu dans le récepteur une voix avec un accent terrible : « Merrrci, Monsieur, c'est trrès beau. Vive la Frrance! » Il roulait les r comme un Cosaque. Sans doute l'officier de quart d'un chalutier russe, ou celui d'un cargo — on en avait un au radar, dix nautiques dans le sud, faisant route sur Mourmansk. Alors les Malouins se sont mis à chanter de vieilles chansons bretonnes. Et puis les Russes ont repris. Et les Allemands... Une fête! J'étais sur la passerelle : un temps de chien, la nuit, le froid, en cape. C'était la fête! J'ai voulu brancher l'écoute sur le circuit intérieur pour que tout le monde à bord en profite, mais le commandant n'a pas voulu — pas lui, son prédécesseur — dommage! A 22 heures — sur les chalutiers la veille radio cesse à 22 heures —, j'ai fait sonner l'extinction des feux; notre clairon a été formidable, avec reprise en fantaisie. Vous auriez dû entendre le silence qui a suivi... Soudain ils ont tous fait hurler leurs cornes de brume — je ne sais pas qui en a eu l'idée le premier — trente, trente-cinq cornes de brume et sirènes dans la tempête!

— Et avant ça, il a été matelot?

— Oui, sur la *Marie de Grâce*. Il avait un chat noir,

il l'a toujours. Avec un nom chinois. Les pêcheurs n'aimaient pas, un chat noir porte... »

Je l'interromps :

« Vous savez qu'il a été dégradé, condamné à vingt ans? »

L'officier des pêches hoche la tête :

« Il reste une figure de la Marine, vous savez. Son retour en jonque, sa compagnie de harkis — je crois que c'est le seul marin qui ait jamais commandé une unité de l'armée de terre en Algérie... son attitude pendant le procès... A Navale on parlait encore de lui — je suis de la promotion 1964-1965 —, un de nos instructeurs l'avait connu. Il disait que c'était un sportif. Chaque mois il se débrouillait pour battre un record de l'École... course à pied, natation, parce que chaque record battu donnait droit à une perm' de 48 heures. Il la passait sur un petit voilier qu'il avait acheté et qu'il retapait. Toute son astuce était de battre le record de quelques dixièmes de secondes seulement chaque fois. Il ne fallait pas le pulvériser, il aurait eu du mal à l'améliorer le mois suivant. Vous avez parlé du chat... Monsieur Dégouzzi, c'est ça. Il avait déjà un chat noir. Quand il ne retapait pas son voilier, il embarquait, paraît-il, son chat sur sa motocyclette et écumait tous les bals et mariages du samedi soir de la région. On disait que c'était un chaud lapin. Il s'était fait fabriquer par une de ses amies une sorte de besace qui lui pendait sur le ventre, comme une poche de kangourou, et il y fourrait le chat... Sa combine de records a duré les deux ans d'École. Tous les mois, pendant deux ans. Depuis ils ont changé le règlement... Je voulais vous demander Docteur : pourquoi l'appelez-vous le Crabe-Tambour? Vous avez dit ça l'autre nuit.

— Oh, c'est très simple, il avait un tic à l'époque où je l'ai connu, un tic que je lui ai pris, d'ailleurs; au lieu de dire un type, un mec, un rombier, un... un canard, il disait un “ crabe ”. Tout le monde était des crabes : il y avait les bons et les mauvais crabes, les vieux crabes, les pauvres crabes, enfin rien que des crabes. Il tenait ça de son père. Une nuit, sur le toit du *Magnifique*, sur le Fleuve, il m'avait expliqué que son père les surnommait “ crabele ” — petit crabe en alsacien —, lui et son frère. Willsdorff avait un ventre tout rond quand il était petit et après avoir bien mangé il tapait dessus avec ses deux mains : boum! boum! boum! c'est pour ça que son père l'appelait “ crabe-tambour ”, voilà! Tous les matins au petit déjeuner, avant de l'embrasser, son père lui demandait : “ Que fait un crabe-tambour quand on lui marche dessus? ” et il devait répondre : “ Crrrrrrac ” en imitant affreusement le bruit de la carapace écrabouillée, et “ crac, crac ” pour les deux pinces. C'était un rite. Cette nuit-là encore, sur son toit, ce souvenir le faisait rigoler... Je n'arrive pas à comprendre qu'il ait été matelot, simple matelot pêcheur. Pourquoi?

— Je ne sais pas. Sur la *Marie de Grâce*, il les a épatés. A la fin de la campagne de pêche il leur a offert — à tout l'équipage — un dîner formidable dans le meilleur hôtel de Saint-Malo. La fête a duré toute la nuit, le cognac coulait à flots — certains ont trouvé qu'il fichait son argent durement gagné par les fenêtres. Ils savaient qu'il sortait de prison, mais personne n'a osé lui en parler. Je crois qu'il les impressionnait.

— Comment est-il? Est-ce qu'il... est-ce qu'il boit?

— Non, c'est un grand type maigre. Une tête de corsaire avec un nez en bec d'aigle et des cheveux blond-roux, un peu crépus. Non, il ne boit pas, il n'a pas une gueule d'alcoolique en tout cas... J'ai déjeuné avec lui, l'armateur et un autre capitaine, avant son appareillage. Pas un instant il ne m'a laissé entendre qu'il était un de mes anciens. Mais ses yeux... bleus, avec des pattes d'oie, chaque fois qu'il me regardait avaient l'air de rigoler intérieurement. Vous voyez? ce genre de regard qui...

— Oui, il l'avait déjà autrefois. On se demande s'il ne se fiche pas de vous.

— C'est ça... Il n'a pas eu de mal à trouver son équipage — pourtant on lui a confié une vieille baille, le *Damoclès*, un classique qui fait encore la morue salée (Il a fait peindre un œil sur sa proue, comme sur une jonque!) — et bien que ce soit son premier commandement à la pêche. Beaucoup d'anciens de la *Marie de Grâce*, malgré le chat noir!... Il a déjeuné avec nous, très bien élevé — le chat. Willsdorff avait demandé à la serveuse : « Donnez-lui une assiette, mais pas de couverts. » Pendant tout le repas il lui refilait ses meilleurs morceaux. Et ce diable d'animal mangeait fort proprement. La seule chose, il n'aimait pas les cigares; il a fichu le camp quand on a allumé nos havanes — c'est l'armateur qui invitait. Il l'appelait « Monsieur ma Conscience » et parfois « Minh hao » ou quelque chose comme ça, un nom chinois.

— Ça m'étonnerait qu'il lui ait donné un nom chinois, dis-je, vietnamien sans doute. Il parlait vietnamien dans le temps. Peut-être : « Con Meo », ça veut dire chat.

— Non, Minh Dao... Dinh Dao... je ne me souviens plus...

— Diên Cái Dâú?

— Oui, c'est ça. Diên Cái Dâú. »

Je me mets à rire :

« Diên Cái Dâú, Fou la Tête, l'Innocent. C'était le surnom d'un de ses amis, un Breton de Lanvénégen. »

Je raconte l'histoire de Romain Perron.

L'officier des pêches m'écoute en souriant et je découvre ce qui me rappelle Willsdorff en lui : son sourire, ses pattes d'oie; les yeux sont bruns, mais ils expriment cette même réserve, un peu désinvolte, un peu nonchalante.

« C'est lui qui me l'a donnée... »

Il me tend la bouteille qui était rangée dans la bibliothèque, coincée par des livres — la bouteille de bordeaux — celle que j'ai vue entre les mains du jeune enseigne; à l'intérieur, un trois-mâts barque avec tout son gréement, toutes ses voiles et même un petit pavillon tricolore à la corne d'artimon. La coque est grise avec des sabords peints en noir et un liston rouge à la flottaison,comme tous les long-courriers de la Compagnie Bordes que j'avais vus pourrir dans le canal de l'Erdre à Nantes avant la guerre, quand j'étais gamin. Une couche de mastic ou de plâtre peint en bleu-vert représente la mer. Il y a aussi des traces d'écume blanche à l'étrave et dans le sillage.

« ... Il l'a fait en prison. Il me l'a donné après notre déjeuner. J'ai été faire un tour à son bord. Le commandant m'avait demandé de lui parler du cas de notre Gabonnais...

— Bongo Ba, le grand nègre rigolard, qui jure si bien?

— Je vois que vous le connaissez déjà.

— Il est venu se faire recoudre. Il s'était ouvert le front pendant la tempête dans la Manche. Je lui ai fait trois points de suture. J'ai rarement vu un crabe aussi joyeux. L'infirmier lui a donné un petit coup de remontant et il est reparti finir son quart.

— Eh bien, il n'y a pas si longtemps Bongo Ba était triste : " Je suis l'enfant du malheur " — avec sa voix de basse, c'était comique. Il voulait rempiler et la Marine refusait. Le Pacha venait de prendre son commandement... dites, entre vous, vous ne trouvez pas qu'il a mauvaise mine?... le commandant, je veux dire. »

Je grogne un vague acquiescement.

« C'est son premier commandement à la mer depuis depuis douze ans, depuis le putsch.

— Il y a participé, lui aussi? dis-je, étonné.

— Oh non, pas lui, il était tout à fait contre... Je ne sais pas très bien ce qui s'est passé. Une sombre histoire — à Mers el-Kébir. On dit que c'est lui — et pas l'amiral — qui a donné l'ordre d'appareiller à la flotte... pour éviter les tentations. Il aurait eu des mots très durs pour l'Alsacien, à ce moment-là. Il a déposé à son procès par la suite. (Tiens, tiens! le vieux crabe s'était bien gardé de me raconter tout cela.)... Il y a eu un incident pénible au procès... »

L'officier des pêches s'arrête; il semble un instant regretter ses paroles; puis relevant la tête, il reprend un peu sèchement :

« Écoutez, Docteur, ce n'est pas à moi d'en parler. D'ailleurs le dernier mot de cette histoire n'est pas dit. Et il ne sera sans doute jamais dit!... Tout s'est passé à huis clos... Pour en finir avec Bongo Ba, c'est le commandant qui m'a suggéré de voir l'Alsacien — il a même insisté. Bongo Ba, qui doit être libéré en janvier, voulait trouver un embarquement sur un chalutier — à défaut de rempiler. C'est fait, votre ami le prend pour la campagne de Terre-Neuve. C'est pour ça qu'il est si joyeux : il ne retournera pas chez Citroën. »

Il fait mine de se lever, mais je le retiens :

« Comment vous l'a-t-il donnée? » dis-je en montrant la bouteille.

Je le sens se détendre.

« Il en avait une demi-douzaine dans sa cabine, commence-t-il avec encore un peu de réticence, des trois-mâts, des quatre-mâts et une petite corvette du Premier Empire avec tous ses canons, dans un flacon de whisky. Je la regardais, comme vous maintenant; je crois que ça lui a fait plaisir. " Taillée pour la course, expliqua-t-il, les Anglais nous les enviaient; à cette époque-là, en parlant d'une jolie femme, ils disaient : belle comme une corvette française. Je l'ai faite à la prison de la Santé, un maton m'avait donné la bouteille, vide. " C'est la seule fois qu'il ait fait mention de son passé devant moi; il avait un ton nonchalant et ses yeux riaient, mais j'ai senti qu'il était sérieux. »

L'officier des pêches me prend la bouteille des mains et l'approche de la lampe; l'ombre légère des voiles marque son visage.

« J'ai enlevé celui-là de son socle, reprend-il sans lever les yeux, pour mieux l'examiner. Il m'a dit alors : " C'est l'image du rêve... le rêve au carré, à la puissance deux... la fuite!... sauve qui peut! Une bouteille pleine de vin, c'est déjà du rêve, mais avec un bateau dedans, toutes voiles dehors!... " Il a ricané. " Illusion, bien sûr; nous autres marins nous savons ce qu'est vraiment la mer — notre pain quotidien — n'est-ce pas? Et pourtant, hein? On cherche toujours, on cherche encore. On attend quelque chose... Comme votre nègre. Gardez-la, je vous la donne. " Et puis il a ajouté : “ Dites à votre commandant que je prendrai son nègre. Dites-lui aussi... (quelqu'un a frappé à la porte de sa cabine, juste à ce moment-là) Non... rien. ” Et il a crié : “ Entrez. ” Voilà comment il me l'a donnée », conclut l'officier des pêches en se levant.

Il me rend la bouteille.

« Bonsoir, Docteur. »

Et il sort, me laissant seul dans le carré.

CHAPITRE X

LA CHANCE

J'ai la bouteille à la main. Vraiment du beau travail : le réseau complet des bras et des balanciers, le beaupré et le bout-dehors avec ses sous-barbes, les huniers fixes et volants...

Quelle drôle d'idée de mettre un bateau en bouteille! le rêve en bouteille...

Je n'ai pas envie de me coucher. Je bois un verre. L'*Eole* est silencieux, on n'entend que les pulsations lointaines des turbines.

J'oublie Willsdorff, le vieux commandant qui meurt, leurs conceptions différentes du devoir de soldat.

Je regarde le petit trois-mâts barque et je rêve. Je m'enfonce dans de vieux souvenirs que je croyais oubliés.

L'eau noire. Le canal de l'Erdre... Il y avait avant guerre une trentaine de grands voiliers désarmés — dont quelques-uns de chez Bordes, avec leurs sabords peints, décolorés par les intempéries. On leur avait enlevé tout ce qui pouvait se vendre, les voiles, le gouvernail en acajou et cuivre, les manœuvres courantes, la cloche de bronze pour piquer les quarts, les embarcations — ils pourrissaient lentement, immobiles, tranquilles, dans l'eau morte du canal; on les avait quand même enchaînés à des bornes de pierre, comme si on se méfiait encore de leur apparente résignation.

En hiver, un poêle fumait sur l'un d'eux — le *Shamrock*, du Havre, je me souviens. Avec mon ami Verne, on prenait une plate et on allait à bord en emportant du tabac gris et des bouteilles de muscadet que Verne fauchait dans la cave de son père. Le vieux gardien, un retraité de la Marine installé dans le poste d'équipage, nous racontait des histoires. Il disait avoir fait sept fois le Horn et trois fois le détroit de Magellan.

C'était un vieux crabe irascible, souvent à la fin de la deuxième bouteille de muscadet, ou au premier tiers de la troisième, il se mettait en colère sans raison. Il nous chassait avec sa canne et il fallait faire vite pour réembarquer sur la plate. Penché sur la lisse il nous poursuivait encore de ses malédictions : « Petits vauriens, vous voulez me faire parler, mais je ne dirai plus rien... Maudits! Maudits! »... Il gesticulait, le vieux fou — un jour il nous a jeté son bâton — et Verne et moi, nous riions comme des imbéciles.

Verne a été fusillé à la Libération avec trois autres garçons de son âge. Tel que je le connais, il n'avait certainement rien fait de déshonorant, mais Dieu sait quelles idées fumeuses son esprit exalté a pu chevaucher? Dieu sait quelles déclarations péremptoires il a pu proférer? On fusillait facilement à l'époque. Je n'ai pas cherché à savoir... J'ai quand même appris qu'un des juges aurait dit après le procès expéditif au cours duquel Verne s'était montré particulièrement arrogant : « Ne vous inquiétez pas, on va lui rabaisser son caquet à ce petit con, ... »

Verne a été battu à coups de ceinturon avant d'être exécuté.

Avant la guerre, les dimanches de printemps, mon père m'emmenait à Trentmoult, en descendant la Loire, voir un de ses vieux amis, un capitaine au long cours qui avait commandé chez Bordes. (C'est lui qui m'a appris à reconnaître les fameux sabords noirs de la vieille maison.) On prenait la navette au quai de la Fosse — une pinasse à moteur —, on passait sous le pont transbordeur, on longeait les chantiers de constructions navales. Des cargos remontaient vers Nantes, on lisait leur nom et leur port d'attache : Antwerpen, Saint-Pierre, London, Kobenhaven, Fort-de-France...

Le vieux capitaine au long cours habitait une petite maison sur la rive. Atteint d'un mal incurable, il passait ses journées derrière une fenêtre dans son fauteuil, les jambes sur un tabouret, à regarder les mouvements des bateaux. Il avait des cheveux blancs, drus et ressemblait à la photo de Victor Hugo que j'avais dans mon livre de *Morceaux choisis*. Il s'apprêtait à quitter « tout ça! » Il n'était pas triste.

Une femme austère que je n'aimais pas, sans âge, en robe grise, tricotait indéfiniment des laines de couleur terne à ses côtés. Je me souviens, le vieux capitaine

— quand il pouvait encore marcher — se laissait parfois entraîner par mon père pour une petite promenade au soleil qui se terminait invariablement au café près de l'appontement où d'autres capitaines cap-horniers buvaient du muscadet et mangeaient de petits fromages en racontant leurs histoires; avant de sortir il se tournait vers la femme avec une mimique significative. Elle fouillait alors dans son sac et lui glissait quelques pièces.

« Surtout ne les dépense pas », murmurait-elle chaque fois.

Ce qui était surprenant, c'était de voir leur échange de regards à ce moment-là. Ces quelques mots ridicules devaient être un rituel, un code entre eux, et le vieux capitaine partait tout guilleret.

Il s'était embarqué comme mousse, au lendemain de la guerre franco-prussienne, en 1871, sur un trois-mâts carré (« construit sur la Clyde, entièrement en teck de Malabar sauf le pont ») en partance pour la Nouvelle-Calédonie avec une cargaison de forçats et de communards.

Là-bas le bateau resta plus de trois mois à charger du maillechort. (« Les Canaques mangeaient encore un homme de temps en temps. ») C'est pendant ses heures de loisir qu'il avait mis son premier trois-mâts en bouteille. Il fut brisé sur la route du retour, à l'ouest du Horn, pendant une tempête qui dura sept jours et emporta deux matelots.

« La septième nuit, notre vieux capitaine — Tête de Bois — s'est tourné vers le ciel... Le grand Kériadec, de Morlaix, on l'appelait Tête de Bois. Il nous avait fait établir une misaine de fortune pour fuir devant le temps. Le travail fait, on s'était tous réfugiés sur la dunette, tremblants de froid, avec des têtes de condamnés qui savent que leur heure est venue. Kériadec, le grand Kériadec — il avait les yeux rouges à cause du sel et de l'insomnie — le grand Kériadec s'est écrié tourné vers le ciel : “ J'ai fait tout ce que je peux pour mon bateau. Maintenant à Toi de montrer ce que Tu veux ! ” »

Le vieux capitaine au long cours qui ressemblait à Victor Hugo (et un peu à Pasteur aussi) nous racontait souvent cette aventure de jeunesse. Les détails pouvaient varier, mais chaque fois, à la fin, Tête de Bois, le grand Kériadec, apostrophait l'Éternel.

« La chance, conclut-il une fois, c'est ça : on fait tout ce qu'on peut pour le bateau. Le reste ne nous appartient pas.

— Pour le bateau?... ou pour les hommes? demanda mon père.

— Oh! pour le bateau! Les hommes, vous savez!... Leur bonheur n'est pas en eux mais dans l'acceptation d'un devoir. Sans un bateau nous ne valons pas cher, hein?... Regardez-moi », ajouta-t-il en souriant.

La femme grise, sans âge, tricotait. Je guettais son coup d'œil. Elle eut l'air de lui dire : « Cause toujours, tu m'intéresses », ou peut-être : « Ne dis pas de bêtises », le vocabulaire des regards est assez incertain.

Sur le haut de leur cheminée il y avait un bateau en bouteille. Un quatre-mâts *(«* gréé à la mode des clippers américains; capable de faire ses seize nœuds en descendant la mer de Chine par mousson franche *»)*, le *Pamir*. Le vieux capitaine l'avait commandé pendant trois ans.

Un dimanche ensoleillé de printemps, il y a longtemps, je ne devais pas avoir plus de huit ou neuf ans, il m'avait dit :

« Chaque fois que tu viendras ici il faut que tu regardes ce bateau longtemps, en silence. Alors, si tu as de la chance, un jour tu découvriras le Grand Secret. »

Peut-être voulait-il seulement se débarrasser de moi, m'empêcher de tourner autour de lui quand il parlait avec mon père.

Le vieux capitaine est mort en hiver, pendant la « drôle de guerre ». Il restait encore quelques anciens cap-horniers pour le conduire au cimetière. Il faisait très froid, la terre était gelée. Mon père, mobilisé, m'avait demandé de le représenter, et Verne m'accompagna.

La femme grise, tout en noir, fut très digne. Quand on alla se réchauffer au petit café près de l'appontement, elle but quand même trois grogs bien tassés coup sur coup (pour la première fois de sa vie, je pense). Elle sortit de son sac le *Pamir* dans sa bouteille et me le tendit : « Je voyais bien que tu le regardais chaque fois que tu venais, comme il te l'avait dit... »

Le *Pamir* et son Grand Secret ont disparu dans le bombardement de Nantes.

Je range le petit trois-mâts barque en bouteille à sa place, bien calé entre les romans policiers pour qu'il ne risque pas de se briser au roulis.

Je monte sur la passerelle.

Il fait moins dix-huit. La banquise luit faiblement. A l'ouest une grande ombre plus obscure que la nuit masque lentement les étoiles les plus basses, l'une après l'autre.

Juste au-dessus de nos têtes, à la verticale, l'étoile Polaire qui brillait encore, comme à travers un voile de brume, disparaît à son tour. La mer sans aucun reflet semble devenue solide.

« Il se prépare quelque chose de carabiné », murmure l'officier de quart.

Dans l'air glacé et immobile, sa voix retentit jusqu'aux ailerons. Peut-être même jusqu'au bout de la nuit?

Quelques bouffées venues du sud tournoient, comme des avant-gardes tâtent les défenses de l'ennemi. Il y a des gémissements, des bruissements de vent qui se lève, des plaintes vagues sorties de nulle part. Il y a une clameur lointaine, qui fait penser à une armée se mettant en marche. Il y a un silence déconcertant, le halètement des turbines...

Et tout à coup, sans sommation, l'invisible tempête de suroît se rue sur nous avec la violence d'une charge de cavalerie.

CHAPITRE XI

LA BOUÉE

La tempête de suroît nous assaille par l'arrière. Les lames noires, invisibles, arrivent, déferlent et fuient; l'*Eole* se cabre, les chevauche, vibre intensément, presque immobile, et retombe d'un seul coup sur la hanche avec un bruit sourd. Les chiffres fluorescents du gyro-compas sautent de part et d'autre de la ligne de cap avec des cliquettements forcenés — l'hòmme de barre a du mal à maîtriser sa route.

La voix du vent se fait plus pressante, plus profonde. On renouvelle les guetteurs toutes les demi-heures.

L'officier des pêches — en accord avec le commandant — a choisi de commencer la mission d'assistance par le groupe de chalutiers le plus au nord *(77 degrés de latitude)* qui ont mis en pêche le long de la banquise, à l'est du Spitzberg, parce que l'un d'eux — la *Belle Normande* de Fécamp — a des ennuis de sondeur alors que nous avons à bord les pièces de rechange nécessaires.

Au début de l'après-midi, dans la nuit d'encre, le radar nous détecte à la limite de portée une demi-douzaine d'échos brouillés par les grains de neige et les glaces. Parmi eux il y a ceux de la *Belle Normande* et des deux autres chalutiers français que nous recherchons.

Le mauvais temps s'aggrave, le vent souffle à près de cent kilomètres à l'heure, la mer se creuse encore, le baromètre descend toujours, mais la température est remontée à moins cinq ou moins quatre.

Vers 15 heures nous ne sommes plus qu'à quelques milles des trois français. On devine parfois une lueur blafarde dans le nord-est, entre deux grains : le reflet de leurs feux sur les nuages. Au radar ils sont très visibles avec derrière eux la ligne indistincte de la banquise. Le commandant — tapi derrière sa vitre — décide d'effectuer le transfert du courrier et des pièces de rechange du sondeur par bouée postale [1]. Avec la houle et le vent, il n'est pas question de se rendre à bord des chalutiers en dinghy. Les capitaines de pêche grognent un peu à la radio parce qu'ils vont être privés de leurs vivres frais. Ils finissent par admettre qu'on ne peut risquer l'armement du dinghy pour quelques choux et salades. Jusqu'à présent leur pêche a été bonne, mais les marins-pêcheurs — Normands de surcroît —

1. Une bouée postale est un container insubmersible relié à un phoscar (une petite balise qui s'allume aussitôt qu'elle touche l'eau). Le principe d'utilisation est simple. Un navire, avec ses superstructures offre une forte prise au vent et dérive beaucoup plus vite qu'une bouée presque entièrement immergée. Le navire largueur va donc se placer à courte distance sous le vent du navire récepteur et un peu sur son avant. Le vent fait le reste — ou presque. Dès la bouée à l'eau, le largueur dérivant, s'écarte d'elle. Le navire récepteur, au contraire, tombe lentement dessus. Il lui suffit de quelques coups de moteur en avant pour l'aborder par le travers et la faire crocher avec des gaffes.

sont comme les paysans : jamais ils ne reconnaîtront que les choses vont bien. C'est une sorte de superstition, il ne faut pas tenter le diable. Ils savent aussi que tout se paye, qu'après les vaches grasses il y aura les vaches maigres. La carte météo n'est pas là pour les démentir.

De la passerelle je donne quelques consultations par radiotéléphone V.H.F. Rien de bien grave : une grippe, des entorses, contusions, panaris... — sauf un ulcère de plusieurs centimètres sur une jambe, que je voudrais bien voir de plus près.

Au dernier moment, je rejoins l'équipe des manœuvriers qui préparent la bouée sur le pont couvert de glace fondue. Je veux y ajouter des antibiotiques et des recommandations supplémentaires pour le traitement de cet ulcère qui me préoccupe.

Il n'y a ni ciel ni mer, seulement une obscurité absolue. Les feux de la *Belle Normande* qui achève de virer son chalut, montent à des hauteurs vertigineuses dans le vide et descendent dans les profondeurs tant notre roulis est accentué; ils s'estompent quand un grain s'abat sur nous avec les cris sauvages que la tempête apporte avec elle. Nous tournons le dos, le grésil crépite sur nos manteaux. Agrippé d'une main à la rambarde, Bongo Ba pousse de cordiaux jurons français et gabonais en s'escrimant de l'autre sur le couvercle de la bouée coincée entre ses genoux. Le blanc de ses yeux et de ses dents est la seule chose visible de son visage enfoui dans un passe-montagne.

« Attention! » hurle une voix.

Un coup de rein de l'*Eole* nous fait tous lâcher prise — comme si on nous avait tapé sur les doigts —, nous arrache en bloc à la rambarde du roof. Nous glissons tous ensemble sur le pont pour nous aplatir avec un « han! » douloureux contre le bastingage. Une sinistre lame noire vient nous lécher en gargouillant. L'*Eole* se redresse brutalement et nous recommençons à glisser dans l'autre sens. D'abord un, puis un autre, puis toute la grappe se détache pour se plaquer pesamment contre la paroi du roof. Quelqu'un croche la rambarde et tous nous nous agrippons à lui.

« Bon Dieu, prévenez, quand... »

La fureur du bosco est interrompue par une nouvelle embardée et une gîte qui le laisse sans voix, uniquement préoccupé de se maintenir. La paroi verticale du roof semble se transformer en toit. L'homme suspendu à la rambarde tient bon en grognant et en ruant comme une bête, mais personne ne lâche prise. Une autre lame noire nous inonde.

« On prévient quand on change de cap, bon Dieu! Hé! Là-haut, vous entendez? » écume le bosco scandalisé vers l'aileron.

L'*Eole* se redresse, entraînant des torrents d'eau glacée sur le pont.

« Putain! La bouée! » dit encore le bosco.

« Je tiens la putain, chef, je la tiens sous mon ventre. »

La voix profonde de Bongo Ba. Il n'a pas lâché sa bouée, à genoux dans l'eau il l'entoure de ses bras tout en se cramponnant des deux mains à une jambe devant lui.

L'*Eole* se couche encore une fois mais nous y sommes tous préparés sauf le pauvre nègre à genoux qui barbote et crache sans desserrer sa prise : « Ouille, ouille, quelle misère, ouille, ouille », braille-t-il, et sa voix nous semble si comique que nous éclatons de rire...

Je remonte sur la passerelle.

Le jeune enseigne est de quart. Le commandant n'est pas debout derrière sa vitre, il est assis dans le fauteuil qui lui est réservé. L'officier des pêches parle à la V.H.F.

Par les portes ouvertes le vent et le grésil s'engouffrent avec violence, on se croirait dans un hangar. Je retrouve l'atmosphère de confiance et de tension mêlées du départ de Lorient, les ordres égrenés, concis, précis, sans équivoque.

« Avant 1, cinq à gauche.

— Avant 1 transmis.

— La barre est 5 à gauche.

— Bien. »

En travers de la lame l'*Eole* roule avec une gîte de 30 degrés mais la nuit est si obscure que je ne m'en rends compte que lorsque nous longeons à quelques encablures sous le vent la *Belle Normande* illuminée comme un transatlantique. Sans autre point de repère que la passerelle, je la vois émerger du pavois, s'élever majestueusement dans le néant, dépasser l'encadrement de la porte avec une hésitation pour redescendre quelques instants plus tard avec la même superbe lenteur. De l'aileron l'illusion cesse, tout rentre dans l'ordre : c'est nous qui roulons.

Elle défile le long du bord avec les mouvements souples qu'on voit dans les films au ralenti. Elle est vraiment belle : un avant haut et fin comme celui d'un croiseur; un château blanc, éblouissant. D'une des vitres de la passerelle entièrement close un visage nous contemple. Les projecteurs à iode jettent une lumière impitoyable sur son pont où des hommes difformes aux cirés orange ramendent le chalut, titubant tous ensemble avec de grotesques gestes d'ivrogne.

Le vent apporte une odeur de mazout brûlé et de poisson.

« Zéro la barre, comme ça.

— La barre est à zéro. Cap au 315. »

Une cinglante bourrasque de neige brouille sa beauté, comme si soudain on ne la voyait plus qu'à travers un verre dépoli. Nos yeux pleurent, brûlent et nous détournons la tête. Le grain passe. Elle est là à nouveau, un peu sur notre arrière, blanche, immaculée, s'élevant sans effort dans la houle avec des balancements de félin.

« Arrière zéro.

— Arrière zéro transmis.

— Bien. »

L'enseigne se rend sur l'aileron pour contrôler sa position.

« Arrière zéro exécuté.

— Bien... Larguez la bouée. »

Le cri est repris plusieurs fois. On l'entend s'éloigner, indistinct dans le grondement du vent.

« LARGUEZ LA BOUÉE... guez... bouée... oué... »

La réponse revient comme un écho, de plus en plus clair :

« ouée... bouée... guée.. BOUÉE LARGUÉE.

— Bien. Avant zéro. »

A la V.H.F., l'officier des pêches prévient le capitaine de la *Belle Normande* :

« Ça y est.

— Merci, merci, bredouille la voix dans le récepteur, je ne vois encore rien... votre sacré phoscar a dû foirer. »

Penchés sur le pavois les veilleurs scrutent les ténèbres

impénétrables. Soudain une toute petite flamme s'allume, s'éteint, reprend, semble bondir dans le ciel, disparaît sous une déferlante.

« Le voilà! crient les veilleurs.

— Ah! je l'ai repéré, bredouille le récepteur.

— Avant 1 », ordonne l'enseigne en regagnant la passerelle.

Le commandant n'a pas bougé de son fauteuil. Il a les yeux fermés et semble dormir, autant qu'on puisse voir à la lueur des lampes de veille.

« Ne restez pas trop près, dit-il soudain, on ne sait jamais comment manœuvrent ces chalutiers.

— Oui, Commandant. »

La petite flamme jaune s'éloigne, clignote, disparaît, engloutie pour réapparaître, vacillante, avec obstination, toujours plus loin. Elle me fait penser aux âmes errantes des légendes vietnamiennes dans le royaume de l'éternelle nuit.

La saute de vent a lieu alors que l'*Eole*, debout à la lame, attend que la *Belle Normande* lui renvoie la bouée avec le courrier des pêcheurs. Elle est annoncée par une fureur croissante des rafales de neige.

Les ténèbres s'éclaircissent tout à coup, on peut voir des étoiles dans les déchirures de la tempête; le souffle glacé du N.-O. balaye le ciel de suie.

La lune sort d'un nuage. C'est un éblouissement. La banquise très proche étincelle comme une plaque d'acier. Tout devient lumineux, baigne dans un lait spectral; les veilleurs sur l'aileron, les antennes givrées des radars, le pont, le canon, l'étrave couverte de glace, le visage du commandant évidé comme certaines vieilles statues de calvaires. Seule la houle reste noire — un noir luisant de charbon.

La température descend à moins vingt degrés centigrades. Dans les hurlements du vent on entend craquer la glace. Alors la mer se couvre de vapeur.

« Ça fume comme un pot-au-feu », murmure le veilleur tribord avec un accent bourguignon.

L'eau doit être à quelques degrés au-dessus de zéro — les dernières traces du Gulf Stream —, le froid semble la faire bouillir. On ne voit plus les vagues noires; l'*Eole*, et plus loin la *Belle Normande* et plus loin encore les feux des autres chalutiers, flottent sur une nappe de brume blafarde qui fuit bas sous la lune à plus de cent kilomètres à l'heure.

« On ne repérera jamais leur foutue bouée! »

L'officier des pêches propose au commandant de prendre en main la manœuvre de récupération.

« Non. Il se débrouille très bien. »

L'enseigne a un de ses beaux sourires.

La *Belle Normande* nous remonte lentement pour prendre sa position. Malgré les grondements du vent, malgré les craquements de la banquise — comme un bombardement lointain —, malgré les longues lames hargneuses invisibles sous la mince couche de brume en fuite qui nous secouent sauvagement, tout semble calme, étrangement figé, pétrifié.

« Lieutenant.

— Commandant?

— Vous ne verrez la bouée qu'au dernier moment, n'ayez pas peur de forcer le bateau. Prévenez la machine.

— Oui, Commandant. J'ai mis du monde sur l'aileron. »

Le commandant se contente de hocher la tête et ferme les yeux.

La voix métallique de la *Belle Normande* crachote dans le récepteur :

« Je largue... Loupez pas notre courrier, hein!... Ça y est, le phoscar brûle... Bon Dieu, on ne voit déjà plus rien... Tâchez de ne pas le manquer, Bobonne ne serait pas contente.

— Bien, répond l'officier des pêches, restez stoppé, vous nous servez de point de repère. »

Sur l'aileron, l'enseigne et quatre ou cinq veilleurs, les yeux écarquillés, scrutent la brume livide. Le vent crie dans les antennes radar qui tournent inlassablement... Une horrible sensation de froid...

La *Belle Normande* resplendissante de lumière; derrière une des vitres de sa passerelle, une silhouette indistincte nous guette...

Rien, nous ne voyons rien. Seulement cette maudite vapeur qui sourd de la mer. Nos yeux pleurent, notre haleine gèle sur la laine de nos passe-montagnes, l'acier du pavois brûle nos mains à travers nos gants.

Une vague lueur jaune, fantomatique, aussitôt disparue.

« Là, un quart bâbord.

— Avant 2. A droite 15. »

L'enseigne réagit comme un cheval à l'éperon. Le cœur des récitants reprend en écho :

« Avant 2 transmis.

— La barre est 15 à droite. »

Toujours le froid, le vent, le même roulis épuisant, mais nous n'y prenons garde : la bouée est là, quelque part devant nous, sur notre avant.

Rien. La brume blafarde sous la lune... Nos larmes gèlent sur nos joues...

Le veilleur a dû se tromper...

« La voilà! Là! Là! »

Une lueur orange, un halo palpitant qui glisse, comme un requin en eau trouble, plonge, disparaît. Elle va passer sous l'étrave.

« Tout à droite. »

Nous sommes hypnotisés. Nos yeux sont douloureux. La lueur disparaît, submergée par notre lame d'étrave.

« Arrière trois. Zéro la barre. »

La voix de l'enseigne est parfaite, juste la tension nécessaire pour que les ordres claquent.

« La barre est à zéro.

— Arrière trois transmis.

— Bien. »

La lueur fantôme semble bondir vers le ciel dans le coup de roulis qui suit l'embardée. Elle file à contrebord, très proche. Elle palpite d'une vie sauvage.

« Comme ça.

— Arrière trois exécuté. »

L'*Eole* vibre de toutes ses tôles, son erre cassée par l'hélice battant brutalement en arrière. La lueur bondit encore un peu en tous sens puis glisse tranquillement vers nous.

« Avant zéro. La barre quinze à gauche. »

Un nuage masque la lune. La mer de brume s'assombrit d'un seul coup. Du pont montent des cris incompréhensibles, aussitôt emportés par le vent. Une grande flamme orange illumine un instant un groupe de matelots agglutinés, penchés sur le bastingage — j'ai l'impression absurde qu'ils se battent entre eux — et s'éteint, comme on souffle une allumette.

« ouée... chée... Ouée... rochée... BOUÉE CROCHÉE

— Quinze à droite. Avant trois. »

La *Belle Normande*, superbe et blanche, est toute proche, dangereusement proche — elle a dérivé moins vite que nous. Derrière une des vitres de la passerelle l'homme nous guette toujours. Il allume une pipe. On dirait qu'il porte la barbe. Il nous fait un geste de la main et tourne le dos.

L'officier des pêches à la radio :

« Ça y est, on a toutes vos lettres d'amour. »

La voix anonyme de la *Belle Normande* dans le récepteur :

« D'amour, d'amour... faut pas pousser... Allez, merci, messieurs, mais vous étiez un peu trop près à mon goût. A bientôt. Je remets en pêche — un trait — et puis cap au sud parce qu'avec ce vent le pack va descendre. »

La *Belle Normande* s'éloigne. Sur son pont arrière bien dégagé les hommes en ciré cassent la glace à coups de masse.

Le noroît qu'on reçoit par le travers s'engouffre dans la passerelle. Moins vingt et un degrés centigrades.

Notre commandant semble mort; à peine si l'on perçoit sa respiration. Ce qui frappe c'est qu'il puisse dormir ainsi malgré le vent et le froid, dans cette position incommode, assis bien droit, en gardant une immobilité complète. Je devrais le réveiller, l'aider à descendre dans sa cabine. Son visage est gris, sévère, comme pétrifié; il ressemble réellement à un masque de cire.

L'officier des pêches se penche vers lui, impressionné par son immobilité léthargique. Il reste ainsi penché sur lui quelques instants, retenant son souffle.

« Qu'est-ce que vous avez? » dit soudain le commandant sans ouvrir les yeux.

Sa voïx est à peine audible dans le vacarme assourdissant de la tempête, mais je suis tout près et je l'entends : le ton n'est pas aimable.

L'officier des pêches se rejette en arrière, comme pris en faute :

« Rien, Commandant, rien. Je... non, rien.

— Alors, qu'attendez-vous pour faire mettre le cap sur le Nord Flaket? Nous n'avons plus rien à faire ici. Douze nœuds, inutile de nous couvrir de glace avec cette mer debout.

— Oui, Commandant. »

Le commandant demeure plongé dans le même engourdissement plusieurs minutes encore — pas un muscle de son visage ne bouge, pas un mouvement n'anime son corps — indifférent aux ordres.

« ... Rompre du poste de manœuvre... Les deux machines en avant à cent quarante tours... cap au 223... »

Puis il se lève et va s'appuyer contre la vitre, dans son attitude favorite, les coudes sur la main courante de cuivre.

L'*Eole* butte contre une mer hachée — « maniable », écrit l'enseigne au journal de bord — sous le brasillement de cent mille étoiles et l'ombre épaisse des nuages. Un paquet d'embruns étincelants s'élève de l'étrave, aussitôt gelé, rabattu avec un crépitement de chevrotine sur la tôle. La coque vibre, toute la masse est prise d'un tremblement. L'*Eole* roule, comme trébuche un cheval, se redresse, retrouve peu à peu son long et souple galop dans la plaine noire et blanche et froide, mouvante, infinie. La plainte étrange — si triste — qu'on entend parfois à travers les hurlements du vent, ferait croire que l'univers a une âme.

Moi aussi, je me colle contre la vitre, émerveillé.

Je sens la présence taciturne, parfaitement immobile, du commandant à côté de moi. J'ai l'impression qu'il a toujours les yeux fermés — je n'ose plus l'observer avec trop d'insistance.

Il sort de sa torpeur, se détourne d'un mouvement lent :

« Hein!... Docteur », dit-il avec un mouvement de menton vers la mer.

Avant de quitter la passerelle il ajoute encore à l'intention du jeune enseigne :

« Bien, mais... méfiez-vous, pas trop près.

— Barre à droite le bateau répond bien, je savais que je pouvais... »

La phrase de l'enseigne reste en suspens, le commandant est parti sans écouter.

Moi aussi je quitte la passerelle. Il fait trop froid.

Le chef est déjà remonté de la machine. Il m'attend devant un whisky.

« Venez boire un verre avec moi, Docteur. »

J'ai la mâchoire tout engourdie et du mal à articuler :

« Un grog.

— Cet animal d'enseigne, poursuit le chef, pilote le bateau comme ne le ferait pas un sous-lieutenant d'infanterie. Honte sur lui ! Il pourrait au moins prévenir quand il se met en travers de la lame, j'ai failli me briser le crâne contre un compresseur. Le maître d'hôtel a cassé une pile d'assiettes ; quand je suis arrivé, il était encore à quatre pattes en train de ramasser les morceaux. Il jurait presque aussi bien que Bongo Ba. Je regrette que la Marine ait jugé bon d'abandonner l'usage de la garcette — je parle pour les enseignes — vraiment dommage... »

Ce bavardage m'agace — je n'arrive pas à me réchauffer et me sens complètement vidé —, je l'interromps un peu sèchement :

« La barbe. Il a été très bien. Même le commandant a...

— Oh ! oh ! Docteur, on dirait que la mer vous a un peu énervé », répond le chef en ricanant.

Il élève son verre dans la lumière, fait tinter le glaçon et boit une gorgée.

« Qu'y a-t-il donc à voir là-haut, reprend-il après un silence, pour agiter ainsi le cœur des hommes ? »

Une autre gorgée.

« Rien ! Ha ! ha ! ha ! Bien moins que dans ce verre. »

Je hausse les épaules. Il se cale confortablement dans un fauteuil.

« Docteur, si vous m'apportez un autre whisky je vous raconterai une histoire. Une histoire de mon pays ; l'histoire d'un ivrogne qui a vu ce qu'il voulait voir. Ha ! ha ! ha ! »

CHAPITRE XII

LE SIGNE

« Une de vos histoires de mort?

— Non... une farce, un conte, dans le genre de ceux de votre philosophe chinois à l'oreille coupée.

— Pas chinois, métis de Vietnamien et de Cambodgien. Le Vénérable Huong.

— C'est ça. »

Le chef tient son verre haut devant lui et regarde la lumière de la lampe à travers le liquide ambré. Il a l'air d'un Mongol, d'un Mongol blond aux yeux gris.

L'*Eole* poursuit sa route dans la nuit glacée d'une planète morte, mais on ne perçoit qu'un grondement lointain — une sorte de mugissement étouffé — au-delà des tôles. Je commande un second grog, allonge les jambes, allume une cigarette et j'écoute.

« A quatre kilomètres de chez moi, en pays bigouden... le pays bigouden c'est le menton de la France. Regardez la carte... Cette tête d'aigle qui avance dans l'Atlantique, vous voyez? Mon pays c'est le menton. Sacré menton! Cassius Clay — Muhamad Ali — et tous ses prophètes peuvent taper dessus! Toutes les tempêtes de l'Atlantique tapent dessus... Rien, ça ne bouge pas! Les Bigoudens ça ne bouge pas. Ça a la tête dure... Un jour un type, un farceur, un voyageur de commerce, un marchand de vin de Quimper-Corentin, avait — je ne sais pourquoi — raconté à mon père que les Siciliens, ou les Turcs peut-être, qui émigrent en Australie sont tellement bornés que la seule chose qu'ils soient capables de faire là-bas c'est de donner des coups de tête dans les arbres pour en faire tomber les fruits. « Faut-il qu'ils aient la tête plus dure que des chrétiens! » disait cet imbécile de marchand de vin en se tapant sur les cuisses! « Des Siciliens, des Turcs, pouh! C'est rien du tout », répond mon père. Et le voilà qui fonce dans le potager — il avait goûté un peu trop les échantillons du bonhomme, je crois —, boum! dans le pommier. Boum! Boum! — trois fois — au moins un quintal de pommes à cidre ont dégringolé — c'était en automne. Il est revenu ensuite s'asseoir tout tranquillement... Mon père était un vrai Bigouden!... Les jours de tempête, le dos à la mer appuyé au parapet du quai — casquette, sabots, mains dans les poches, face au bistrot — il restait à fumer et à cracher avec ses copains sans dire un mot. Une tête dure, mon père... Mais ce n'est pas mon histoire. A quatre kilomètres de chez nous, dans la lande, après la pointe de la Torche, derrière une grève grise jusqu'à l'horizon, ... faut le voir en hiver par vent d'ouest : des vagues énormes qui envoient des embruns salés jusqu'à dix kilomètres à l'intérieur, c'est à croire que tout l'air est fondu en eau... Et plus loin, au large, des cailloux noirs partout, comme des troupeaux de baleines... Faut le voir sous la pluie! la nuit! alors vous croirez aux ténèbres de l'Enfer et à tous ses démons crochus, griffus, velus — oiseaux criards à tête de mort — ou bien vous direz : ce ne sont que des goélands, homme de peu de foi!... Bon, à quatre kilomètres de chez moi il y a un hameau de granit et de chaume, à moitié déserté — qui voudrait vivre là-bas, bon Dieu! — une chapelle et un calvaire : Guenn-an-Avel, ça veut dire « Cogne le vent ». C'est là que s'était retiré notre vieux recteur. On disait qu'il avait l'esprit un peu dérangé — le *gwin ru* et la sainteté. Il buvait pas mal, surtout le soir, quand le cœur de l'homme est attendri par la nuit qui descend. Je le sais, j'ai été son enfant de chœur dans le temps... Une nuit — il y a bien quinze ans de ça — une nuit, le saint homme se réveille et se précipite en chemise et en sabots à la chapelle pour sonner la cloche. Ses ouailles rappliquent aussitôt avec des lampes tempête — il n'était plus d'active, mais on l'écoutait encore dans le pays — une demi-douzaine de vieilles femmes, des enfants et le débile mental — tout à fait inoffensif — qui vivait avec sa mère. Pas d'homme, ils étaient tous en pêche sur des chalutiers du Guilvinec ou de Saint-Guénolé.

« “ Et voici qu'un ange du Seigneur m'est apparu en songe, proclama le vieil illuminé. Il m'a dit : Bientôt un signe traversera le ciel. Ne crains pas de prendre avec toi tes brebis et de suivre le signe, il te mènera jusqu'au nouveau pays de Chanaan... etc., amen... ”

« Et tous crurent en sa vision, les vieilles femmes, les enfants, le débile et sa mère. Tous!... Bigoudens à tête dure!... Ne riez pas. Nous, on croit à l'Ankou, l'ange de la Mort, homme de peu de foi... Par exemple, quand vous êtes pris d'un frisson — sans raison, comme ça — les vieux disent que c'est la Mort qui passe. Elle passe, elle passe, un jour elle s'arrête... Et pourquoi pas? Moi qui vous parle, le jour de la disparition de mon père, dans le raz de Sein — j'étais sur un ravitailleur à la Martinique —, c'était la nuit, je dormais après mon quart, j'ai eu froid d'un seul coup — un frisson — mon hublot s'est ouvert et la mer est entrée toute verte, et mon père tournoyait dedans, les bras en croix avec son vieux ciré jaune raccommodé, sa brassière de sauvetage et ses bottes. Il voulait me parler, je l'ai bien vu. Qu'est-ce qu'il aurait bien pu me dire, hein? Qu'est-ce qu'on peut bien dire?... Et pourtant il voulait me parler, je l'ai vu... mais je me suis réveillé!...

« J'ai vérifié, tout concordait, les bottes, le ciré... l'heure — il faisait jour, là-bas. Bon Dieu, votre incrédulité me force à raconter des choses bien personnelles... Je vous le dis, ils ont tous cru en sa vision parce que c'était un saint homme, un point c'est tout... »

L'histoire du chef est interrompue à ce moment par l'arrivée du jeune enseigne qui descend de la passerelle, se frottant les mains et soufflant sur ses doigts.

« Un thé brûlant, s'il vous plaît », lance-t-il au maître d'hôtel en se laissant tomber dans un fauteuil. Il me jauge du regard et ajoute en souriant :

« Docteur, j'ai l'impression que vous vous êtes fait coincer par le chef. »

Tout en dégustant son whisky à petites gorgées, le chef nous dévisage à travers la fente étroite de ses paupières.

« Vous, le sous-lieutenant d'infanterie, dit-il doucement, vous feriez mieux d'apprendre à conduire proprement ce bateau, au lieu de dire des âneries. Vous avez cassé une pile d'assiettes — qui vous sera comptée — et failli me tuer. »

Le visage de l'enseigne exprime un ravissement pour le moins excessif.

« Tout vous sera compté, en vérité je vous le dis, conclut le chef avec onction.

— Amen, répond l'enseigne d'un ton insolent, je parie que vous lui racontez une des histoires de votre recteur fou courant la nuit dans la lande », et, se tournant vers moi : « Ne l'écoutez pas, Docteur, c'est un blasphémateur.

— Pas fou, le saint homme, seulement un peu dérangé, proteste le chef, et d'abord, que savez-vous des Bigoudens, jeune biffin? Ils ont peut-être la tête dure, mais des âmes de petits enfants... Oui, ils ont tous cru en sa vision... Mais les prodiges ne s'arrêtent pas là — hommes de peu de foi — parce que, effectivement, un signe apparut dans le ciel quelques jours plus tard. Oui!... Comme je vous le dis! Notre vieux recteur marchait le long de la grève — il aimait parler à la mer ou au vent! Je l'ai entendu une fois, quand j'étais enfant de chœur, caché derrière un rocher. Il criait et se frappait la poitrine : " Seigneur, chasse le démon qui est en moi et précipite-le dans l'abîme, comme tu l'as déjà fait pour d'autres ", et ainsi de suite... " Mea culpa "... Et moi, tapi derrière mon rocher, plein de crainte. Et cette sacrée marée qui montait et mouillait mes culottes...

« Peut-être que son démon c'était le gwin ru? — le vin rouge — hein, Docteur? Seulement des humeurs... Comment dites-vous? viscérales. La rate, le gésier ou le sot-l'y-laisse?... Il n'y a pas de démons, n'est-ce pas? Pas de diables qui glissent, rampent, ondulent, hein? ... Moi je ne sais pas, ha! ha! ha!... Enfin!

« Donc, un matin qu'il marchait le long de la mer, une grande flèche, une nuée blanche traverse le ciel : le doigt du Seigneur tendu vers l'est. Le vieillard tombe à genoux, pleurant de joie. Il réunit ses " brebis " devant la chapelle et leur dit : " Et voilà qu'un Signe nous est donné ".

« Et tous pouvaient voir le Signe.

« Et tous le suivirent en chantant des cantiques. Devant deux enfants de chœur portant la croix et l'oriflamme de Sainte Ninno'ch et derrière les vieilles femmes en coiffe, les autres enfants, deux vaches, des poulets, un chat appartenant à on ne sait qui, et l'idiot bavant qui fermait la marche avec sa mère; tous le nez en l'air, à regarder le Signe qui se dissipait lentement, en chantant :

« *O Chanaan, divin séjour, ô cé-é-leste patri-i-e...*

— Vous chantez faux, Chef, dit le jeune enseigne avec insolence et vous exagérez un peu cette fois : un signe dans le ciel! et en plein jour! J'aimais mieux vos histoires de fossoyeurs, de pendus aux calvaires, ou vos trépassés qui braillent les soirs de tempête. C'était plus amusant. »

Le chef ignore l'interruption.

« Et tous le suivirent en chantant... pas de biniou pour les accompagner, je regrette de le dire, — ça aurait fait plus joli — mais la vérité est qu'il n'y en avait pas.

« Quand il n'y eut plus rien dans le ciel, ils s'arrêtèrent, mangèrent des crêpes et burent le vin d'Algérie que les vieilles avaient eu la précaution d'emporter. Dans l'après-midi il y eut encore un Signe, mais cette fois il désignait l'ouest. " Le Seigneur veut nous éprouver " interpréta le vieux recteur. Et tous rebroussèrent chemin à travers champs — un peu fatigués.

« Le soir ils trouvèrent refuge dans une grange et le bon recteur exhorta son troupeau endormi... Non, je n'y étais pas, mais je sais très bien ce qu'il a pu leur dire — j'ai été son enfant de chœur, ne l'oubliez pas. C'était un homme qui ne mâchait pas ses mots et qui était souvent très exalté. Il a dû leur citer son verset favori :

« *Voici ce que dit celui qui a l'épée aiguë, à deux tranchants : je connais vos œuvres. Je sais que vous n'êtes ni froids ni bouillants. Ainsi parce que vous êtes tièdes je vous vomirai de ma bouche...*

« Ou bien quelque chose du même genre.

« Peut-être même a-t-il succombé un instant au découragement — après tout c'était un très vieil homme et il avait beaucoup marché — parce que soudain, dans la nuit il a fustigé ses “ brebis ” d'une voix si forte qu'on l'a entendu dans la ferme à côté. Les chiens se sont mis à hurler et les fermiers n'ont rien compris de ce qu'il a pu leur dire.

« Le lendemain il plut et il n'y eut pas de Signe, mais ils crurent entendre le grondement de la Voix du Seigneur.

« Il plut pendant trois jours et les fermiers commençaient à en avoir marre de nourrir cette bande de pèlerins et d'écouter les sermons du vieux fou. Enfin le quatrième matin le ciel était dégagé. Il y eut le Signe. Cap à l'est. Et ils partirent tous en chantant leurs cantiques, cap à l'est. Un ouvrier portugais, un garçon de ferme, les suivit longtemps à distance, loin derrière le chat, l'innocent et sa mère.

« Tous les jours de temps clair ils virent le Signe, mais le Seigneur voulait certainement les éprouver car si le matin Il leur désignait l'est, l'après-midi c'était l'ouest et les brebis du saint homme, alourdies par les crêpes et le vin rouge d'Algérie rebroussaient chemin en gémissant et en grinçant des dents. Quand même, ils marchaient moins l'après-midi que le matin et ainsi, lentement mais sûrement, ils avançaient vers l'est. Ils ont marché, marché, marché — marche et contre-marche — en chantant des cantiques et en buvant du vin rouge. Personne jamais, dans les fermes, ne leur refusait le pain et le vin...

« Rien qui vous sèche la gorge comme de raconter des histoires de marche à pied! » conclut brusquement le chef en se levant pour se servir à boire.

L'enseigne est plus rapide et s'empare de la bouteille.

« Docteur, dit-il en me la tendant, ayez la bonté de garder ce whisky. Vous ne lui en donnerez que quand il aura terminé son histoire. »

Le chef se réinstalle dans son fauteuil, a un rire en dedans et garde le silence.

« Alors? insiste l'enseigne, vous n'aurez rien à boire avant... Finissez l'histoire de votre vieux fou qui voit des signes dans le ciel, si vous le pouvez.

— Pas fou, seulement un peu dérangé », grogne le chef.

Il lève son verre vide, le contemple un moment dans la lumière; ses yeux ne sont que deux fentes. Et soudain, sans avertissement, il lance le verre à l'enseigne qui l'attrape au vol. (Difficile à cause du roulis.)

« Bravo! bons réflexes! dit-il. Vous ne croyez pas aux signes, hein? ... Pauvre innocent! Il est regrettable que votre mère ne soit pas à vos côtés pour vous empêcher de dire des bêtises. Que pensez-vous donc faire ici, hein?... Vous aussi vous suivez un vieux, comment dites-vous, Docteur?... un vieux crabe plein d'orgueil qui passe son temps à regarder la mer derrière une vitre. Et vous guettez, sur votre écran radar, un écho — un signe — qui donne un cap à votre timonnier, et un sens à tout votre cirque... Et notre bon docteur, ici présent, qui va se geler là-haut sans raison, qu'espère-t-il donc?...

— Non, Chef, interrompt l'enseigne, vous ne vous en tirerez pas cette fois avec votre habituelle philosophie de bistrot. Je crois que vous vous êtes embarqué sans biscuit dans cette histoire, vous ne savez plus comment conclure. »

Le chef se tourne vers moi avec un clin d'œil :

« Ils ont fini par arriver, tous, le chat qui n'appartenait à personne, l'innocent et sa mère, les vieilles en coiffe, le Portugais et le reste, tous —, ils sont arrivés à Orly. Alleluia!

— Complètement idiot, grogne l'enseigne, où est le signe, chef?

— C'était l'année où fut mis en service le premier vol en Boeing 707 New York-Paris. Chaque matin un jet arrivait d'Amérique — en laissant une grande traînée blanche de condensation dans le ciel — et repartait le soir... Levez le nez en l'air et vous verrez, jeune homme de peu de foi. Maintenant donnez-moi à boire, Docteur, je l'ai bien mérité! »

« Je l'ai bien eu, dit le chef après le départ de l'enseigne. Si on n'y prenait garde, ces jeunes gens vous mangeraient des petits pâtés sur la tête. »

Son visage de Mongol est tout plissé de joie. Je ris avec lui.

« Non, Docteur, dit-il soudain sérieux, ce n'est pas une histoire drôle. Bien sûr, ils ne sont jamais arrivés à Orly, mais la recherche de la nouvelle Chanaan a duré sept jours. Chaque matin il y avait des désertions. Les derniers à rester avec le vieux recteur ont été le chat, l'innocent et sa mère; et puis eux aussi ont abandonné. Le matin du septième jour on a retrouvé le saint homme recroquevillé dans un chemin creux. Il serrait son bréviaire sur son giron, il avait l'air heureux... Il a été enterré à Guenn-an-Avel.

— Je ne vous crois pas, chef. Vous me racontez des histoires.

— Homme de peu de foi! Ha! ha! ha! »

CHAPITRE XIII

DON QUICHOTTE

La nuit. Le vent. Le froid... Le temps passe.

Les veilleurs oscillent pesamment, ballonnés dans leurs manteaux de mer, livides sous l'aurore boréale.

La barre cliquette comme une horloge qui parfois s'affole. Les instruments de bord aux chiffres fluorescents versent une pâle clarté d'astres. Le rayon tournant du radar — on dirait l'aiguille des secondes d'un chronomètre — balaye inlassablement un écran vide.

La houle va, vient, luit et gronde.

Le froid, la nuit constellée de pierreries glacées.

Le clairon sonne. Allons, il est sept heures.

Le carré.

Des odeurs de café, de pain chaud, de confitures. Des odeurs d'eau de Cologne et de dentifrice aussi.

« Passez-moi le beurre.

— Merci. »

Le chef, rose et frais, bien rasé :
« Alors, toujours là-haut, Docteur. »

Les informations :
PEKIN :
Monsieur Chou En-lai, Premier ministre de la Chine populaire, a déclaré : « La guerre nucléaire est inévitable et tous les peuples du monde doivent s'y préparer... »
VALPARAISO :
Un pétrolier géant s'est échoué dans le détroit de Magellan. Sur plus de 40 milles de côte, la faune et la flore ont été entièrement détruites par des dizaines de milliers de tonnes de pétrole brut.

« Le commandant veut vous voir », me murmure à l'oreille le maître d'hôtel.

Le commandant lit, allongé sur sa couchette, sanglé dans son uniforme. Il s'est rasé; sa peau est grise, comme de la poussière, sous l'éclairage de la lampe de chevet. Un petit caillot de sang sèche sur son menton.

Je n'ai nul besoin de faire effort pour l'imaginer mort : il suffirait qu'il ferme les yeux, les deux mains croisées sur un crucifix.

Quand je suis entré, après avoir frappé à la porte de sa cabine, il a reposé le livre ouvert sur la couverture de laine. J'ai essayé de lire le titre et il s'en est aperçu.

« *La Parabole des talents*, dit-il en tapotant la Bible de sa prothèse gantée de cuir, vous connaissez?... La dernière parabole avant le baiser de Judas, le reniement de Pierre et la crucifixion. Terrible parabole!... La plus terrible de toutes. Qu'as-tu fait de ton talent?... Docteur, voulez-vous me faire une intraveineuse? »

Il me tend une petite boîte de produit pharmaceutique : à l'intérieur une ampoule d'un dopant banal, à base de vitamine B 12. De quoi le remonter pour quelques heures.

« Nous serons à midi sur le Nord Flaket », ajoute-t-il encore en guise d'explication.

Je hausse les épaules.

« Commandant, tout ça n'est pas sérieux. Vous êtes en train de vous tuer. Je devrais... »

Il ne me laisse pas achever ma phrase.

« Je vous demande *seulement* de me faire une piqûre, Docteur. »

Le ton est sec, désagréable.

« Il y a un infirmier à bord pour ça, commandant », dis-je froidement.

Il se laisse retomber sur sa couchette. Ses lèvres sont minces, serrées. Son nez, long et droit, porte une ombre sur le cerne de son œil gauche.

J'ai souvent remarqué que les ravages de la maladie semblent dégager les traits profonds du caractère, décaper les visages du superflu pour faire ressortir l'essentiel. Chez les uns on découvre étonné une énergie inconnue, chez les autres une vulgarité, une bassesse insoupçonnée, parfois une innocence d'enfant. Ce qui domine, ce matin, chez le commandant, c'est sa noblesse. Sous la lumière crue de la lampe de chevet qui souligne le squelette de son visage maigre, il me fait soudain penser à Don Quichotte sur son lit de mort dans une illustration de Gustave Doré.

Il ferme les yeux. Son corps se détend.

« Docteur, tout ça n'a aucune importance. Aucune... Le second prendra ma place... ou l'officier des pêches, jusqu'à ce qu'on m'ait trouvé un remplaçant. »

Un silence. Je retrouve le bruit singulier de la tempête au-delà des tôles d'acier; des coups, des secousses successives, éloignées, assourdies; des cris incompréhensibles. Et d'autres sons plus proches, des grincements, des craquements. Et le halètement feutré des turbines...

« La mort n'est pas si terrible, reprend la voix sans intonation de joueur de poker, il y a encore quelque chose, encore... encore. Et tout à coup il n'y a plus rien... Je le sais, parce que je suis déjà mort, une fois... enfin presque!... Quelques soubresauts, hein? Vous avez dû souvent voir ça, Docteur? Des frissons... La bête est encore là... La bête, elle lutte furieusement, et puis... On ne peut s'empêcher de dormir... Dormir! »

Un autre silence. Et le bruit lointain de la mer.

« Bon! ne restez pas planté là, Docteur. Ce que vous avez décidé de faire, faites-le. Faites-le vite. Et laissez-moi dormir.

— Relevez votre manche, commandant. »

Le vieux crabe m'a eu, de nouveau. Il m'agace, et pourtant chaque fois il m'en impose. Je guette son regard, je cherche dans ses yeux l'ombre de la joie que j'ai déjà cru voir il y a quelques jours. Rien.

Le pouls est ferme, les veines en bon état. Une légère odeur de sueur se mêle à celle de son eau de Cologne : il doit avoir un peu de fièvre.

Ether, coton, garot de caoutchouc, seringue. Il a tout préparé dans le tiroir de sa table de chevet.

« Si vous voulez que je continue à m'occuper de vous, il faudra me laisser vous examiner. Votre médecin de famille est peut-être très bien, mais... »

J'essuie la goutte de sang qui perle à la saignée du

bras. L'odeur de l'éther domine celle plus humaine de la maladie; une odeur d'hôpital que je connais bien. Il retombe sur sa couchette et ferme les yeux.

« ... Il faut me laisser vous examiner.

— D'accord, Docteur, d'accord. Après le Nord Flaket... Pas de sermon, hein! Vous ferez tout ce que vous voudrez, mais pas de sermon. Ça ne servirait à rien... et ça me mettrait de mauvaise humeur.

— Pourquoi avez-vous attendu si longtemps pour reprendre un commandement à la mer? Je crains qu'il ne soit trop tard.

— Je n'avais plus l'intention de naviguer. Et puis... »

Un long silence.

« ... Il y a une chose que j'ai voulu faire avant de partir. »

Il ouvre les yeux et ajoute presque hargneusement :

« Qu'est-ce que vous avez à me regarder comme ça? »

Je le regarde, c'est vrai, mais je pense au vieux Huong, au « Vénérable ». Lui aussi avait l'air de Don Quichotte sur son lit de mort, à la lumière des trois bougies, sous la couverture militaire qui dessinait la carcasse de son corps (il en avait même la barbiche). Willsdorff me l'avait amené un soir, au début de la mousson de sud-ouest, ce devait être en avril ou en mai. Il était assez mal en point pour tout dire, avec une fièvre de cheval. Je soupçonnais une attaque de paludisme pernicieux et le mis sous perfusion. Dans la nuit sa température grimpa encore. L'infirmier de garde nous fit appeler, mon collaborateur, le docteur Cao Giao et moi.

Le vieux prophète semblait prostré; seuls ses yeux noirs profondément enfoncés dans les orbites se fixèrent sur moi, comme ceux d'un animal tapi au fond d'une caverne. Il y avait trois bougies allumées sur la table de nuit et le ventilateur ne marchait plus (une des pannes habituelles de notre groupe électrogène). Des mouches bourdonnaient. Accroupis près du lit, deux gardes du corps armés de sabres, mitonnaient une soupe sur un petit réchaud à alcool. Un autre, le front enveloppé d'une serviette rose, dormait la bouche ouverte, par terre, roulé en chien de fusil. Une vieille sorcière au crâne rasé mâchonnait du bétel, envoyant de temps en temps avec précision un jet de salive rouge dans un crachoir de cuivre. (Il y a longtemps que je ne m'insurgeais plus contre ces coutumes : quand un Vietnamien est admis à l'hôpital, toute sa famille rapplique aussitôt et campe à son chevet. Bien sûr la prophylaxie y perd, mais le malade, surtout s'il doit mourir, est entouré de tous les siens. Je n'étais intraitable que dans les cas contagieux.)

Dehors, derrière la porte-fenêtre qui donnait sur la véranda, les ténèbres semblaient se dresser comme un mur. De grands nuages avaient silencieusement envahi le ciel, effaçant les étoiles une à une avec l'inquiétante tranquillité des forces de la nature. L'air était immobile, stagnant, inanimé. Je me sentais troublé, un peu comme un chien pressentant la mort. Il n'y avait rien à faire pour moi dans cette chambre et pourtant je ne pouvais me résoudre à partir.

Un peu plus tard le vieil inventeur de croyance commença à s'agiter, son ombre projetée sur le mur par les flammes des bougies semblait animée de soubresauts. Puis il délira d'une voix aiguë. Cao Giao écoutait avec attention; je fus frappé de la gravité de son visage. Les deux gardes du corps ne bougeaient plus, ils retenaient jusqu'à leur souffle. Même la sorcière en oubliait de mastiquer et de cracher dans son pot.

Je ne comprenais rien à son charabia, mais il y avait quelque chose dans le ton de voix du vieillard — comme une panique, ou une angoisse communicative — qui aggravait mon trouble.

« Qu'est-ce qu'il raconte? » demandai-je.

Cao Giao me fit signe de me taire...

La moustiquaire se tordit sous l'effet d'une brusque bourrasque. Les trois bougies s'éteignirent d'un seul coup, plongeant la chambre dans l'obscurité. Des portes claquèrent, des vitres furent brisées quelque part. L'orage éclatait enfin. Je sortis sur la véranda et restai longtemps à regarder tomber la pluie. J'éprouvais un indéfinissable soulagement.

La violence de l'orage s'apaisa. Quand je revins dans la chambre, le « Vénérable » reposait calmement — il n'avait presque plus de fièvre. Les deux gardes mangeaient leur soupe — le troisième, imperturbable, dormait toujours — la vieille sorcière mastiquait et crachait, les mouches bourdonnaient...

« Je lui ai fait une injection calmante de phénergan, dit Cao Giao.

— Qu'est-ce qu'il racontait, tout à l'heure?

— Oh... des choses... il disait qu'il a été trompé par... par les Français. " J'ai trompé mon peuple, il faut payer. " Et puis aussi : " Ce n'est pas une chose si terrible que de mourir "... Il a dit que son temps est venu; " *Au son de la flûte du bouvier, le vieux buffle doit rentrer à l'étable* "... C'est un poète, vous savez. »

Le lendemain matin, à la visite, notre Don Quichotte à l'oreille coupée était frais comme un gardon. Il engloutit le bol de soupe que lui avaient préparé ses sbires. La vieille sorcière mastiquait et crachait comme devant.

« On m'attend là-bas », annonça-t-il gravement.

Je crois que nous réussîmes à le garder vingt-quatre heures de plus, mais je n'en suis pas sûr. Il était guéri, étrangement, et nos examens de laboratoire ne purent déceler aucune trace de paludisme dans son sang.

Profitant d'une patrouille en amont du fleuve, Willsdorff le déposa dans son fief... Beaucoup de légendes absurdes coururent sur sa disparition, des histoires de tigres, de dragons, de mah-quoui!

Au retour de la patrouille, Babourg relâcha la nuit dans le rach près de la pagode à cause d'un pépin de motogodille. (« Putain! Impossible de retaper cette saloperie sous la pluie. ») Il était arrivé dans l'obscurité, sans bruit, à la gaffe. Par la suite il racontait sa nuit avec complaisance, surtout si on lui offrait un verre. A minuit il avait entendu un effroyable hurlement. (« Un cochon qu'on égorge, putain!... seulement c'était pas un cochon — moi je connais. ») Il était sorti de l'abri de son sampan pour voir ce qui se passait :

« Ma sentinelle ronflait — huit pains aussi sec —, je crie : " Qu'est-ce que c'est? Quoi? Qui vive? " Putain! Vachement surpris, les mecs, ça grenouillait là-bas, fallait entendre; des diables dans un bénitier! Y en a un qui apparaît, comme un spectre, sur la berge avec une lampe. " Toi, casse pas mes couilles ", qu'il me dit et il fout le camp — ça gueulait toujours pendant ce temps-là... »

Babourg met son sampan en état d'alerte, mais il hésite à s'aventurer dans les joncs.

« On voyait que dalle — un combat de nègres dans

un tunnel. De toute façon pour le cochon — le cochon à deux pattes — c'était fini, y gueulait plus, *hêt rôï!* »

La pluie tombait toujours aussi régulièrement. La nuit était impénétrable.

« J'aurais pas vu ma propre main sous mon nez! Tout à coup : clap, clap, tchouc, tchouc... Putain! Ils le débitent au coupe-coupe! Servi, le pote! Clap, clap, tchouc!... du bœuf bourguignon! du steak haché! la viande, moi je connais; deux ans apprenti boucher à Picpus, alors! Mes petits crabes, derrière leurs sacs de sable, ne bandaient que d'une, ça je peux vous le dire. Ils avaient compris, eux aussi. Clap, clap, tchouc, tchouc... floc! Putain! Voilà qu'y balancent la barbaque à la flotte maintenant. Floc... floc. J'ai tiré un coup de feu en l'air, pour voir; le mec à la lampe rapplique aussitôt : « Pas tirer, pas tirer, *dù mè may* »... Ah, le con! mal poli avec ça... Floc et refloc! Putain! pendant des heures. Floc!... Ça vaudra le coup de revenir pêcher dans le coin. »

Cet affreux bavard de Babourg n'en finissait pas tout en lampant la bière tiède du marchand de soupe.

Aux premières lueurs de l'aube il débarqua avec deux de ses matelots vietnamiens pour voir ce qui s'était passé. A quelque distance en amont du rach les joncs avaient été piétinés sur la berge et les flaques de pluie à cet endroit étaient d'une couleur rosâtre (« pas catholique, putain! moitié flotte, moitié raisiné. Mais on n'a rien trouvé. Un étal bien récuré »).

Il poussa jusqu'à la pagode où il réveilla la sorcière au crâne rasé et une poignée de gardes du corps ahuris.

« Qu'est-ce que c'est que ce bordel, hier soir? » je leur demande « Pas connaître, Chef, pas connaître! »

Pas connaître, mon cul!... Y'sétaient encore tout mouillés. Y avait la lampe dans un coin. Et des flaques partout! « Où est votre patron? » je demande encore « Y dort, y dort. — Y dort où ça? — Pas connaître, Chef, pas connaître » ... Je fouine partout, je fourrage... Rien. Les vaches! »

Le Vénérable Huong — prophète à l'oreille coupée, inventeur de croyance nouvelle — avait disparu.

Willsdorff en fut affecté. Il aimait bien son vieux crabe. Il fit une enquête qui n'aboutit à rien.

« Pas connaître, pas connaître... »

CHAPITRE XIV

L'INNOCENT

« Qu'est-ce que vous avez à me regarder comme ça? répète le commandant, ses yeux impassibles rivés sur moi.

— Je regarde l'effet de l'ordonnance de votre médecin de famille... Pas très brillant! »

J'aurais voulu dire quelques mots qui nous rapprochent. J'ai l'impression que si maintenant je me lève et sors, je vais perdre une occasion.

Cette fois encore il est plus fort que moi. Il a un ricanement qui le détend.

« Vous m'embêtez, Docteur. »

Ce n'est pas ces quelques mots banals, c'est le ton de sa voix : je crois y déceler un peu de chaleur; comme une main discrètement, pudiquement tendue. Tout est tranquille dans la cabine. Je n'entends que le halètement lointain des turbines et, au-delà des tôles, étouffées, les voix qui viennent de la mer.

« Vous m'embêtez, Docteur, vous m'embêtez... laissez-moi dormir. »

C'est fini, il a retrouvé le ton sec et incolore qu'il a toujours. Il me regarde comme un étranger; ses yeux me repoussent. L'occasion est passée.

« Alors, vous êtes déjà mort, une fois? » dis-je, me jetant à l'eau.

Il hoche la tête et, lentement, lève sa main de fer gantée de cuir, puis la repose sur la Bible ouverte.

Je garde le silence. Lui aussi. Longtemps. Le grondement assourdi de la mer s'accorde à son visage ravagé. L'occasion est passée...

« Avec cette nuit éternelle, s'exclame-t-il soudain, on ne sait jamais quelle heure il est... Disons l'heure où les criminels avouent... où se repentent les débauchés... hein? Je vous aime bien, Docteur, mais ne me regardez pas comme ça car je n'ai rien à vous dire. Rien!... Si : c'est idiot! »

Un silence. Je ne bouge pas.

« Trois pas jusqu'à ma porte. Quatre pas dans la coursive — s'il n'y a pas trop de roulis. Onze marches — je les ai comptées. Deux ou trois pas sur la passerelle... »

Encore un silence. La mer lointaine...

A nouveau il lève sa pince noire gantée de cuir.

« Une mine. En 44. Au débarquement de Provence. La barge s'est couchée. L'affût du canon de 40 m'est dégringolé sur le bras. Impossible de me dégager, et la barge coulait. J'ai retenu ma respiration. Je ne sais pas pourquoi?... La bête!... Un boucan du diable sous l'eau — les explosions, les hélices... J'avais très mal aux tympans — la pression de l'eau — et une sorte de battement de tambour dans les oreilles — le sang, le cœur, la vie. Impossible de me dégager. Je ne souffrais pas. Le sang sortait de mon bras, comme un nuage de fumée brune. L'eau de plus en plus sombre!... Ça prenait un temps!... Je pensais : non, non, non! Et en même temps j'étais curieux de ce qui allait se passer...

Oui, très curieux. Comme si... comme si j'attendais une révélation, quelque chose. La barge a touché le fond et s'est redressée. L'affût a roulé, j'étais libre. J'ai vu la lumière au-dessus de moi. Et de grosses bulles — des méduses? l'air qui s'échappait de mes poumons? Et j'ai su que c'était la dernière chose que je verrais parce que je ne pouvais plus retenir ma respiration. La souffrance, la souffrance physique — encore la vie! La dernière sensation de vie — comme la première, peut-être?... J'ai pensé : c'est idiot. Et... et je suis mort. »

Encore un silence. Et la rumeur égale de la mer qui se rue, écume.

« Voilà!... c'est idiot! Ma dernière pensée : c'est idiot! Idiot!... Et qu'est-ce que je pourrais ajouter aujourd'hui?... C'est idiot, ha! ha! Idiot! Il n'y a rien d'autre à dire. Voilà la révélation : c'est idiot! »

Il parle à voix basse, sans me regarder. Il ramène sa main gauche sur sa prothèse qui repose déjà sur sa poitrine, comme chez un mort.

« Je suppose que ma Mae-West m'a ramené à la surface à la vitesse d'un boulet de canon... Et les types qui barbotaient là-haut m'ont ressuscité. »

Le commandant se redresse. Une hésitation a tremblé dans ses yeux, une sorte de gêne. Mais il reprend, son regard impassible à nouveau rivé sur moi :

« Vous m'embêtez, Docteur. Je n'aime pas parler de moi... C'est cette sacrée drogue que vous m'avez injectée? »

J'ai un vague geste de dénégation et il hausse les épaules.

« Oui, je crois profondément que c'est idiot... Toute ma vie j'ai monté la garde. Une sentinelle sur les remparts, toute ma vie! — dix pas à gauche, dix pas à droite — à l'aube... quand tous les autres dorment encore. J'ai fait ce que je savais être juste... Je crois avoir été utile. Seulement... une fois j'ai... Dites-vous bien une chose, Docteur, on n'a pas d'acquit, pas de garde-fou. Le danger est toujours là. Jusqu'au dernier instant on peut trébucher... et tomber. Même Lui, souvenez-vous : *Eli, Eli, lamma sabacthani?* Mon Dieu, pourquoi m'as-tu abandonné?... c'est une bien désagréable découverte. Mais vous devez le savoir, vous aussi. »

J'ai l'impression de voir émerger notre énigmatique commandant de la brume, comme un bateau fantôme, comme les grands arbres de ma forêt tôt le matin, à la saison des pluies, quand les singes se sont tus, quand la vapeur qui sourd du sol gorgé d'eau se dissout lentement au soleil. C'est une impression vague et je ne suis pas certain de ce que j'ai cru voir... ou comprendre. J'ai le sentiment de laisser échapper des nuances trop fines, trop insaisissables...

Et le banc de brume se referme, le voile retombe. Il me regarde d'un air railleur.

« Archimède dessinait des figures géométriques sur le sable. Quand le soldat est venu pour le tuer, il a seulement dit : *Ne dérange pas mes cercles...* Un jour vous viendrez pour me livrer, Docteur. Ne protestez pas, je le sais... Dur faucheur...

Le dur faucheur avec sa large lame avance,
Pensif et pas à pas, vers un reste de blé...

Vous voilà bien arrangé, Docteur! (il ricane) Oh! vous n'êtes que Son messager... En attendant laissez-moi dormir. Et ne dérangez pas mes cercles. »

Le Nord Flaket. Midi.

La mer est tombée. Il y a plus d'une heure que le vent a sauté au nord-est, il fait plus froid encore. Le commandant est debout, le front contre la vitre. C'est la plus belle nuit du monde.

Le ciel au sud semble imperceptiblement dilué d'aube. L'air est aussi dur, aussi transparent que le cristal le plus pur. Partout autour de nous éblouissent les feux à iode des chalutiers en pêche; ils sont une vingtaine, presque immobiles sous les étoiles, éparpillés dans cette immensité blanche, noire et lisse, emplie des lamentations errantes du vent d'hiver.

Des pans entiers de banquise ont dérivé. Ils s'élèvent et s'abaissent confusément sur une mer épaisse comme un sang noir. Parfois nous les traversons dans un crissement déchirant et les blocs de glace se heurtent, se chevauchent et croulent, craquent pesamment contre les flancs de l'*Éole*. La houle gonflée du remous de l'hélice déferle en rouleaux phosphorescents qui se perdent pour froisser au loin l'aveuglant reflet de la pleine lune.

Les voix neutres, dépouillées, répercutent les commandements. Dans la pénombre de la passerelle les visages semblent aiguisés par la tension, mais étrangement, tous les yeux sont pareils à des miroirs liquides imprégnés de lune.

« Docteur, êtes-vous là? »

C'est l'officier des pêches qui parle.

« Oui.

— Vous allez recevoir des clients. Une quinzaine. Peut-être une appendicite, on va commencer par ça... A bord du *Colonel Mevel.* »

Le *Colonel Mevel*, un grand chalutier pêche arrière de Saint-Malo, se dandine lourdement à quelques centaines de mètres au vent. Il est couvert d'une couche de glace que l'équipage s'efforce de briser à coups de masse. Une échelle de pilote pend à son flanc.

« Faites mettre le dinghy à l'eau. »

Des cris montent du pont juste sous l'aileron; l'équipe de manœuvre s'agite autour du palan. Le canot pneumatique heurte la surface de la mer avec un grand bruit de claque et de fortes éclaboussures. Deux hommes en combinaisons de plongeurs y sautent aussitôt pour lancer le moteur hors-bord avant qu'il n'ait gelé. De grandes lames aux reflets luisant d'anthracite portent le dinghy tantôt aux rambardes et tantôt le précipitent jusqu'à la quille de roulis pendant que l'équipe embarque les caisses de pièces de rechange et des cageots de légumes frais.

« Paré.

— Déborde. »

Le dinghy démarre en grondant, protégé par la masse de l'*Éole*. Dès qu'il double notre étrave les rafales de vent le couvrent d'embruns et le forcent à ralentir — à l'avant l'un des hommes-grenouilles allume et éteint alternativement une torche électrique pour nous permettre de le suivre. Il entre dans l'ombre énorme du *Colonel Mevel* qui se découpe devant la lune et on ne voit plus que la petite lumière spasmodique — comme le battement d'un cœur.

« Votre appendicite sera là dans un quart d'heure, Docteur. »

Avant de descendre à l'infirmerie, je passe boire un café au carré pour me réchauffer.

La fin d'une chanson à la radio : *Cent loups sont entrés dans Paris...*

Les restes du déjeuner sur la table, que débarrasse le maître d'hôtel.

« Il y a cinéma ce soir, Docteur, *la Mort d'un capitaine*, ça doit pas être bien rigolo. »

Le café est bon. Le maître d'hôtel a ajouté une petite goutte de cognac. Les turbines battent faiblement, avec les arrêts et les reprises brusques d'un train de nuit. Je suis encore engourdi de froid, l'esprit vacant.

Les informations :

LORIENT.

Effondrement du prix du poisson. Les marins-pêcheurs manifestent pour attirer l'attention du gouvernement. De Boulogne à Saint-Jean-de-Luz tous les ports de pêche sont bloqués par des flottilles de chalutiers...

PHNOM PENH.

Le convoi fluvial chargé de vivres et de munitions parti du Sud-Vietnam n'a pu franchir le blocus des Khmers Rouges sur le Mékong. La capitale cambodgienne ne dispose de riz que pour quelques semaines...

Le fleuve!...

Putain! — comme dirait Babourg... Je sais bien où les Khmers Rouges attendent les convois. En novembre les eaux sont relativement basses, ils peuvent creuser des emplacements de combat dans la digue.

Le fleuve! Le fleuve vide, sans reflet, vibrant sous le soleil vertical!

Un matin Cao Giao était venu me prendre à l'hôpital :

« Le nouveau commandant de la flottille vient d'arriver. On va voir ça. »

Nous n'aimions pas l'ancien commandant, un imbécile — un imbécile malfaisant — qui détestait le pays et le fleuve, et nous cassait les oreilles avec ses souvenirs érotiques du temps où il était canonnier sur un des grands croiseurs immobiles en rade de Toulon — « le marin y est respecté ». Il intriguait pour retourner là-bas, mais avant il aurait bien voulu faire main basse sur « un de leurs Bouddhas en or — vous savez? — qu'ils ont dans leurs pagodes; de l'or jaune à 24 carats! » Il rêvait de le voler — tout simplement — au cours d'une opération. (Il rêvait vraiment, l'imbécile! L'Asie suscite toutes sortes de rêves — il n'y a jamais eu de bouddha en or dans la région.) Il se conduisait comme une brute, et traitait tous les Vietnamiens de « *nha qué* », ce qui non seulement est de mauvais goût mais dénote une grossière ignorance. « C'est la guerre. On ne fait pas d'omelette sans casser des œufs », disait-il, et d'autres âneries du même genre encore, quand l'administration civile se plaignait de ses excès. La flottille était mal tenue et les équipages n'en faisaient qu'à leur tête — tous les soirs ils avaient des bagarres d'ivrognes avec les supplétifs de la garde cochinchinoise. Un malin avait peint sur l'abri d'un L.C.V.P. la silhouette d'une tête à chapeau conique barrée d'une croix pour chaque rebelle tué au cours des patrouilles : « Comme sur le kiosque des sous-marins allemands » (un autre rêveur imbécile!) et Babourg avait cloué un pavillon noir à tête de mort sur le mât de son sampan.

Le soleil était déjà haut mais il faisait encore bon quand nous sommes arrivés à la cahute du marchand de soupe. Comme à l'habitude une petite fumée bleue montait du foyer entre les toiles de tentes disjointes, les poulets picoraient les grains de riz tombés à terre, le chien triste se faufilait furtivement entre les tables, prêt à fuir la queue basse à la moindre menace d'un coup de pied, mais les coolies en pyjama noir perchés sur leurs tabourets comme des corbeaux — muets pour une fois — semblaient intéressés, et Cuc avait relevé le pan d'une toile pour mieux voir.

« Ça doit être lui. »

Au bout de l'appontement, près du musoir, un très jeune enseigne, tout en blanc, très droit, net de lignes, parfaitement immobile, regardait le fleuve, le dos tourné à la flottille.

Ce fut ma première vision de Willsdorff.

Il regardait le fleuve, parfaitement immobile sous le soleil, tout droit. Il avait l'air d'un bon jeune homme bien propre comme on en trouve tant à chaque promotion de Navale ou de Saint-Cyr, comme il en meurt tant sur les champs de bataille. En contrebas Babourg, un foulard rouge sur la tête, torse nu, barbouillé d'huile, s'affairait avec son équipage autour du motogodille de son sampan. De temps en temps il levait un regard soupçonneux sur la silhouette blanche immobile.

Willsdorff finit par se retourner, il semblait très satisfait et ses yeux riaient.

« Bonjours messieurs. Qui est de quart? demanda-t-il.

— C'est moi, répondit Babourg avec désinvolture.

— Pardon? »

Babourg se redressa et rectifia un peu la position.

« Euh!... moi. Excusez-moi, Lieutenant. Quartier-maître Babourg. (Dubourg? Enfin il donna son nom, quel qu'il soit).

— Bien. »

Willsdorff ne bougeait toujours pas, il surplombait les quatre pitoyables rafiots, l'air satisfait.

« Je prends le commandement de la flottille à midi... En attendant vous feriez bien de... (d'un geste négligent il montra le pavillon noir). Nous ne sommes pas des hussards de la mort, n'est-ce pas?... Et faites aussi barbouiller ces... (un autre geste de la main vers les silhouettes peintes sur l'abri du L.C.V.P.). Nous ne sommes pas des chasseurs de têtes non plus. »

Babourg en restait la bouche ouverte.

« Oui... Commandant, finit-il par dire.

— Très bien, très bien, merci. A tout à l'heure, Messieurs. »

Willsdorff resta encore quelques instants penché sur sa flotte, les yeux pétillants de joie, puis il partit à grandes enjambées vers les bureaux de l'état-major. Babourg sauta sur l'appontement.

« Vous l'avez entendu! nous dit-il. Cuc, file-moi une bière, *mau lên.* »

Après avoir bu d'un trait il s'épongea le front et se laissa tomber sur un tabouret.

« Putain! C'est un innocent... Ça va être notre fête », conclut-il d'un air effaré.

Je n'assistai pas à la passation de commandement, mais le soir même je retrouvai Willsdorff écoutant Cao Giao, devant une des écœurantes bières tièdes du marchand de soupe. A leurs pieds un chat noir (Monsieur Dégouzzi, mais je ne connaissais pas encore son nom) prenait un malin plaisir à terroriser des yeux le chien triste. Il avait fait très chaud toute la journée et l'appontement était plein de dormeurs accablés qui gisaient tels des cadavres enveloppés de linceuls. La nuit donnait une fausse impression de fraîcheur; l'air moite pesait comme une couverture de laine; la pleine lune brillait. Willsdorff était toujours tout de blanc vêtu, impeccable, comme s'il sortait d'une douche. Ses yeux riaient. Il fumait un cigare avec une allure de gamin espiègle et gâté. En face de lui Cao Giao monologuait.

Le pauvre Cao Giao s'intéressait à tous les nouveaux arrivants français. Il les invitait à dîner, à fumer (ou chez *Madame Nam!*), et les écoutait, comme si chaque fois il espérait trouver en eux une réponse à ses incertitudes, ses déchirements et ses contradictions. Cette nuit pourtant c'est lui qui parlait et mon arrivée l'interrompit. (Oh, je soupçonne de quoi il parlait : de l'ambiguïté de cette guerre, de sa haine et de son amour pour la France, de toutes les questions qui le hantaient — le tout ponctué de citations de nos auteurs.)

Le chien triste détala furtivement et de loin aboya sans conviction quelques insultes. (On ne le revit plus jamais.) Maître de l'appontement, Monsieur Dégouzzi se mit à lisser son poil avec volupté.

« Babourg pense que vous êtes un innocent, dit soudain Cao Giao après un long silence.

— Qui? demanda Willsdorff. Ah! Le quartier-maître. Babourg!... Vous avez vu son déguisement? Un corsaire... un corsaire de pacotille. Tous déguisés en frères de la côte... L'île au Trésor!... Innocent, dites-vous? Ha! Ha! Ha! (Il but une gorgée de bière et fit la grimace.) Dégueulasse, ce truc... Déguisés, tous déguisés ! Alors que font-ils ? Ils jouent aux pirates, comme des gamins. Ils ont des histoires terribles, plein la tête et ne voient pas ce qu'ils ont sous les yeux. On va changer ça. On va leur ouvrir les yeux. Ici, ce n'est pas l'île de la Tortue, c'est l'Indochine. Je ne sais pas exactement ce qu'il s'y passe, mais ça vaut le coup de garder les yeux ouverts, bon Dieu ! »

« Vos malades sont déjà dans la coursive, Docteur. »

Je les croise. Ils sont trois, couverts de glace, énormes, cuirassés et casqués de cirés jaunes laqués, aussi maladroits que des astronautes.

On les épluche comme des oignons — le ciré d'abord, qu'on passe par-dessus la tête, puis quatre ou cinq pull-overs, les cuissardes, les pantalons, les collants de laine, les tricots —, une odeur de *núóc măm* se répand dans l'infirmerie. Trois hommes maigres, aux joues et aux mains rouges, à la peau très blanche, qui sentent la mer et le poisson. Qui souffrent...

Il fallut douze heures — douze heures de va-et-vient du dinghy pneumatique dans la nuit glacée — pour visiter les sept chalutiers français, leur apporter le courrier, les pièces de rechange, les vivres frais, pour prendre leurs malades. Douze heures pendant lesquelles je ne chômai pas. J'eus dix-sept patients : des Normands, des Bretons, des Basques et un tout jeune Parisien qui n'avait jamais vu la mer avant d'embarquer pour la grande pêche. Il avait de la fièvre et un gros furoncle qui tournait à l'anthrax — il fallut faire une petite intervention sous anesthésie locale. Je lui proposai de rester à bord quelque temps, pour se remettre — huit ou dix jours — jusqu'à ce qu'on revienne visiter son bateau.

« Non! Qu'est-ce que penseraient les camarades?... Et puis ça ferait huit jours de part en moins. »

Je parlai avec lui, je parlai avec tous, mais plus longtemps avec lui parce qu'il m'intriguait. (Les autres gémissaient sur la chute du cours du poisson, leur pain quotidien).

Il a dix-huit ans. A la fin de ses études secondaires il hésite à entrer à l'université.

« Pour quoi faire?... Je tournais en rond à Paris... Alors je me suis dit : je vais foutre le camp, un peu... pour voir. Je ne veux pas être comme mon père. Oh, je l'aime bien, c'est un chic type, mais... Non, je ne veux pas être comme lui... »

Un beau garçon, musclé, sportif, à l'air grave, presque dédaigneux, sauf dans les moments rares où il sourit, alors tout se transforme et on voit qu'il est encore un enfant.

« J'ai réussi à me faire pistonner — un oncle de Bordeaux —, c'est pas si facile de se faire embarquer... Au début ils se méfiaient... Maintenant ça va — c'est dur, mais ça va —, le capitaine est juste... et les camarades sont bien...

« La mer?... On ne la voit pas tellement. C'est l'usine — tout se passe à l'intérieur — faut couper le poisson en filets, le congeler... c'est l'usine, quoi! Le pont, c'est seulement pour mouiller le chalut, le virer après chaque trait, ramender si on a déchiré... casser la glace. C'est comme ça les pêches arrière! J'aurais dû embarquer sur un classique — il y en a encore un, le *Damoclès*, de Fécamp. Ça c'est vraiment dur, tout sur le pont, mais, quand même!...

« Le patron du *Damoclès?* L'Alsacien. Je l'ai entendu une fois à la radio. Il était marrant. Y en a qui disent qu'il est fou — il a fait peindre deux yeux à l'avant, comme sur un bateau chinois. D'ailleurs il a des Chinois dans son équipage, et des Arabes aussi — des anciens soldats d'après ce qu'on raconte. Ça a l'air de marcher pour lui, il fait de bonnes semaines, rien qu'en morue — parce qu'il fait la morue salée seulement... Moi j'irai bien à son bord pour la campagne de Terre-Neuve en janvier... Après?... Après la pêche, vous voulez dire?... Je sais pas... Je ne sais vraiment pas... J'aimerais bien travailler à la télévision — journaliste, cameraman... Je voudrais partir. Partir... loin. »

A deux heures du matin je remonte sur la passerelle. Le commandant est debout, pétrifié contre sa vitre, les yeux tout remplis de lune; il semble n'avoir pas bougé pendant douze heures. Le vent est tombé, le silence est impressionnant. La mer glauque, éclairée par les projecteurs, a la consistance de la graisse fondue en train de figer. Par endroits des glaçons blanc argent, ronds à bords relevés — que les pêcheurs anglais appellent « pancakes » et les français « nénuphars » — ondulent comme des méduses. Le pack est plus loin; on entend les grondements, les craquements des glaces qui s'entrechoquent dans le restant de houle. Au-dessus, la lune fait penser au froid éclat d'une ampoule électrique nue luisant sur la dalle de marbre d'une morgue.

« Docteur, on a le feu vert des Norvégiens », m'annonce l'officier des pêches.

Par téléphone je l'avais prévenu que je gardais mon « appendicite » — il faut l'opérer mais il n'y a pas urgence, on a le temps de le déposer à l'hôpital de Hammerfest, peut-être même de le faire rapatrier par l'avion régulier.

« Ça va barder, dit encore l'officier des pêches. Il y a une dépression très creuse qui nous tombe dessus. Regardez le baromètre. »

Le dinghy achève sa dernière rotation. La petite lampe clignote.

Dans le ronronnement du moteur on entend une voix.

Le dinghy approche. Quelqu'un chante.

Je peux reconnaître la voix, maintenant. C'est celle de Bongo Ba :

Et Thérèse
quand elle baise
a le cul comme de la braise...

CHAPITRE XV

LE GRAND SECRET

« Chef, avez-vous une Bible? »

Nous sommes tous les deux seuls, assis au carré, cramponnés à nos verres. L'*Eole* roule dans la tempête de suroît. Dehors, derrière les tôles, toujours le même grand bruit sourd, la même grande voix. A chaque mouvement on se sent écrasé, tassé, soulevé, puis le fauteuil semble se dérober, s'enfoncer — pendant quelques instants on flotte, comme libéré de toute pesanteur — on retombe en se raidissant malgré soi. Et tout recommence...

Le chef faillit en renverser son verre.

« Quoi?... Dieu tout-puissant, qu'est-ce qui vous prend, Docteur? Vous avez tué un de vos clients?

— Je voudrais relire la parabole des talents. Le commandant m'en a parlé et je ne m'en souviens plus. »

Le chef laisse échapper un sifflement :

« La parabole des talents, hein!... Oui : " *On donnera à celui qui a et il sera dans l'abondance, mais à celui qui n'a pas on ôtera même ce qu'il a.* " Il nous a enfoncé ça à coups de marteau dans la tête, le saint homme — notre vieux recteur... quand j'étais enfant de chœur. " Que faites-vous de vos talents? " rugissait-il, comme l'ange du Jugement, du haut de sa chaire — je vous parle d'un temps où il y avait encore des chaires dans les églises, et où on chantait en latin — et toutes les femmes en coiffe baissaient la tête d'un seul coup.

Le chef s'interrompt un instant pour boire une gorgée et reprend, ironique :

« Qu'avez-vous fait de vos talents, Docteur, le savez-vous?... C'est vrai, vous ne connaissez pas l'histoire. Je vais vous la raconter, en gros :

« Un seigneur part en voyage. Il donne de l'argent à ses esclaves. Cinq talents à l'un, deux à l'autre et un seul au dernier. Attention! pas fou, le seigneur : *à chacun selon sa capacité*. Les deux premiers se débrouillent pour faire des affaires. Le dernier va planquer sa pièce, lui — je crois qu'il l'a enterrée dans un coin. Bon!

« Le seigneur revient. Les deux premiers esclaves rappliquent aussitôt tout farauds avec ce qu'ils ont gagné : j'avais cinq talents, je t'en ramène dix; j'avais deux talents je t'en ramène quatre. Bravo! vous êtes de bons et fidèles serviteurs, très bien, très bien, entrez dans la joie de votre seigneur..., ainsi soit-il.

« Le dernier esclave est moins pressé. Il finit quand même par montrer et dit (notre vieux recteur nous l'a fait apprendre par cœur), il dit, attendez... il dit : “ *Seigneur tu es un homme dur qui moissonne où tu n'as pas semé... j'ai eu peur* (il sort sa pièce de sa poche, qu'il a été déterrer) tiens, prends ce qui est à toi. ”

« Le seigneur est furieux : mauvais serviteur! incapable! inutile! “ Tu sais que je suis dur, il fallait faire fructifier ce que je t'ai donné et à mon retour j'aurais retrouvé ce qui est à moi avec un bénéfice ", enfin il lui passe un savon, quoi! et il lui prend sa pièce et la refile à celui qui a déjà dix talents... Voilà l'histoire... " *Et le serviteur inutile, jetez-le dans les ténèbres du dehors* ", ajoute encore le seigneur à la fin. »

Le chef finit son verre d'un trait.

« Une histoire de juif... ou d'Ecossais, comme vous voyez. » Il me lance un bref coup d'œil. « Qu'est-ce que vous a dit le commandant?

— Rien... Il lisait. Je lui ai seulement demandé ce qu'il lisait. »

Nos regards se rencontrent. Il détourne les yeux et considère son verre vide avec attention.

« Bien sûr. Il ne parle pas, lui... Moi je ne suis qu'un bouffon... Qu'as-tu fait de ton talent? Vous croyez qu'il se pose la question?

— Tout le monde se la pose... un jour ou l'autre.

— Oui, sans doute... Son affaire avec votre ami le crabe-tambour lui reste sur l'estomac.

— Que s'est-il passé, chef?

— C'est une histoire que tout le monde connaît, bien que ça se soit déroulé à huis clos — juridiction d'exception — on finit par tout savoir quand même. Votre ami dans son box d'accusé, en civil entre deux gendarmes — complot contre l'État, rébellion armée et que sais-je encore — risquait sa tête. Le commandant en grand uniforme et décorations a voulu déposer en sa faveur — je crois qu'il l'aimait bien. Quand il eut fini de débiter son éloge, votre ami s'est levé et lui a dit : " Commandant, au moment du putsch, à Mers el-Kébir, vous m'avez... "

Un coup de roulis particulièrement violent nous force à nous cramponner pour n'être pas arrachés de nos fauteuils. Le chef jure à voix basse. Lorsque le balancement redevient régulier, il me demande :

« Même là-bas, chez vos Indochinois, vous avez bien dû entendre parler du putsch des généraux et de ce qui a suivi? »

Je hoche la tête.

« Bon, reprend-il, votre ami y était jusqu'au cou. L'amiral qui commandait à Mers el-Kébir hésitait à s'engager d'un bord ou de l'autre. Notre Vieux était son chef d'état-major. Pour lui, pas de problème : Discipline! La Marine est et demeurera loyale à la République, point. Il a fait appareiller l'escadre immédiatement. Il a reçu votre ami dans son bureau et je suppose que votre ami a dû ébranler quelque peu ses certitudes... Ils sont restés enfermés plus d'une heure en tête à tête — nul ne sait ce qu'ils ont pu se dire — quand ils sont sortis le Vieux avait l'air ému. Il a laissé repartir Willsdorff en lui serrant la main au lieu de l'arrêter comme il en avait eu l'intention.

— Quand donc Willsdorff a-t-il été arrêté?

— Un an plus tard, à un barrage sur une petite route de l'Oranais. Il était alors un des patrons de l'Armée secrète. C'est son chat qui a éveillé la perspicacité d'un policier. La fiche de recherche portait : souvent accompagné d'un chat noir. »

Après un temps de stabilité relative, l'*Eole* se lance à nouveau dans une série de balancements désordonnés. Le chef lâche un juron.

« Je parie, dit-il avec fureur, que le jeune biffin est de quart. Il ne sait pas encore trouver un cap qui ne fatigue pas ce bateau. »

Je ne le laisse pas épancher plus longtemps sa bile sur l'enseigne.

« Que s'est-il passé au procès? »

Le chef semble hésiter, puis hausse les épaules :

« C'était à huis clos, mais... on finit par tout savoir. C'est un des deux gendarmes — un Breton, il tient un bistrot à Saint-Pierre maintenant : *la Morue joyeuse;* vous le rencontrerez quand on ira sur le Grand Banc — il était dans la salle, dans le box, " à la droite de l'accusé ". C'était la première fois qu'il était de service au tribunal. Il avait été impressionné par la " majesté des mots du réquisitoire : Honneur, Discipline... Devoir de l'officier " — et un peu déçu parce que " c'était pas aussi bien qu'à la télévision ". Je vous répète ses paroles. A l'époque passait une série d'émissions sur les procès célèbres qui avait beaucoup de succès... " A la fin du plaidoyer du vieux Commandant mutilé en sa faveur, racontait-il, l'accusé s'est levé. J'ai mis ma main sur son épaule pour le faire rasseoir, mais il l'a repoussée et a dit : « Commandant, à Mers el-Kébir, vous m'avez donné votre parole que, quelle que soit l'issue de... de la révolte (je ne sais plus le mot exact qu'il a utilisé), vous démissionneriez de la Marine quand tout serait fini. » Le commandant est devenu tout gris.«M'avez-vous donné votre parole d'officier? » a répété l'accusé. Alors le Vieux s'est redressé tout droit. Il était pâle comme la Mort. Après un silence il a dit : « Oui. » Ça a fait un drôle d'effet — drôle!... il aurait tiré un coup de revolver dans le plafond que le tribunal n'aurait pas été plus secoué — tous les juges militaires ont plongé le nez dans leurs bouquins avec des mines sévères. Même mon collègue Fougou Ernest, l'autre gendarme, écarquillait les yeux et ouvrait une bouche de crapaud. Le vieux commandant restait tout droit dans son uniforme, avec ses décorations pendantes — impassible — mais il n'avait plus une goutte de sang dans le visage, on aurait dit qu'il était mort debout. " Voilà à peu près le rapport du gendarme... »

Le chef marque une pause.

« Le commandant n'a rien ajouté... Il paraît que votre ami n'a pas non plus tourné le couteau dans la plaie — peut-être avait-il compris qu'il venait de tuer le Vieux? Il n'a pas dit : " Où est, aujourd'hui, l'honneur d'un officier de Marine?" ou rien du même genre; aucune noble et belle phrase. Rien. Il avait l'air de sourire — toujours d'après mon gendarme — mais vous m'avez dit qu'il avait toujours l'air de rigoler, de se moquer, alors ça ne prouve pas grand-chose. Ils sont restés tous les deux, l'un en face de l'autre dans le " silence de glace " — le jeune et le vieux — à se regarder les yeux dans les yeux. Votre ami n'a rien dit. Il s'est assis. Et dix minutes plus tard, il écopait de ses vingt ans. »

Le chef se tait. Ses yeux gris me guettent, comme si j'étais une proie. Je me rappelle soudain avec gêne mon histoire de charge au clairon racontée la première nuit dans le silence de la passerelle, mon insistance : « *Willsdorff, vous en avez bien entendu parler? Willsdorff!...* » Et le vieux crabe invisible, tout droit devant sa vitre, écoutant sans rien dire.

Mais aussi, pourquoi n'avait-il pas démissionné? Je le demande au chef. Ses yeux me lâchent et il se met à rire amèrement.

« Ha! ha! ha! Une farce, une abominable farce. Ha! ha! Il l'avait donnée, sa démission. Je le sais! Seulement la Marine a refusé. Ils lui sont tous tombés sur le dos, les amiraux, les anciens des Forces navales françaises libres, le ministre, et même... Dieu le Père tout là-haut — le général : “ Retirez votre démission, c'est un ordre. ”

— Mais pourquoi?

— Raison d'État... Vous ne pouvez pas savoir, il faut avoir connu cette époque. L'armée de terre en était sortie brisée, déchirée. Mais il fallait protéger la Marine, parce qu'elle était l'avenir — le vecteur de la force de dissuasion. La Marine était restée loyale — c'était un dogme — il n'y avait eu qu'un mouton noir. Pas question que des officiers commencent à donner leur démission pour des raisons... pour des états d'âme. Et surtout pas notre commandant qui était un exemple pour beaucoup, surtout pas lui... »

Le chef me regarde intensément, avec quelque chose dans les yeux qui ressemble à de la hargne.

« Ne le jugez pas, Docteur, ne le jugez pas. Qui êtes-vous pour juger? » ajoute-t-il agressivement.

Je ne réponds pas, mais il doit déceler sur mon visage un reflet de mes sentiments, car je le sens se calmer peu à peu.

« Excusez-moi », dit-il enfin.

Il frotte une allumette, qui jette une lueur jaune sur ses traits de Mongol, allume une cigarette et aspire une longue bouffée.

« Voilà comment notre vieux crabe s'est fait... voler son talent... Pfuitt! »

Il souffle la flamme de l'allumette qui menaçait de lui brûler le bout des doigts.

Nous gardons le silence. L'*Eole* roule dans la nuit glacée et nous devons nous cramponner aux bras de nos fauteuils pour ne pas être arrachés. La lampe ballotte dans son cardan — c'est la seule lumière qui nous éclaire — nos deux ombres montent et descendent sur le mur du carré. Le chef fume. Je me demande si le commandant est là-haut, debout derrière sa vitre, muet comme toujours : *Sentinelle sur les remparts...*

Le chef pousse un soupir et grogne :

« Une farce... une drôle de farce, ha! ha! machinée par le diable. »

Je me demande soudain s'il n'est pas un peu ivre.

« Est-ce que... est-ce que vous croyez en Dieu, Docteur? »

Sa question dérange mes pensées, cette fois-ci c'est moi qui lui jette un regard hargneux.

« Non... c'est-à-dire... je ne sais pas. Je ne crois pas... Oh, la barbe! A question idiote, réponse idiote!

— Ha! ha! ha! (son rire sonne faux) Homme de peu de foi! Moi non plus je ne sais pas si nous avons un Seigneur — mon pauvre vieux recteur doit se retourner dans sa tombe — un Dieu pour nous réclamer des comptes à notre dernier soir. Je ne sais pas. Mais je sais que j'ai reçu un talent — plus gros que celui de mon père, je crois bien. Je sais qu'à mon dernier soir je serai bien obligé d'en rendre compte... à moi-même. Je sais. »

Il me jette un coup d'œil furtif.

« Je souhaite, au moins, pouvoir le rendre — intact — avant de... *d'être jeté dans les ténèbres du dehors*. Comme le serviteur inutile. Je le souhaite, mais... peut-être a-t-il rouillé au fond du trou dans lequel je l'ai enfoui? Peut-être l'ai-je perdu?... dilapidé pour quelques verres de cognac?... Peut-être que je me le suis fait voler, moi aussi... J'ai soif. »

Le chef se lève et manque de retomber à cause du roulis. Une poussée brutale l'envoie jusqu'au guéridon où sont rangés les alcools. Il sort une bouteille de cognac, la débouche et se sert.

« Yerc'h mad », dit-il en levant son verre.

D'un coup de paume il enfonce le bouchon. Une expression de lassitude apparaît sur son visage plat.

« Je vais vous dire quelque chose. »

Il profite d'une secousse favorable pour regagner son fauteuil.

« J'ai quarante ans. Quarante ans!... Il m'a fallu tout ce temps-là!... Je sais, j'ai découvert le Secret... On finit tous par le découvrir. C'est très simple — évident. Ma grand-mère me l'avait déjà dit : “ La vie est dure. ” Ha! ha! c'était sa manière à elle de le dire. Elle savait. Maintenant je sais... et le pauvre saint homme qui marchait sur la grève en se frappant la poitrine le savait aussi. Lui disait : « On n'est pas sur cette terre pour s'amuser. » C'était sa manière à lui. Voilà, j'ai découvert le Secret, je sais... »

Il hésite, il a peine à exprimer ce qu'il veut dire. Je me demande à nouveau s'il n'est pas ivre.

« Je sais le Grand Secret... Nous sommes quelques-uns à le connaître à bord : vous, le commandant bien sûr... pas le biffin, lui ne sait pas, trop jeune... c'est drôle, quand même, qu'il faille attendre si longtemps pour le connaître... »

Non, ce n'est pas de l'ivresse que viennent ses hésitations, c'est d'une sorte de gêne. Pourtant il continue en me regardant dans les yeux.

« C'est drôle... c'est très drôle : on n'est pas heureux. Je sais qu'on n'est pas heureux. L'homme n'est pas heureux... Voilà, c'est tout : nul homme n'a été heureux. Jamais! Voilà le secret : il n'y a jamais eu d'homme heureux. Jamais depuis qu'il y a des hommes sur la terre, depuis toujours... jamais!... Vous le saviez, n'est-ce pas?... C'est écrit dans tous les livres... Croyez-vous que votre ami le crabe-tambour soit heureux? »

Après un silence il ajoute encore :

« Bon Dieu que j'ai soif. Buvons un cognac, Docteur ».

Depuis l'entrée du fjord de Hammerfest l'*Eole* ne roule plus, mais la tempête de sud-ouest hurle toujours et la neige raye la nuit grise en longues lanières cinglantes.

A travers une trouée de la tourmente, au loin, les lumières de la ville — comme des étoiles — piquées sur les flancs d'un cirque de montagnes obscures auxquelles s'accrochent des lambeaux de nuages noirs — d'une particulière et stupéfiante noirceur.

L'officier de quart manœuvre pour faciliter l'embarquement du pilote norvégien.

Lueurs rouges et vertes des feux de l'embarcation — grondement du diesel dans la formidable clameur du vent. Le projecteur s'allume : des flèches de neige, aveuglantes, brouillent des ombres chinoises sur le pont. Des cris. Profitant d'une embardée, une lourde silhouette saute à bord — la reprise du diesel couvre les cris — le projecteur s'éteint, comme tombe un rideau : la nuit, plus sombre...

Le pilote est un colosse taciturne.

« Good dâg, captain, bredouille-t-il en montant sur la passerelle.

— Good night, répond le commandant.

— No good... Too much wind... you'll have to anchorage here. »

L'anglais du pilote est rocailleux, avec un fort accent.

« Il dit qu'on doit mouiller en rade, traduit l'officier des pêches.

— J'ai compris... répondez que... nous avons un malade, et du chargement à faire. Dites-lui que je vais accoster. Ça ira. Offrez-lui du café. »

Le pilote grogne quelque chose d'incompréhensible — peut-être des jurons. Le commandant se tourne vers le chef de quart dont je ne peux voir le visage.

« Je prends. »

Il se dirige ensuite vers l'interphone.

« Machines, du commandant : nous avons une manœuvre délicate... soyez attentifs. Plage avant, plage arrière, du commandant : préparez les aussières et les fusils lance-amarres, il faudra faire vite. »

Il raccroche le combiné.

« Bosco.

— Oui, commandant. (C'est le vieux maître à face de gnome.)

— Je ne veux pas crier. Restez à côté de moi, vous répéterez mes ordres. Avant deux, quinze à droite. »

— AVANT DEUX. QUINZE A DROITE. »

Le port de Hammerfest se présente, grossièrement, comme un demi-cercle dont l'ouverture est à moitié barrée par un môle. A droite : la ville, l'usine de conserves et le quai des pêcheurs côtiers. A gauche : un petit chantier de construction navale, quelques villas et une estacade qui avance un peu, surmontée d'un silo à charbon — le Bunker Depot — c'est là que doit s'amarrer l'*Eole*.

La neige aveugle les vitres, les essuie-glaces peinent à la dégager.

Les lampes d'une route brillent toutes proches, mais les balises lumineuses du Bunker Depot sont à peine visibles; dans les rafales leur lueur vague, indécise, s'ébauche de l'obscurité pour y rentrer aussitôt.

« Vous aurez une ambulance pour votre appendicite », me murmure à l'oreille l'officier des pêches.

Il me prend par le bras.

« Venez dans la chambre des cartes, je vais vous dire quelque chose. »

Il referme la porte et allume une des lampes rouges.

« Le Vieux n'aime pas qu'on parle sur sa passerelle. J'ai été le voir ce matin dans sa cabine — pour des questions de routine —, je l'ai trouvé en train de plancher sur les cartes du port et les *Instructions nautiques.* Il m'a dit : " On mouillera en rade, à moins que le vent tombe. " Je lui ai raconté que l'année dernière l'Alsacien — quand il était porteur — avait réussi à rentrer son chalutier par un temps pareil — à cause d'un homme à bord avec une jambe cassée par une fune, qui risquait de mal supporter le transbordement en canot. Le Vieux avait l'air absent, on aurait dit qu'il n'écoutait pas. " C'est le meilleur manœuvrier de sa génération ", a été son seul commentaire!... Le plus dur c'est l'accostage — vous verrez —, par suroît le Bunker Depot est très mal placé. Votre crabe-tambour a dû littéralement se coller à la côte. Son patron de pêche était fou, il braillait : " Je ne suis pas responsable! " C'est le pilote qui me l'a dit. L'avant a passé à quelques... à moins d'un mètre du musoir. Et le reste a suivi. Arrière 4, un coup de barre et ça y était, le chalutier s'est collé à quai quelques instants; le temps de passer les aussières avant que le vent ne l'emporte. Superbe, paraît-il. »

Les tôles vibrent sous nos pieds. On devine les turbines lancées à toute puissance.

« Retournons, on va voir ce que lui va faire. »

Dès la porte ouverte les ululements du vent — comme une meute de loups sous la lune — nous assourdissent, mais la tension qui règne sur la passerelle est telle qu'on a, étrangement, l'illusion du silence. La neige s'engouffre par la porte ouverte à tribord et tourbillonne.

« AVANT DEUX (la voix du gnome).

— Avant deux transmis. »

Sur l'aileron le vent coupe le souffle. A droite des lampes jaunes, secouées; des phares de voitures; la réclame rouge d'un magasin — un chameau et un palmier : *Tobakoniste*. En face, quelque chose de confus, plus noir que la nuit, vers quoi nous nous ruons.

Je sens un poids contre mon épaule : le jeune enseigne, il ne regarde que le commandant.

Des cris excités montent de la plage avant où s'agitent des ombres.

Un fanal frénétiquement balancé, droit devant. D'autres cris, incompréhensibles, alarmants.

« Arrière 4.

— ARRIÈRE QUATRE. »

Le musoir surgit le long du bord, glisse à toucher. L'homme au fanal fait un bond de côté.

L'avant frôle l'estacade, semble hésiter. L'*Eole* tremble sur toute sa longueur. Des serpents blancs trouent la nuit et on entend les détonations étouffées des fusils lance-amarres.

« AVANT DEUX. TOUT A GAUCHE. »

On perçoit une sorte de plainte aiguë sous la fureur froide du vent — deux phares, un feu tournant bleu;

l'ambulance, toutes sirènes hurlantes, arrive en tanguant sur les congères.

L'*Eole* frémissant est stoppé, comme un cheval cabré; le point culminant de la manœuvre. L'avant touche le quai. L'arrière en est encore loin et le vent va l'en écarter davantage. Tout semble suspendu. On sent physiquement la puissance de la colonne d'eau que l'hélice projette sur le safran du gouvernail...

« Avant zéro.

— AVANT ZÉRO. »

Le commandant abandonne... il a échoué...

Alors, lentement — si lentement — l'*Eole* sort de sa passivité, l'arrière se rapproche du quai. L'inertie! Comme aux échecs notre maître a joué avec deux coups d'avance.

« Je ne pense pas que l'autre ait fait mieux », murmure l'officier des pêches.

« Prenez », dit le commandant au chef de quart, et il reste longtemps sur l'aileron, penché par-dessus le pavois à surveiller l'amarrage. En plein vent. Mais ce vent et cette neige on dirait qu'il ne les sent pas. Il reste immobile, penché en avant. Quand il regagne l'abri de la passerelle son visage gris n'a même pas rougi.

« Do you like to have a drink while I'll sign the papers [1]? demande-t-il au pilote.

— Yâ tac. I... ch'ais pesoin. » Et il grommelle encore quelque chose qui doit être un juron norvégien.

En quittant la passerelle, le commandant se heurte à l'enseigne.

« Ne faites jamais ce que je viens de faire, lui dit-il,

1. Voulez-vous boire un verre pendant que je signe les papiers?

ça ne se justifiait pas. Il aurait mieux valu rester mouiller en rade. »

L'Eole relâcha vingt-quatre heures à Hammerfest.

L'hôpital est construit à flanc de colline, non loin du Bunker Depot. J'y passe presque tout mon temps. Il y a une charmante infirmière toute bronzée — Gunilla — qui revient de quinze jours de vacances à Djerba en Tunisie.

A sept heures j'entends le son du clairon. Un tout petit son de clairon emporté par la tempête; là en bas, dans le port, l'*Eole* se réveille.

A midi le chaos tourmenté des nuages s'empourpre au sud — on dirait l'incendie de tout un monde — et la neige du cirque de montagnes se teint de rose. Il fait presque jour. Des matelots joyeux, aux grands cols rabattus par le vent et aux pompons rouges partent faire du ski avec les enfants des écoles.

A dix-huit heures les bâbordais ont quartier libre; je les regarde courir sous les réverbères par petits groupes vers la ville, astiqués comme des sous neufs. On vit, paraît-il, Bongo Ba danser tendrement avec une jolie blonde de l'usine de conserves à la discothèque du Grand Hôtel.

L'officier des pêches organise un cocktail à bord : le consul de France, le médecin-chef de l'hôpital, le pilote, le shipchandler (qui est aussi le consignataire des chalutiers français), d'autres notables et quelques jeunes femmes (j'ai amené Gunilla). Le commandant n'y fait qu'une courte apparition.

La soirée est très gaie, et nos invités tous un peu ivres.

Est-ce sa peau bronzée, ses seins libres sous la robe légère, la rondeur de sa croupe, ses lèvres, ses yeux, son odeur de femme? — je ne sais pas. Ou bien est-ce que « *l'alcool a délogé les chiens endormis au coin de ma cervelle* »*?* — comme dit mon complice le chef — mais un moment j'éprouve naïvement le besoin de montrer à Gunilla le bateau en bouteille de Willsdorff et de lui raconter ce que m'avait dit le vieux capitaine au long cours qui ressemblait à Victor Hugo.

« Si vous le regardez assez longtemps, peut-être découvrirez-vous le Grand Secret.

— Vos secrets! Je vais connaître tous vos secrets! »

Elle m'arrache la bouteille des mains en riant, fait un faux mouvement et la laisse échapper. La bouteille tombe par terre et se brise.

CHAPITRE XVI

LE DIABLE

Le vent crie. Des cris qu'on est toujours sur le point de comprendre...

Et qu'on ne comprend jamais!

Je monte moins souvent sur la passerelle. Quel besoin y a-t-il à regarder encore et toujours cette houle noire, ces nuages noirs, ces veilleurs noirs qui tapent du pied, ce néant vaste et noir, la lune et toutes les étoiles — cet infini noir qui grince et se brise et se tord sous ce vent d'un autre monde?

J'ai ausculté le commandant. Il s'est prêté à tout, sans dire un mot.

Pas d'erreur de diagnostic!

« Pas de sermon, Docteur, pas de sermon... »

Le vent hale au nord-ouest, puis au nordé. Le froid, de nouveau, qui engourdit dans un horrible bien-être; un froid de Retraite de Russie — par un froid pareil les grognards de la Grande Armée éventraient les chevaux blessés et se rencognaient dans leurs entrailles fumantes pour ne pas mourir. La laine des passe-montagnes durcit et gèle devant le nez et la bouche. La cornée des yeux devient rouge.

« Quant à nous, Docteur, restons au chaud et buvons du cognac... »

Le Skolpen Bank — sept heures de cape — trois chalutiers visités par le dinghy — cinq malades tout craquants dans leurs armures de glace. La chaleur de l'infirmerie les enivre. La peau de leurs joues cuit; ils frottent leurs barbes noires et frisées des deux mains. Leurs yeux à demi fermés sous les paupières clignotantes restent fixes, dans une atonie hagarde. Ils font penser à ces paysans d'autrefois qui, la journée de travail finie, ruminaient sur leur banc.

Tous les maux spécifiques des pêcheurs de haute mer : contusions dues au mauvais temps, coupures profondes dues au travail du poisson, écorchures, crevasses infectées, panaris, phlegmons...

Lentement ils se mettent à parler : la pêche n'est pas mauvaise — « on peut pas dire » — mais la mévente du poisson inquiète. « Et puis la morue elle va se foutre sur les fonds durs, sous la glace... La garce! »

Ils restent quelques heures, font un tour à la coopérative du bord, parfois aux cuisines où ils boivent un peu de thé au rhum avec l'armement de réserve du dinghy, réintègrent leurs accoutrements mal séchés, leurs cirés raides, leurs hautes bottes, et repartent dans la nuit glacée d'où ils sont venus...

Les étoiles brillent d'un éclat surprenant. Toutes les teintes de la nuit semblent s'éclairer de lumières étranges. Le ciel est d'une pureté qui éveille des idées de planète morte.

« ... Restons au chaud et buvons du cognac... »

Le Sole Banken, au nord de Vardö. Deux chalutiers, trois malades. J'en garde un — le seul qui n'ait pas ouvert la bouche. Dédaignant de nous expliquer quoi que ce soit il se jette sur une couchette tout tremblant de fièvre, et, du même coup, s'endort. Il faut deux jours aux infirmiers pour l'apprivoiser. « On devient plus sauvages que des bêtes. »

L'East Bank... Laconique, le capitaine du *Mara* annonce la perte d'un homme : « Il a glissé par la rampe... »

Le vent est tombé, il ne fait même pas absolument nuit. Une aurore boréale scintille comme une poussière d'émeraude; elle prend la forme d'un monumental rideau de théâtre enroulé qui semble se lever sur une scène vide et noire. Les veilleurs, troublés, tournent la tête; on devine leurs pensées : pourquoi les choses resplendissent-elles ainsi? pourquoi? qu'y a-t-il?...

Le treuil du *Mara* grince. Les panneaux rebondissent avec fracas contre les potences. Le chalut glisse sur la rampe arrière. Des hommes peinent sur le pont gelé — on entend des cris. La poche s'élève, oscillant dans le roulis, crève. Le poisson ruisselle dans la trappe ouverte. Il faut gagner son pain quotidien.

Imperceptiblement, par bouffées, le vent se lève.

« Buvons du cognac... »

L'officier des pêches se débarrasse de son manteau de mer et se laisse tomber sur le divan du carré.

« Le baromètre descend. »

Il fait une grimace désabusée et ajoute à mon intention :

« J'ai eu le crabe-tambour en graphie — l'aurore boréale brouille la V.H.F. On sera sur lui dans une dizaine d'heures. Si on n'a pas la tempête sur le dos d'ici là, nous pourrons aller à son bord. »

Le Mongol, tapi dans son fauteuil, me guette de ses yeux de chat. Il se met à rire :

« Pauvre Docteur !

— Qu'est-ce qui vous prend, Chef?

— Rien. Je vous regarde... Je vous vois renâcler, comme si tout à coup votre ami vous faisait un peu peur. C'est vrai, vous étiez bien au chaud, ici, tranquille, paisible, protégé... et voilà que ce diable d'homme avec son chat noir... Ha! ha! ha! Une épée pendue au-dessus de votre tête, hein? Ha! ha! ha! Qu'avez-vous fait de vos talents?... »

Une rage me prend; il y a une part de vérité dans toutes ces imbécillités et je déteste me sentir deviné si profondément.

« Vous buvez trop, Chef, dis-je brutalement, vous devenez incohérent. Il faudra que j'examine votre foie.

— Ha! ha! Ne vous fâchez pas, Docteur... Vous n'êtes pas le seul à avoir peur ici-bas. Non, je ne parle pas de notre... (il pointe son doigt en l'air)... lui... je ne sais pas. Docteur (il est très sérieux maintenant), c'est de vous-même que vous avez peur... Vous avez peur de votre ombre. Comme ce pauvre Gwen. Ha! ha! »

L'officier des pêches, resté sur une réserve désapprobatrice, saute sur l'occasion de changer la conversation.

« Je ne comprends rien, dit-il d'un air ennuyé. Qui

est ce Gwen, Chef? Encore une de vos horribles histoires?

— Gwenaël de son vrai nom, répond le chef sans se faire prier. Un pays à moi. Le plus fieffé ivrogne de la création... mais lui avait une bonne raison pour ça; il croyait plus à ce qu'il avait dans la tête qu'à ce qui est... »

Les yeux du chef se plissent sur un éclair de malice.

« Quand j'étais enfant de chœur, on lui courait après — à bonne distance — on lui jetait des ordures, des crottes de chien, même des pierres; on lui criait : “ Tu as peur de ton ombre... de ton ombre! ” Alors il s'arrêtait et nous regardait, tout titubant. Il se mettait à genoux, les bras écartés en croix... ou bien des fois il roulait dans le fossé. Les Fritz l'ont fusillé pendant la guerre, il avait assommé un officier de la Kriegsmarine à coups de bouteille. Je pense qu'il a dû les insulter jusqu'au dernier moment. Bigouden à tête dure!... Et voyez-vous ce type-là était un... imaginatif, comme notre bon docteur. »

Le chef marque une pause.

« Il avait été le plus solide gaillard de la côte — de Saint-Guénolé à Guilvinec, et, comme de juste, il avait épousé la plus jolie fille — et la plus sage — Annick, de Kerity, près de Penmarc'h... Le galant alla vite en besogne et quand il dut rejoindre le *Primauguet* à Brest, pour une campagne d'Extrême-Orient, la petite avait... comment dire?... un polichinelle dans le tiroir, hé! hé! Une campagne — je vous parle d'avant-guerre — ça durait trois ans. Trois ans, c'est long... Enfin!

« Au bout de trois ans, Gwen débarque un matin de l'autocar de Brest, quartier-maître, avec de belles sardines rouges sur la manche. Sa femme, Annick, elle travaillait à la conserverie, sur le port; alors Gwen tout faraud va à Guenn-an-Avel — Cogne-le-Vent — chercher son petit que gardait une vieille et commence à jouer avec lui en l'attendant : “ Monte sur mon dos... ton papa va faire le cheval... ” Vous voyez, le genre de bêtise que peut faire un père. “ T'es pas mon papa, dit le petit. — Quoi? — Non, mon papa il ne joue jamais avec moi. Il vient tous les soirs quand maman est rentrée. Il s'assoit quand elle s'assoit, sans rien dire. Il se couche quand elle se couche... ” »

Le chef allume une cigarette et se met à rire silencieusement.

« Coup classique, hein?... Pauvre Gwen! Il rend le môme à la vieille et file sur le port. Comme il est en avance, il s'installe au bistrot, la gueule fermée, et se tape quelques grands verres de gwin ru — peut-être même du plus fort, parce qu'il avait de l'argent : trois ans de campagne!...

« Midi. La sirène! Annick tout heureuse sort de l'usine avec les copines. Et Gwen se plante devant elle, les poings serrés, très ivre... Et devant tout le monde, en pleine rue, en plein midi, il l'abreuve d'ignobles insultes de matelot : “ Tu t'amuses quand je suis pas là, salope... et devant le gosse, putain... ”, et d'autres horreurs encore, à faire devenir Bongo Ba tout blanc! Il lui cogne dessus, la fait rouler dans le caniveau. Il s'en prend aussi à la foule. Un scandale! Affreux, je vous dis. Et personne n'osait rien faire parce qu'il était très fort et très ivre, ce qui inspire le respect et la crainte... Après il est parti marcher sur la grève, pour se rafraîchir les idées — on pouvait le voir gesticuler tout seul... Le soir ça allait mieux — il avait les yeux rouges, mais ça allait mieux. Il alla chercher son garçon chez la vieille et le ramena chez lui. Annick n'était pas rentrée. Quand la nuit est tombée il a allumé la lampe — pas d'électricité à l'époque — et voilà que le gosse dit tout à coup : “ Tiens, v'là papa — Où? — Là! » Et le petit montre l'ombre de Gwen sur le mur. Ha! ha! ha!... »

Le chef nous observe, très content de lui.

« Tous les soirs, quand il pleurait après son père Annick lui avait montré son ombre à elle en disant : “ Tu vois, il est là, il veille sur nous... ” Voilà! Pour Annick il était trop tard... elle s'était jetée du haut du rocher de la Torche. C'est l'innocent qui annonça la nouvelle, en riant et en bavant. »

Une voix anonyme dans le haut-parleur du circuit intérieur :

« On demande l'officier des pêches et le médecin au P. C. Radio. »

Le commandant est là :

« Docteur, ce n'est pas cette fois que vous retrouverez votre ami; nous retournons sur le Nord Flaket. Il y a un blessé grave à bord d'un des *Mevel.* Voyez si vous pouvez faire quelque chose pour lui par radio. Un coup de couteau dans la région du foie.

— Si c'est le foie!... On sera là-bas dans combien de temps?

— Vingt... vingt-deux heures... ça dépendra de la mer. »

Je dialogue en phonie avec le radio du *Mevel* (le *Sénateur Mevel*) pendant que les dix mille chevaux de l'*Eole* chargent la nuit à vingt-deux nœuds. Un homme est devenu fou — peut-être une crise de delirium? — il a assommé un de ses compagnons — son seul ami — lui a brûlé le visage. Plus tard il en a poignardé un autre avec son couteau à morue. Il a menacé le capitaine et maintenant il est caché quelque part à bord, toujours avec son couteau.

J'essaye de faire un diagnostic à distance : l'assommé a sans doute une fracture — la brûlure au visage ne me préoccupe pas — le poignardé? le foie touché, peut-être; l'estomac certainement. Je donne quelques conseils.

La tempête attendue se déchaîne. L'*Eole* réduit à quinze nœuds et pique du nez dans la houle du sud-ouest. Des tonnes d'eau balayent la plage avant, les embruns jaillissent jusqu'à l'antenne radar, et gèlent. Les veilleurs rentrent à l'abri. Pour la première fois le commandant fait fermer la porte au vent.

Le pouls du poignardé faiblit. « Vous avez du solucamphre?... Faites-lui une piqûre... »

On n'a toujours pas retrouvé le fou furieux.

Les glaces. D'énormes plaques en dérive — des *growlers* ou *bourguignons* — grondent, invisibles, dans les déferlantes. L'*Eole* réduit encore pour ne pas les aborder.

Le *Sénateur Mevel* est remonté dans le nord pour chercher la protection du pack qui, écrasant la houle, permettra l'évacuation en dinghy.

Le poignardé est mort. Pas de nouvelle du fou.

Le vent souffle à cent quinze kilomètres à l'heure. La houle ne brise plus; on devine le pack à une sorte de pâleur vague qui, par les nuits les plus épaisses, reste toujours perceptible. Mais ce n'est même plus une pâleur, à peine un changement de densité dans l'épaisseur des ténèbres, ou une fatigue des yeux...

Les feux du *Mevel;* leurs reflets luisent sur de longues lames noires, en laissent d'autres dans l'ombre, complètement.

Le dinghy est paré. Le commandant remet la responsabilité de l'*Eole* au second; il vient avec nous, l'officier des pêches et moi. L'article 13 du code de discipline précise que « *le commandant du bâtiment de l'État présent sur les lieux a droit de connaître des fautes graves contre la discipline* ».

Je ne sais pas comment il réussit à embarquer avec sa prothèse? Le dinghy fait des bonds démesurés le long de la lisse, il faut profiter d'une haute lame pour sauter, les hommes-grenouilles vous agrippent, on se retrouve écrasé au fond dans une eau glacée qui clapote en tous sens, et au moment où on réussit à se redresser quelqu'un d'autre vous tombe dessus.

« Largue la bosse. »

Le patron du dinghy, la main sur la manette des gaz, négocie habilement les lames — il les attaque de biais, et à chaque crête le vent nous rentre le souffle dans la gorge. Quand, par manque de promptitude, il se laisse surprendre, un coup de bélier liquide nous submerge, qu'on pare tant bien que mal le dos rond, agrippé au rebord de caoutchouc. Je pense qu'un naufragé dans une eau si froide ne doit pas survivre plus de quelques minutes.

Les feux du *Mevel* se montrent par intervalles, aveuglants, puis on retombe à travers un vide noir. A l'avant Bongo Ba agite sa lampe et hurle comme un dément : « Gros lard! Gros lard! » Le patron donne un coup de barre, évite un *growler* déchiqueté, glauque, furieusement secoué, grondant et crachant — de quoi déchirer l'enveloppe pneumatique ou briser l'hélice.

La paroi du *Mevel*. Haute, ruisselante. L'échelle de pilote; la gîte parfois l'écarte du bord et elle retombe avec un claquement de mâchoires.

Une énorme lame sort de la nuit. Elle se dresse droite, noire et luisante. Le dinghy s'enlève irrésistiblement, reste suspendu et bascule dans le vide. La quille de roulis passe devant nos yeux, écumante, gluante d'algues. Le commandant a croché l'échelle. Il reste suspendu, loin au-dessus de nos têtes, il a l'air d'un scarabée maladroit pris dans une toile d'araignée. Le *Mevel* se couche, comme s'il voulait nous écraser.

Une autre lame, brutale, nous porte. L'échelle claque. Le commandant est toujours là, piqué contre la paroi. Il gravit trois échelons. Un cri : « Allez-y! » L'officier des pêches agrippe un barreau à son tour. Il disparaît tout à coup, aspiré par le haut. De nouveau la quille de roulis. Et le poids de la coque, comme une dalle ruisselante... A la prochaine lame ce sera à moi.

Le pont, les agrès, les superstructures du *Sénateur* sont couverts de glace. Un pêcheur m'aide à enjamber la lisse et me guide.

L'assommé gît tout à plat sur sa couchette, encore entièrement équipé. (J'avais interdit qu'on le bouge.) Il a une hémiplégie en voie de récession — certainement une fracture des vertèbres cervicales ou du rocher.

Il ne se plaint pas, il attend. Un peu de sang caillé tache le matelas à la hauteur de sa nuque mais la coupure est superficielle. Il ne bouge pas, seuls ses yeux noirs, expressifs, me suivent sans cesse, le forçant à loucher parfois pour ne pas me perdre de vue. L'autre, mon guide, explique :

« Lui a tapé la tête dessus le pont plein de glace. Quéqu'fois il était comme on dirait un fou dans sa tête!... C'est le panneau qu'arrivait avec un tour. Impossible de crocher la chaîne. Y gueulait... mais avec le vent... va te faire fiche! Alors il a sauté dessus et a tapé sa tête. Lui, il est resté comme ça... comme mort. C'était son camarade, toujours ensemble... »

Une porte de fer bat quelque part — bang! bang! — une sorte de glas lugubre. Le vent et la mer grondent, mais le son est différent de celui qu'on entend à bord de l'*Eole*, plus sourd. L'atmosphère est étrange, désagréable. J'ai l'impression de ressentir les tensions internes de ce bateau, comme un compteur Geiger réagit à la radioactivité.

Tout le côté droit du visage de l'assommé est profondément brûlé — je ne l'avais pas remarqué en arrivant à cause de la pénombre.

« ... Il est revenu ici et lui a fait le coup du fakir en plein dans sa gueule. »

L'assommé lance son bras vers mon épaule et l'agrippe avec force.

« Pour rigoler », dit-il sans bouger la tête; sa voix est pâteuse, il a du mal à articuler. « C'était pour m'faire rigoler... Voulait que j'rigole, que j'montre que j'étais pas fâché... C'est mon copain.

— Peut-être bien, reprend l'autre, ça roulait, et puis il était encore plein... »

La porte tape. Bang!... bang!

Je finis par comprendre le fin mot de l'histoire :

Depuis trop longtemps les hommes s'usaient par grosse mer sur un banc qui rendait bien. En virant le dernier trait, en pleine tempête, un dénommé Yorick pique une crise, tout à coup, et assomme son copain pour une histoire futile de panneau mal croché. (« L'avait dû regarder d'un peu trop près ses bouteilles de rhum qu'il cachait sous sa paillasse. ») Il termine quand même son travail « en braillant pire qu'un démon », montre le poing au capitaine qui manœuvre le treuil du haut de la passerelle et disparaît pendant un certain temps. (« L'a dû encore renifler sa bouteille, à mon avis. ») Il va retrouver son copain, qui avait été entre-temps allongé sur sa couchette. Pour se faire pardonner (« pour rigoler ») il lui fait le coup du fakir — un truc qu'il avait appris à Hambourg, pendant son service dans la Marine — il avale l'essence de son briquet et la recrache avec une flamme énorme. (« Il nous l'f'sait quéqu'fois su'l'pont : avec le vent ça f'sait comme un soleil rouge qui filait dans la nuit. Le coup du fakir, il appelait ça... Un soleil rouge, c'était beau ! »). Le *Sénateur* roulait dans la tempête et Yorick roulait, de fatigue et d'ivresse; il a trébuché au beau milieu de son numéro et le copain a tout pris dans la figure.

Ça n'a pas arrangé l'humeur de ce pauvre Yorick — je pense qu'il a jeté un dernier coup d'œil à ses bouteilles — puis il est allé insulter le capitaine. Il a hurlé des choses incohérentes sur Satan et l'Enfer. Pendant ce temps sous le pont, à l'usine, c'était le coup de feu. (« Une palanquée d'une quinzaine de tonnes, presque rien que du rond, vous pensez! ») Il fallait trier le poisson, le préparer, tailler les filets, les congeler... Tout l'équipage était mobilisé. Yorick rejoint son poste en marmottant tout seul de façon peu rassurante — toujours disposé à faire du tapage. (« J'suis pas feignant. J'peux gagner mon pain, et le pain à mon copain. ») Et c'est à partir de ce moment que les choses se sont vraiment gâtées.

Son voisin le gêna-t-il? Se moquait-il de lui?... La fatigue, la tempête qui hurlait dehors, l'odeur écœurante des entrailles de poisson, le roulis épuisant! Yorick planta son couteau tout gluant du sang des morues dans le ventre de son voisin — dans le foie malheureusement.

Le poignardé resta cramponné des deux mains à son étal, sans rien dire, l'air étonné. Yorick éclata de rire. (« J'voudrais pas en entendre un autre comme ça. J'sais pas s'il rigolait ou bien si c'est qu'il pleurait. ») Et il est parti en courant avec son couteau à la main. Voilà! ça s'était passé il y a plus de vingt-quatre heures. Personne ne savait où il était caché. (« P't-être qu'il a sauté par-dessus bord?) » En tout cas il n'avait plus touché à ses bouteilles.

Bang!... Bang! La porte, lancinante, résonne comme dans une crypte.

J'organise l'évacuation de l'assommé — un brancard métallique fera l'affaire, mais ça ne va pas être facile — puis je retrouve le commandant et l'officier des pêches qui mènent leur enquête dans la cabine du capitaine. Le visage du commandant est mortellement gris. Il se tient assis derrière une table, raide dans son uniforme qu'égayent à peine les rubans colorés de ses décorations. Il écoute un grand pêcheur intimidé qui tripote machinalement son bonnet.

« ... Il avait pas d'ami, sauf l'autre. Un solitaire!... pas causant. Il crachait son feu par grand vent. Il disait qu'il était le diable... Je suis le diable!... et nous on riait bien de lui... »

Un bruit de galopade dans la coursive. Une voix excitée :

« Capitaine! Capitaine! On l'a... l'est à moitié crevé. Dans le puits aux chaînes. »

Le puits aux chaînes est tout à l'avant : étroit, froid, noir, malodorant, dégouttant d'humidité, sinistrement éclairé par une ampoule électrique encastrée sous un grillage d'acier; les chaînes des ancres agitées par le roulis grincent, s'entrechoquent — de temps en temps une douche glacée tombe des écubiers — de l'eau clapote dans le fond; des choses molles, visqueuses luisent et sentent comme la fange d'un port à marée basse : les entrailles du désespoir! Yorick est pendu à un maillon, les yeux hors de la tête, la langue pendante; ses jambes s'agitent sous lui. Personne n'a osé le décrocher. La scène est si fantastique que je me sens suspendu entre l'horreur et le fou rire.

Je le fais allonger dans la coursive. Il a raté son affaire, son larynx n'est pas écrasé et ses vertèbres ont tenu le coup. Il est agité de tremblements convulsifs. Ses compagnons coupent la corde et s'en partagent les morceaux.

« Apportez-lui un verre de rhum.

— Faut pas qu'y boive, y va être fou, encore.

— Faites ce que je vous dis! »

Yorick s'étrangle en buvant, recrache un peu d'alcool et retrouve son souffle. Il me regarde, longuement. Son visage maigre, envahi de poils gris, me paraît beau — une tête de vieux soldat usé par le labeur, la privation, la débauche, par trop de combats douteux.

Ses lèvres se mettent à trembler. Ses yeux se mouillent. Il les cache sous sa main. Il ne dit rien. On sent l'effort qu'il fait pour étouffer ses sanglots.

CHAPITRE XVII

« SAUVE-LE! »

La tempête s'apaisa vite.

Il fait à nouveau beau et froid. L'*Eole* laisse dans l'obscurité un sillage blanc qui s'efface lentement sous les étoiles.

Le clairon sonne à l'entrée du fjord de Hammerfest. Il faut attendre le pilote... Vers midi le ciel, au ras de l'horizon, se teinte délicatement de rose, comme l'intérieur d'un coquillage, et au loin les lumières de la ville pâlissent. L'enseigne dirige l'accostage au Bunker Depot. Il a un de ses beaux sourires en lançant le fatidique : « Terminé pour la machine! » Le commandant reste assis dans son fauteuil. Gris et immobile. Les transbordements en dinghy, l'enquête à bord du *Sénateur* l'ont épuisé et les injections du dopant de son médecin de famille ne peuvent plus rien pour lui. Le temps est proche où je devrai le livrer...

La mort ne devrait pas être cette glissade, cet enlisement, cet engourdissement drogué promis à l'hôpital, cet... accident du sommeil à la fin. La mort, cela devrait saigner, gueuler...

Je retrouve mon « appendicite » en pleine forme.

Il se plaint du manque de vin *(« le lait du marin »).* Je rapporte quelques bouteilles du bord et je m'arrange avec Gunilla pour qu'on lui en serve un verre à chaque repas. L'hémiplégie de l'assommé se réduit lentement. Le médecin-chef l'a hospitalisé dans la même salle que l' « appendicite » pour qu'il se sente moins seul, mais il ne parle pas à son voisin; il reste immobile les yeux tournés vers le plafond, à ruminer d'obscures pensées.

Yorick — le faiseur de soleils — ne parle pas non plus. Enfermé dans les locaux disciplinaires du bord — sans ceinture, ni lacets —, il a commencé par dormir douze heures d'un trait, sous la lumière d'une ampoule électrique, agité parfois de brusques soupirs qui faisaient penser aux gémissements d'un vieillard soufflant sous un fardeau. Je suis allé plusieurs fois le voir après son réveil, il était invariablement assis, courbé, tirant sur sa courte pipe charbonneuse (le commandant n'a pas voulu qu'on le prive de tabac et il a droit à deux quarts de vin rouge quotidien, comme tout l'équipage). Un torse lourd, un cou de bœuf — qui a résisté à la corde — un visage beau et tourmenté, couturé de rides. Il ne répond pas aux questions, il hoche ou secoue la tête pour approuver ou récuser, les yeux fixés sur le sol, obstinément. Une fois ou deux il me lance un regard étonnant — que je ne suis pas bien sûr de comprendre — ironique et profond, comme s'il n'avait plus ni doute ni espérance, comme s'il avait déjà mené une enquête silencieuse sur son cas et accepté son propre verdict.

« L'a un chat, un chat noir. »

Je crois que ce sont les seuls mots que je lui ai entendu prononcer. J'avais mentionné Willsdorff, l'Alsacien, je ne sais trop pourquoi? (Il fallait bien que quelqu'un parle!) Je l'avais senti intéressé. Il cessa de tirer sur sa pipe et c'est alors qu'il me regarda : « C'uila, c'est un capitaine! » dit-il encore. Il baissa la tête et retomba dans son mutisme. C'était fini, le contact était coupé.

Le commissaire du bord organisa son rapatriement par avion. Il câbla au consul à Oslo pour que quelqu'un surveille son transit vers Paris où l'attendront les gendarmes.

Avant son départ, je l'emmène à l'hôpital pour qu'il puisse voir son ami. Je les laisse seuls. Plus tard mon « appendicite » m'a dit qu'ils étaient restés silencieux presque tout le temps. (« Y s'regardaient comme deux copains, sans se causer. Il lui a laissé sa pipe et son tabac, mais on n'a pas le droit de fumer dans c't hôpital. »)

Le corps du poignardé voyage dans le même avion que Yorick...

Au moment de l'embarquer sur le dinghy, cousu dans une toile, le commandant avait demandé au capitaine du *Sénateur* de réunir l'équipage et de dire une prière. « Ben, j'en connais pas », répondit l'autre, de mauvaise humeur. Il était vautré en pantoufles sur un divan et grommelait contre « tout ce temps perdu ».

C'est notre commandant qui parla. Sa voix était haute et ferme dans la tempête :

« *L'homme né de la femme n'a que peu de temps à vivre, la misère l'accable.*
« *Il naît et il est fauché comme une fleur*
« *Il passe comme une ombre et tout en lui est éphémère.* »

La suite fut moins orthodoxe. Il tourna son visage contre le vent et ajouta :

« Seigneur, Tu dis n'être pas venu sur cette terre pour nous juger, mais pour nous sauver. Alors sauve-le ! »

Le mort pendu au bout d'un palan, était balancé par le roulis. Quelqu'un cria : « Affale. » Et Bongo Ba tout en bas dans son dinghy le reçut dans les bras.

Je retrouve Gunilla — la briseuse de rêve en bouteille — Gunilla lisse, chaude et bronzée, si rieuse...

A six heures, c'est au tour des tribordais de se répandre sous les réverbères de la ville, indécis et joyeux. Bongo Ba permute avec un de ses camarades et on le revoit, paraît-il, tendrement enlacé par la jolie blonde de l'usine de conserves, à la discothèque du Grand Hôtel...

L'officier des pêches donne son cocktail. Il y invite le chef de la police locale pour le remercier de sa collaboration « tout au long de cette pénible affaire ». (Il avait facilité les démarches du commissaire et deux policiers imposants ont conduit Yorick jusqu'au pied de l'échelle en le surveillant d'un œil désapprobateur.)

Cette fois encore le commandant fait une courte apparition. Dès qu'il regagne sa cabine, nos invités deviennent très gais et le maître d'hôtel renouvelle les boissons. Mon ami le chef raconte des bêtises comme à son habitude. Il tente d'expliquer au superintendant de la police — dans un anglais massacré que l'autre n'est heureusement plus en état de comprendre — qu'il y a un système infaillible pour savoir si un homme s'est pendu ou si on l'a accroché après coup pour faire croire au suicide.

« ... Il faut regarder son pantalon, ce sont les gendarmes de mon pays qui me l'ont dit — c'est dans leur manuel. Il faut regarder le pantalon, parce que... eh bien... la pendaison a des effets... hé! hé! »

Il cligne outrageusement de l'œil vers Gunilla qui pouffe.

« Des effets aphrodisiaques, paraît-il — dans le manuel du gendarme! Si... si rien, il y a doute : c'est peut-être un crime camouflé. »

La délicieuse Gunilla est enchantée :

« Pour moi, ce soir, s'écrie-t-elle, il n'y a pas de doute, je peux vous le dire : vous êtes tous de vrais pendus. Ha! Ha! Ha! »

Petite garce!

Le Skolpen Bank... Le Nord Banken... L'île de l'Ours, dont la côte déchiquetée se dessine sur l'écran radar.

Je retrouve un cahier d'écolier dans une pile de dossiers. Il appartient au mort, au poignardé. Je l'avais emporté et j'ai oublié de l'expédier avec toutes ses affaires.

Je le feuillette.

A la première page, au beau milieu, écrit au stylo bille, en lettres capitales : LA MER. Ce titre a été barré d'un trait ferme. Au-dessous, toujours en capitales, mais plus petites : LA GRANDE, suivi d'un mot qu'une tache rend illisible. Tout à fait en bas une date : *17 novembre*.

La page suivante est entièrement remplie. L'écriture

est nette, droite, appliquée. Toutes les phrases ont été rayées sauf une, mais on peut quand même lire :

« *Parmi les noires collines des eaux, le bateau... Les vagues, comme de noires collines... Le solide navire voguait sur les noires collines des eaux... Perdu au milieu des noires coll... des montagnes noires... Dans la nuit... Le jeune marin regardait les noires... Les collines escarpées et noires des eaux furieuses... Les étoiles brillent sur les... La lune se reflète sur... La mer noire, grosse comme des... Par une froide nuit de novembre le robuste navire piaffait comme un noble animal sur les noires coll... C'était la nuit... Abandonné sur les no...*, etc. »

Au bas de la page une réflexion révélatrice — soulignée — qui n'a rien à voir avec les infructueux tâtonnements précédents :

« *Je voudrais que le* Sénateur *soit déjà sur la route du retour.* »

Je feuillette. Il y a là l'esquisse d'un roman ou d'une narration inachevée — avortée — abandonnée sans doute par son auteur.

Une page entière est consacrée à la recherche de rimes :

« *Après l'hiver, j'aurai moins froid... droit... tu seras ma proie... et je te crois... prends garde à toi... Suzon, Suzon... Enfer sur terre et paradis... ton lit... mon vit...* »

En face, le poème, plusieurs fois raturé.

Petite Suzon, prends garde à toi.
Après l'hiver, j'aurai moins froid.

Petite Suzon, t'auras d'la joie
Après la pêche je s'rai ton roi.
Petite Suzon, ouvre ton lit,
Je vais t'mener au paradis.
Petite Suzon, c'est bon la vie,
Les poches bourrées d'maravédis.

Je feuillette. Çà et là s'enchevêtrent des fragments étranges ou naïfs, des phrases bizarres jetées sans ordre; certaines ont été soulignées :

« *Mon père disait...* » (il n'a jamais écrit ce que son père lui avait dit).

« *Il nous arrive de voir des vagues, des nuages, des étoiles, des oiseaux parfois.* »

« *On est seul et on ne peut s'isoler.* »

« *Il sortait de sa bouche une langue de feu que le vent emportait et la nuit en était tout illuminée.* »

« *On peut se moquer de lui jusqu'à un certain point. Jusqu'à quel point?* »

« *Il connaissait tous les noms du Diable : Satan, Lucifer, Belzebuth, le Prince du Matin, le Démon, le Tentateur, le Malin, Béhémoth, Azraël...* »

« *Il disait : peut-être qu'il n'y a pas de Dieu, mais le diable existe.* »

Le baromètre descend.

Le Sole Banken. Je rends le malade à son navire (celui qui disait : « On devient plus sauvages que des bêtes ») et comme le capitaine invite l'officier des pêches à déjeuner, il m'offre de me joindre à lui : « Vous verrez, c'est un ami. Pas du tout le genre de la brute du *Sénateur.* »

C'est un jeune homme d'une trentaine d'années, sympathique et bavard, aux sentiments généreux. Il y a quelque chose dans son regard qui fait penser qu'il a dépassé les exaltations de la jeunesse insouciante et atteint la zone plus consciente, plus poignante de la maturité.

Il parle de la mévente du poisson surgelé, bien sûr, mais il parle surtout de la mer.

« ... La mer libre, c'est fini... Vous avez vu à la Conférence de Caracas?... Les Norvégiens veulent étendre leurs eaux territoriales à 200 milles, et les Canadiens vont les suivre... là-bas on a quand même Saint-Pierre et Miquelon, ils ne pourront pas nous fiche dehors... pas comme les Allemands, les Portugais, les Japonais... Quand il y aura des frontières sur la mer comme sur la terre ça ne va pas être drôle!... d'un autre côté, actuellement c'est le grand bordel, alors il faudra bien mettre de l'ordre. »

Il parle de son métier, de son premier commandement.

« Un bateau! à moi, beaucoup plus à moi qu'à l'armateur... C'est le vieux Mevel qui me l'a confié, le vieux colonel, le frère aîné du sénateur. (Nous étions à bord de la *Marie-Louise-Mevel*). Capitaine!... Vous savez, ça reste un des plus grands pouvoirs sur la terre... un pouvoir de roi. Nous sommes les derniers rois — sur les cargos c'est fini, le roi, aujourd'hui c'est l'ordinateur, le télex... mais pas à la grande pêche, pas encore, pas chez nous. Toujours seul maître à bord après

Dieu! ... Quand j'ai obtenu mon brevet j'ai embarqué comme simple pêcheur pour une dernière campagne — mon père disait que j'étais idiot, que je perdais mon temps, mais il n'a jamais été capitaine, lui — simple pêcheur... parce que, voyez-vous, sur un bateau on a aussi affaire aux hommes... »

Il lâche cette évidence avec une telle tranquillité que je doute un instant de son intelligence. Il reprend tout aussi tranquillement :

« Commander des hommes, ce n'est pas leur demander l'impossible, c'est exiger le possible. Mais c'est aussi aller le plus loin possible, le plus près possible de l'impossible... Il faut savoir. »

L'officier des pêches me lance un regard de connivence. Il a l'air de me dire : « Pas mal, hein! »

Willsdorff lui aussi a embarqué comme simple pêcheur... Cela ne peut être pour les mêmes raisons : il est beaucoup plus âgé et la vie, les hommes, il connaît. Pourquoi? Il m'avait dit un jour à Haiphong : « Je suis comme les chats, j'ai sept vies. J'en ai déjà consommé quelques-unes. » Est-il dans sa septième et dernière réincarnation; a-t-il voulu y entrer par la porte étroite, s'astreindre à un labeur de bagnard sur la mer cruelle avec les humbles qui gagnent durement leur pain quotidien, avant de devenir roi — comme dit le capitaine de la *Marie-Louise-Mevel* — seul maître après Dieu? Ou bien, cynique et désabusé, secrètement brisé par sept ans de prison — « *Il ne faut jamais être prisonnier, jamais!* » — a-t-il choisi, comme Fou la Tête son ami, de fuir, de retourner vers sa source, avec sa provision de riz?... Et la certitude des coups de bâton au retour!

« Avez-vous rencontré le capitaine du *Damoclès?*

— L'Alsacien!... Il est plus malin que le Diable, celui-là, avec ses yeux rigolards. Il a choisi la morue salée; pas de mévente, le marché reste ferme. Comment un Alsacien peut-il devenir marin? Il m'a dit que c'est en voyant couler le Rhin... La fuite du Rhin!... Drôle de bonhomme! C'était à Londres, dans l'East End. Il m'avait entraîné à Tower Hill — on y pendait les pirates autrefois, disait-il, à Greenwich Pier — voir le *Cutty Sark*. On a flâné dans les docks, déjeuné dans un pub sur pilotis, au-dessus de gabarres échouées dans la vase. Il aimait bien leurs bières, moi j'aurais préféré du vin. Il racontait des histoires de son chat; il paraît que tous les deux trois mois il fait une fugue, il fiche le camp. Puis il revient, maigre comme un clou et très content de lui. Il lui a donné un drôle de nom...

— Diên Cái Dâú. (Je comprends enfin pourquoi il l'appelle ainsi.)

— Peut-être... On participait à un colloque international organisé par l'Institut des pêches. L'Alsacien a fait une conférence sur... très étrange!... sur les poissons qui vivent en bancs — la morue, le hareng — ce qu'il appelle les sociétés sans amour... les morues se reconnaissent comme étant de même espèce, mais ne se reconnaissent pas entre elles; chaque morue est anonyme pour l'autre. Sa théorie est que chaque morue fonctionne comme la cellule d'un cerveau. Un banc de morues est un énorme cerveau et un coup de chalut revient en fait à une lobotomie — comme on peut en faire sur un cerveau humain sans apparemment altérer l'intelligence. Il poussait très loin son idée, il disait que si on ampute plus des deux tiers du banc, le cerveau ne peut plus fonctionner et les morues survivantes deviennent folles ou idiotes, errent sans défense. Mais un banc intact raisonne et se défend contre l'agression. Il en donnait pour preuve qu'aujourd'hui, pendant le temps autorisé à la campagne de pêche, la morue va se réfugier très loin sous les glaces, ou sur les fonds rocheux impraticables aux chaluts. Ou même dans les eaux territoriales! Et c'est vrai, c'est très vrai, on s'en rend compte chaque année... Drôle de bonhomme, hein! Autant vous dire que beaucoup l'ont pris pour un fou. Il a terminé en disant que la pêche c'est un peu comme la chasse aux sous-marins allemands pendant la guerre — " et le commandant du sous-marin est loin d'être idiot ", soulignait-il. Déjà la morue réagit au sonar et au sondeur — elle s'éparpille maintenant alors qu'il y a encore quelques années on voyait bien le banc se dessiner sur l'écran. Des Russes ou des Japonais ont eu l'idée d'enregistrer les pulsions de terreur émises par l'encornet attaqué — c'est la proie préférée de la morue — et de les faire émettre sous l'eau par leurs chalutiers : ça a marché, les morues se sont précipitées à la curée. Ça n'a duré qu'un temps, le cerveau a décelé le piège... Je vous résume. Il sait parler! Sur le coup, tout ce qu'il a dit m'a semblé évident. ... Drôle de bonhomme! Sa conclusion — pas très gaie... Il a dit : " C'est la guerre! La guerre totale — si nous gagnons, ce que je crois — notre victoire sera notre défaite, nous périrons avec la disparition de nos adversaires. La Création survivra — même à la pollution, elle en a vu d'autres au cours des âges géologiques — la Création survivra; l'Homme, je ne sais pas? "... En attendant il faut bien pêcher, il faut bien vivre. »

CHAPITRE XVIII

ECCE HOMO

Le vent se lève.

L'East Bank... Le Nord Flaket encore... L'*Eole* poursuit sa tournée du facteur « *sur les noires collines des eaux* ».

Le *Damoclès* est trop loin dans l'est — et il est seul — ce n'est pas cette fois qu'on ira le voir.

« Encore un répit, Docteur, avant de vous examiner dans le miroir, ha! ha! ha!... Prenez donc un cognac avec moi. »

Les informations :

TOKYO.

Un chantier naval japonais achève la construction d'un pétrolier géant de cinq cent mille tonnes, entièrement automatisé, qui ne nécessitera qu'un équipage de neuf hommes, capitaine inclus.

PHNOM PENH.

Une trentaine de roquettes sont tombées sur les faubourgs de la ville la nuit dernière, tuant quarante-deux personnes dont dix-sept enfants.

BELFAST.

Attentat à la bombe dans un pub catholique, trois morts, sept blessés.

Hammerfest.

Nous mouillons en rade. Un gros chalutier allemand a pris notre place au Bunker Depot. Il a été arraisonné par un patrouilleur norvégien alors qu'il pêchait dans les eaux territoriales (12 milles) — ce genre d'infraction se paye cher : confiscation de toute la cargaison et des engins de pêche.

Hammerfest. Les lampes balancées dans le vent, la neige tourbillonnante, les bougies derrière les vitres des maisons où brille une étoile du berger — *Jul!* (dans moins d'un mois ce sera Noël). Gunilla si sûre de sa puissance, si innocente; son odeur de fleurs et de femme mêlée, la lourdeur de sa chevelure. Gunilla qui aime tant rire...

Les bâbordais dans la ville, la jolie blonde de l'usine de conserves; Bongo Ba nous est ramené à cinq heures du matin par un canot norvégien, ivre et heureux. Il chante une chanson à la mode : « ... *J'suis content, j'suis content, j'suis content; j'suis cocu mais content!...* » Le capitaine d'armes l'expédie directement dans la cellule disciplinaire.

L'équipage désœuvré du chalutier allemand — presque tous des Portugais ou des Turcs.

« Seuls les postes nobles sont tenus par les Allemands : le pont, la machine, la passerelle, m'explique l'officier des pêches, on ne trouve plus d'Allemands pour le travail du poisson. C'est dur et c'est sale — alors on embauche des ouvriers émigrés. Ceux-là ne voient jamais la mer!... Oh, ils sont confortablement installés : deux par cabine... Les heures supplémentaires sont comptées... Quand ils ont le mal de mer on leur colle un suppositoire de nautamine... tout est très bien organisé, à l'allemande... de la musique douce diffusée en permanence par haut-parleurs, comme chez Volkswagen! Voilà! C'est ça la mer, aujourd'hui. Et en France ça viendra bientôt, quand on aura épuisé notre bon stock de Bretons, de Normands, de Basques... »

Le ton est singulièrement amer.

« ... On a encore de vrais marins... Ils grognent, ils peinent. Jamais ils ne gémissent sur leur sort. Ils parlent peu; Breton à tête dure, comme dit le chef... Il y en a encore. Pour combien de temps? Votre ami, le crabe-tambour, n'a pas eu de difficulté à trouver un équipage pour son *Damoclès*. Et pourtant c'est un *classique*, un vieux rafiot; tout le travail se fait sur le pont, par tous les temps... Voilà des hommes!... Vous verrez, on finira bien par le retrouver au fin fond de la mer de Barents. »

Il reste rêveur un moment, le front barré d'une ride verticale.

« La mer change. Tout change, il faut bien, mais... je ne suis pas sûr que ce soit pour le meilleur. Le jour où la mer... enfin ce que représente la mer depuis toujours : ... ce... l'illusion d'une immense liberté. (Il ricane, comme pour excuser sa grandiloquence). Le jour où tout ça ne sera plus traité qu'à coups de suppositoires dans le cul... Ah! trop difficile à expliquer... Allons plutôt boire un verre avec le chef. Il nous racontera une de ses horribles histoires. Ça nous remontera le moral. »

L'histoire du chef fut horrible à souhaits : dans le bistrot de Guenn-an-Avel (Cogne-le-vent), une nuit de tempête et d'ivresse, une de ces nuits où les hommes deviennent fous. L'idiot couvert de crachats, qui rit et fait des gambades pour mendier un verre de vin rouge de plus. La colère terrible du vieux recteur qu'a été chercher un enfant de chœur — la soutane noire trempée de boue et de pluie. Il a tapé sur tout le monde à coups de canne et cassé les bouteilles. (« Pourtant il aimait le vin : *fruit de la vigne et de la peine des hommes.* ») Et tous les ivrognes à la fin qui se mettent à genoux dans les détritus, reniflent leurs larmes et chantent un cantique à la Vierge Marie entre deux vomissements.

« *Prenez pitié de nous...* »

Mon « appendicite » joue aux cartes avec l'hémiplégique. Un Turc enthousiaste en pyjama rose suit la partie, il ne parle aucune langue connue mais commente chaque levée d'un flot de paroles exaltées ponctuées de gestes vers le ciel. Un Lapon grisâtre dort la bouche ouverte sur un lit, son bonnet de lutin et son couteau posés à côté de lui sur la table de nuit.

« Votre copine, elle refuse de lui refiler de mon lait, m'annonce l'appendicite en désignant l'hémiplégique du menton, tâchez d'arranger le coup. Et lui aussi, le copain, il aimerait bien. J'lui en ai fait goûter (clin d'œil vers le Turc épanoui). Hein! Mémette, pinard, pinard, good good. »

Flot de paroles incompréhensibles de Mémette (le nom sur la feuille de température est Méhémeth) d'où émerge plusieurs fois le mot pinard, me semble-t-il. Mémette approuve.

L'appendicite m'attire vers lui et ajoute d'un ton confidentiel :

« Vous savez, c'est un drôle de lascar. Il était éboueur à Hambourg. Puis artiste à Sankt Pauli — tous les soirs il fallait qu'il tronche deux mémères — tous les soirs.

Et devant tout le monde, encore — c'était ça, le spectacle — une à dix heures, l'autre à minuit.

— Dégoûtant, grogne l'hémiplégique.

— Ben quoi c'est vrai, deux tous les soirs. Et trois le samedi et le dimanche. Très chouette, les mémères — il a montré les photos — quand même, il aimait pas trop. Il est marié en Turquie, cinq enfants. Il gagnait bien, mais... devant tout le monde! Un soir — il y avait un bateau de guerre français en visite — des matelots sont arrivés en bordée, et ils ont rigolé tout le temps, ils faisaient des plaisanteries, des bruits. Lui, ça lui a coupé le... l'a rien pu faire. Alors il en a eu marre. C'est comme ça qu'il est parti à la pêche sur le chalutier allemand, parce qu'il en avait marre aussi d'être éboueur.

— Comment avez-vous pu apprendre tout ça, il ne parle pas un mot de français?

— Oh, on se comprend. Hein, Mémette! »

Sourire épanoui du Turc. C'est vrai, ils ont bien l'air de se comprendre.

Pour résoudre le problème posé par le « lait du marin », il me fallut remonter jusqu'au médecin-chef; Gunilla ne voulait pas en prendre la responsabilité. La chambre eut droit à une bouteille par repas.

Le commissaire du bord s'occupa du rapatriement des deux Français, mais ils durent patienter quelque temps encore parce que les Allemands avaient retenu toutes les places d'avion disponibles pour leurs travailleurs émigrés. Quand ils quittèrent enfin l'hôpital, le vieux Lapon grisâtre fondit en larmes. Il mourut trois jours plus tard.

Le commandant ne parut pas au cocktail de l'officier des pêches. Le canot major alla chercher nos invités au quai au poisson. Le vent était tombé, la nuit avait cette incroyable transparence qu'on ne voit que dans les hautes latitudes. De petites vapeurs, subtiles comme des haleines, erraient sur la surface des eaux noires. L'air glacé nous apportait de la discothèque du Grand Hôtel les plaintes d'un blues.

« ... *to let my people go...* »

Gunilla, toutes voiles dehors — « *belle comme une corvette française* » —, riait haut en renversant la tête, et le cirque des falaises blanches renvoyait son rire en échos, indéfiniment.

Le cap Nord. L'East Bank...

La banquise est descendue jusqu'à l'île de l'Ours.

Le froid. La mer figée, crissante sous l'étrave — un bruit d'acier refroidi dans l'eau. La nuit étoilée, serrant le cœur. Les entrailles de l'*Eole*, chaudes, odorantes, réconfortantes.

« Un cognac, Docteur? »

Le temps passe. Le faisceau du radar balaie l'écran. A mesure que la vie avance elle devient plus dure, plus froide plus contraignante.

Le Skolpen Bank. Il y a un disparu sur la *Belle Normande*. Je me rends à bord avec l'officier des pêches : des visages inertes, des regards figés, des silences. « Il a basculé sans un cri... on l'a encore vu, il bougeait plus. ... Y m'regardait, j'ai vu ses yeux ouverts, y m'regardait... Pas de parents à ma connaissance... de l'Assistance... avant il avait travaillé dans une ferme, j'crois... »

Ce disparu reste une énigme, au passé presque vide — une ombre, et tout en lui a été éphémère. On l'oublie déjà et cela ne fait rien. Ses modestes biens ont été rangés dans le plus grand ordre, tels qu'on les dispose avant de partir pour un long voyage.

La mévente du poisson : Une inquiétude sourde dans le cœur de ces hommes oublieux.

« Qu'allons-nous devenir?... »

Le grincement du treuil. Les pêcheurs titubent sur la glace du pont. La lourde poche oscille, vomit son poisson ruisselant dans la trappe.

Le temps passe. Nous avançons guidés par un écho que brouillent constamment des parasites.

Le Nord Bank. Le baromètre descend. J'ampute un doigt broyé par une des grosses manilles du chalut.

Le commandant me demande de lui faire une piqûre de morphine.

Il est allongé sur sa couchette. Ses joues, ses lèvres ont une même couleur gris cendre et ses narines sont tirées vers les coins de la bouche. Il s'est coupé trois fois en se rasant, le sang coagulé est noir. Je trouve dans ses traits plus de noblesse encore; cette beauté terrible qui seule naît de la souffrance.

« Ne me regardez pas comme ça. »

Je peux suivre dans ses yeux — et à la sueur qui sourd de ses pores — la progression des spasmes, bien qu'il affecte la feinte tranquillité d'un homme qui ressent une violente convulsion, mais préserve la face. Dès que la drogue commence à agir, je dis fermement :

« C'est fini, commandant. »

Il ne se trompe pas sur le sens de mes paroles. Il regarde quelque chose loin au-delà de moi, l'esquisse d'un sourire tremble sur ses lèvres grises.

« Ne me faites pas débarquer à Hammerfest.

— Je devrais... j'aurais dû... depuis longtemps. »

Je le regarde. Je sais qu'il va encore me convaincre — gagner du temps — parce que je l'aime, ce vieux squelette, ce vieux crabe aux trois quarts mort. J'attends ce qu'il va dire. Et comme toujours il me surprend.

« Dans quinze jours — quatorze exactement — on aura le cap au sud. On retrouvera le soleil... » Il a un geste vague de sa pince qui peut signifier : On verra! Inch' Allah!

Les vagues de douleur, si visibles dans ses yeux il y a encore un instant, ont presque disparu et ça ne le gêne plus que je le regarde. Il ajoute soudain d'une voix sèche :

« Ne faites pas cette tête, Docteur... vous n'êtes que le messager. »

Avant de sortir, je lui renvoie la monnaie de sa pièce :

« Si vous mourez à bord, j'aurai un tas d'embêtements. »

En fermant la porte derrière moi je l'entends rire.

Le vent se lève.

La plainte aiguë du vent, comme les lamentations funèbres des pleureuses d'Asie.

La houle se lève, luisante sous la lueur de mondes lointains.

Le pont livide de lune. Je sens quelque chose se dénouer en moi. Je me sens emporté par une de ces émotions qu'on éprouve parfois certains soirs de bataille où la mort vous a effleuré; l'impression que mes deux cerveaux se complètent et rêvent côte à côte de grandes choses. Et en même temps, tout au fond — comme un lac tranquille — cette certitude : je suis vivant.

La vie!

Et cela monte en moi. C'est un éblouissement : je suis vivant, je vis! Tout est simple, tout est évident. C'est un hymne à la joie de la chair et de l'esprit. C'est une vérité lumineuse qui s'élève au-dessus de la sombre réalité de la condition humaine — plus cruelle que cette mer glacée où souffle la tempête. Qui s'élève...

et qui crève comme une bulle, tout à coup, sans raison.

Je vis! Et alors?

Alors la tristesse cosmique qui est la part de l'homme me serre à nouveau le cœur; j'éprouve le besoin de fumer une cigarette, de boire un verre, de me réfugier dans les entrailles tièdes.

Le Mongol est là, tapi dans son fauteuil.

« Ne me regardez pas comme ça », dis-je.

Il ricane et déclare d'un ton sentencieux :

« La vie est douce à celui qui ignore le vertige, soit par insouciance, soit par manque d'imagination... Buvons, Docteur, l'alcool nous rendra une vision claire des choses.

— Oui, Chef... une vision claire... et des rêves immondes. »

Le *Damoclès* fait route vers l'ouest à dix nœuds. Nous faisons route vers l'est. Dans huit heures, nous nous rencontrerons quelque part sur la longitude d'Arkhangelsk. Le baromètre descend toujours. *Vent force 9, rafales de neige. Mer grosse devenant très grosse.* Au-delà des vitres on ne voit rien — une violence pure, noire, absolument invisible. Les veilleurs sont rentrés à l'abri.

A vingt-cinq nautiques l'écho du *Damoclès* sur l'écran du radar, brouillé par les grains de neige et les glaces. Un autre écho, plus petit, à quelque distance.

« Le patrouilleur russe, explique l'officier des pêches. Ils se méfient des chalutiers étrangers, certains des leurs sont des bateaux espions bourrés d'électronique, alors ils pensent qu'on fait la même chose. »

Le patrouilleur russe a plusieurs radars très puissants. Au P.C. radio on le sent presque physiquement nous écouter, nous fouiller, nous sonder; essayer de se faire une image exacte de nos moyens et de notre mission. Des courbes sinusoïdales se forment et se déforment sur les indicateurs fluorescents. On entend des crépitements aigus, des sifflements stridents quand une rafale d'ondes nous frappe.

« Une corvette de la classe *Rostov*, précise l'officier des transmissions en retirant ses écouteurs, il doit nous avoir déjà reconnus. Ils ont amélioré leurs trucs, depuis l'année dernière. » Et il ajoute quelques considérations techniques auxquelles je ne comprends rien.

Les feux du *Damoclès* au loin — qui s'évanouissent parfois dans les grains de neige, qui semblent clignoter comme un appel, comme la petite lampe de Bongo Ba sur le dinghy. (Le Russe n'est visible que sur l'écran radar.) L'officier des pêches parle à la V.H.F. Je reconnais la voix de Willsdorff. Il est question des manœuvres à exécuter pour la bouée postale. Willsdorff demande ensuite si la cambuse de l'*Eole* ne pourrait pas lui céder quatre cent cinquante litres de vin : « Je voudrais rester jusqu'à Noël et je suis un peu à court. L'équipage ne marche pas s'il n'a pas son vin. Un litre et demi par jour et par homme — c'est dans le contrat d'embarquement. »

L'officier des pêches jette un coup d'œil au commandant assis dans son fauteuil qui approuve d'un hochement de tête. (Je lui ai fait une piqûre il y a deux heures.)

« D'accord je vais arranger ça. Je vous passe quelqu'un qui veut vous parler. »

Il me tend le micro.

« Allô... Allô... » Je voudrais dire : Salut Crabe-Tambour, mais je n'ose pas, ça aurait l'air idiot; et puis ma propre voix dans le haut-parleur me gêne.

« C'est Pierre...

— Qui ça? Pierre... Pierre? »

Il ne m'a pas reconnu. Bien sûr, comment l'aurait-il pu? Vingt ans!

Il est sept heures. Le clairon passe une dernière fois la paume de sa main sur l'embout de son instrument avant de sonner le réveil.

« Attends, attends une seconde, ne quitte pas », dis-je. Et je tends le micro vers le musicien...

J'entends le rire de Willsdorff.

« Pierre, mon vieux Pierre, qu'est-ce que tu fiches ici?

— Je suis le médecin du bord... Ça va?... »

Je ne sais plus quoi dire. J'ai horreur de parler dans un téléphone ou un micro, j'ai besoin de voir mon interlocuteur. Et que pourrais-je dire? Que peut-on dire?

« Tu as fini par rentrer. J'ai l'impression que tu les abandonnes un peu, nos petits Vietnamiens, hein! C'est maintenant qu'ils vont avoir besoin de médecin — si j'en crois les informations.

— Oui. J'ai été expulsé... au début de l'année.

— Et Maï Li? Tu l'as ramenée? Comment va... »

Je le coupe.

« Elle est morte.

— Ah!... mon pauvre vieux... A bientôt Pierre, on se verra, il faut que je... passe-moi l'officier des pêches. »

Le *Damoclès* est proche. Il allume ses puissantes lampes de travail et la tempête devient soudain visible. Parfois il se dresse et tout l'avant semble sortir de la mer — on peut voir près d'un tiers de sa quille — puis il bascule lentement et plonge dans un gouffre luisant, comme sonde une baleine. Sous l'impact de l'étrave les lames explosent en formidables embruns que le vent rabat et il disparaît... Il émerge ruisselant, reluisant de tous ses feux. Il est beau — un fort gaillard d'avant — un pont très bas sur l'eau, à la teugue marquée, avec un mât de charge et la potence du chalut — le château tout à l'arrière, la cheminée, un roof, l'autre potence — un peu la silhouette d'un pétrolier. Il est beau, moins râblé qu'un *pêche-arrière* mais plus fin.

Il réduit sa vitesse. Des hommes en ciré jaune se précipitent sur le pont. Nous manœuvrons pour nous placer sous son vent et sur son avant afin de larguer la bouée à laquelle le bosco a fait amarrer une dizaine de touques de pinard en plastique...

Nous le remontons tout près. Je vois quelqu'un sur son aileron. Il nous fait de grands signes. Dans les hurlements de la tempête j'entends un cri. Je crois comprendre : « Salut Pierre! » L'homme disparaît et tout de suite, trois fois, la sirène du *Damoclès* domine la fureur du vent.

Nous le remontons toujours, je vois l'œil de l'étrave. Les lames le recouvrent parfois et j'ai l'impression de clins d'œil amicaux.

« LARGUEZ LA BOUÉE...guez... ouée... ouée... »

La voix joyeuse de Willsdorff à la radio :

« Ça y est, on l'a récupérée. Merci, Messieurs et bonne route... Salut Pierre, salut. Je suis content de te savoir ici. »

Le commandant quitte son fauteuil. Il prend le micro des mains de l'officier des pêches; je ne distingue pas son visage dans l'obscurité, seulement un vague reflet rouge dans ses prunelles. Il nous tourne le dos et appuye son épaule contre la vitre.

« Adieu, capitaine. »

Il relâche la pression qui commande l'émission et on entend les crépitements du haut-parleur. Willsdorff met longtemps à répondre.

« C'est vous, commandant. (Sa voix me paraît assourdie, comme étrangère.)

« Je m'y attendais un peu... Je me demandais si vous... »

Il ne finit pas sa phrase. Le commandant enclenche l'émission.

« Je voulais seulement vous dire adieu, avant de partir... définitivement. C'est tout. Je n'ai rien d'autre à dire. »

De nouveau le crépitement des ondes et un silence, qui dure. Le commandant ne bouge pas. Je ne vois que son dos et sa nuque raide.

Enfin la voix de Willsdorff :

« Je savais que vous étiez malade. Je... non. Vous avez raison, il n'y a rien à dire. »

Un déclic — Willsdorff a coupé le contact — le crépitement de l'éther vide, comme une houle croulant sur une plage lointaine. Le commandant rend le micro à l'officier des pêches.

« Nous rentrons, Messieurs. »

Un veilleur fait irruption :

« Commandant, il nous fait des appels en scot. »

Le *Damoclès* a éteint ses lampes de travail. On ne voit plus dans la nuit que ses feux de route et une petite lumière qui palpite.

« A...D...I...E...U, déchiffre le vieux bosco à face de gnome, A...D...adieu, Commandant il répète toujours le même mot : Adieu.

— Qu'est-ce qu'on lui répond, Commandant? demande l'officier des pêches.

— Envoyez un " aperçu ", c'est tout. »

Voilà, c'est fini.

La petite lumière palpitante s'éteint. Le *Damoclès* vire de bord et nous nous éloignons dans l'ouest. Il fait horriblement froid sur cette passerelle.

DEUXIÈME PARTIE

LE VIN

« *Donnez des liqueurs fortes à celui qui périt*
Et du vin à celui qui a l'amertume dans l'âme
Qu'il boive et oublie sa misère
Et qu'il ne se souvienne plus de ses peines. »

Proverbes, LI, 6-7.

CHAPITRE XIX

LA CHAIR

Le dimanche 18 décembre à 11 h 30, par le travers des îles Lofoten, nous avons revu le soleil.

En fin d'après-midi je frappe à la porte du commandant.

« Entrez. »

Il est debout, très droit, la main gauche appuyée sur son bureau, décharné dans son uniforme sanglé. Comme d'habitude il s'est coupé en se rasant et le sang noir creuse encore ses rides; son visage gris a l'air du Sphinx décapé par les vents de sable. (J'ai été voir le Sphinx en 1946, au clair de lune — une colossale tête de mort — quand le *Pasteur* a pris le canal, avant de retrouver des camarades dans un bouge du Caire où de grosses femmes faisaient la danse du ventre.)

« Je vous attendais. »

Il me fait face de son regard usé. Il devrait s'asseoir, je sais l'effort qu'il fait pour rester droit. Il souffre mais n'en laisse rien paraître.

Le silence devient embarrassant, je ne trouve rien de mieux, pour le rompre, que cette remarque :

« Le soleil se couche, Commandant. »

Il hoche la tête. L'*Eole* gémit et tressaille, s'affaisse soudain sur le flanc. Le commandant a du mal à rester droit, sa main vivante se crispe sur l'angle du bureau.

« Je crois que vous pouvez vous reposer maintenant, dis-je doucement, vous avez fait ce que vous vouliez faire.

— Qu'ai-je donc fait? demande-t-il d'une voix froide et calme.

— Vous avez... vous savez très bien ce que je veux dire : Willsdorff! Vous vous êtes une dernière fois planté devant lui, tout droit... comme au tribunal. Vous êtes plein d'orgueil. Je suis prêt à croire que vous n'avez demandé le commandement de l'*Eole* que pour ça. »

Il a un battement de paupières; ses yeux, d'une eau profonde et glacée, me semblent singulièrement distants. De petites gouttes de sueur perlent à sa lèvre supérieure et à ses tempes; elles brillent sur la peau grise. Il ne répond pas.

La rumeur lointaine de la tempête... Le cliquetis du chronomètre dans sa boîte d'acajou devient perceptible — comme le grignotement métallique et vivant des mandibules des termites, quand on s'approche de certains arbres morts de la jungle. La grande aiguille avance par saccades, toutes les secondes.

« *Omnes vulnerant, ultima necat* [1] », dit enfin le commandant avec une ironie rêveuse. « Pour vous aussi, Docteur... ha! ha! »

1. « Toutes blessent, la dernière tue. »

Son rire coupant et triste s'étrangle net. Il a une crispation douloureuse; il a besoin d'une injection, mais je sais qu'il ne me la demandera pas.

« Allongez-vous, Commandant, et retroussez votre manche.

— Merci, Docteur. »

La drogue fait son effet, il se détend et ferme les yeux. J'éteins la lampe de chevet.

Les frémissements de l'*Eole*, les bruissements de la mer, le tic-tac du chronomètre — l'aiguille des secondes avance par petits bonds, inexorablement. Il est 16 h 47 et 12 secondes... 13 secondes... 14...

Alors que je vais partir, sa voix sort de l'ombre, adoucie :

« Je ramènerai ce bateau à Lorient, Docteur. »

Je monte sur la passerelle. La nuit tombe sur la mer du Nord. Les dernières lueurs jaunes — de ce jaune particulier aux fins de jours de tempête. La grande voix sinistre gémit. La barre cliquette. L'est est noir; l'ombre avance, envahit le ciel — une noirceur de crucifixion. Et la grande voix enfle toujours...

L'hélice tourne (140 tours, un peu plus de deux tours par seconde). La terre tourne. Le jour se lève sur le fleuve, là-bas, sur les sentinelles enfouies dans leurs trous, sur les armées rangées en bataille. Sur ma forêt perdue... Le jour se lève sur Saigon, sur Phnom Penh inquiète... La nuit tombe sur la mer du Nord.

« *La nuit tombait, je ne me baissai pas pour la ramasser* », disait Alphonse Allais.

La nuit est tombée. Un veilleur chantonne... Il fait grand jour maintenant sur le fleuve, sur les sentinelles mortes et sur les sentinelles encore vivantes, enfoncées dans leurs trous...

Le commandant sort de la chambre des cartes, il hume le vent sur l'aileron, jette un coup d'œil sur le gyro-compas *(cap au 215)* sur le compte-tours *(avant 140, 12 nœuds)*, sur l'écran radar *(écho dans le 172, à 8 nautiques)*, sur l'anémomètre *(55 nœuds, rafales à 60)*, sur la carte éclairée par la lampe rouge et sur le dernier point marqué d'une croix par le chef de quart, puis il va s'appuyer, le front contre la vitre, les deux coudes sur la main courante de cuivre.

« Bonsoir, Commandant, dit le vieux bosco à face de gnome.

— Bonsoir. »

« C'est autour de verres de vin — de vin rouge — que les hommes se retrouvent le soir — à l'abri de leurs femmes — pour rire, échanger des histoires, des vantardises, des provocations, pour se réchauffer, se réconforter les uns les autres... pour se taper sur la figure — ça soulage drôlement parfois. »

Le chef développe un de ses thèmes favoris.

« Comme le disait mon vieux recteur : " La vantardise de Pierre pendant la Cène — *Seigneur, quand bien même tous succomberaient, moi pas!* — était peut-être due au gwin ru. " Pierre, marin-pêcheur, aimait le vin rouge. Et il croyait alors vraiment ce qu'il disait, ce pauvre Pierre!... D'ailleurs c'est quand même lui qui a brandi l'épée et coupé l'oreille d'un type au moment de l'arrestation; il avait dormi un peu sur la colline au lieu de prier avec Jésus qui éprouvait des angoisses, mais l'effet du vin était encore là! Seulement voilà : le lendemain matin!... Le matin est très dur pour le buveur... Il est alors plus faible, plus pitoyable qu'un petit enfant. Le matin on entend le chant du coq, et il est trop tard... Peut-être Judas lui aussi avait-il un peu trop bu? Il pouvait traîner dans les bistrots, c'est lui qui gardait l'argent des Douze. Une vantardise d'ivrogne : “ Pour trente balles je me fais fort de vous le livrer... ” Et le lendemain Judas s'est pendu. Ha! ha! ha!... A quoi bon se mentir, si l'homme est ainsi et ne peut être autrement.

— Vous exagérez toujours, tous les hommes ne sont pas ivrognes », dit l'enseigne.

Le chef se contente de hausser les épaules.

Plus tard dans la nuit, il m'initia à un jeu qu'il avait appris de marins américains à la Barbade. Un jeu idiot! Il faut tricher et perdre au début si on veut gagner, ou même seulement partir droit. Un jeu de dames, joué sur une nappe à carreaux, et chaque pion est un verre de whisky. (« A la Barbade c'était du rhum. ») Je n'ai pas triché. Je gagnais, je gagnais. J'étais le champion, le plus malin. La victoire au meilleur!...

Le lendemain matin j'ai mal à la tête et, accessoirement, je me souviens vaguement avoir perdu la partie.

Je m'étais réjoui de voir l'aube; j'ai l'impression qu'une moisissure verte se dépose sur les visages des veilleurs, sur l'acier gris, sur les nuages et la mer tourmentée par l'aigre vent; je n'ai qu'amertume dans l'âme et dans la bouche, comme si j'avais mâché de la cendre.

Amsterdam. Une « visite de courtoisie » avant de regagner Lorient.

Le pilote nous attend à trois milles au large de la grande écluse. L'aube grise; le ciel se fond à la terre — un crachin qui ne tombe pas mais pénètre tout —, cela fait penser au delta du Fleuve Rouge pendant la mousson de nord-est. Au-delà des digues du canal, en contrebas, le plat pays défile, noyé de mélancolie : des prés, des arbres, des petites maisons de briques, des cheminées d'usines noircies, de longues files de voitures sur les routes, des trains de banlieue. Assis sur une borne, un petit garçon emmitouflé dans une pèlerine nous suit des yeux, le pouce dans la bouche.

Le commandant est dans son fauteuil; aussi gris, aussi triste que le paysage.

Les premières pierres de la ville; des entrepôts, des fabriques, des grues, des chantiers, des carcasses de navires peintes au minium — l'éclat bleuté des chalumeaux des soudeurs — des logements uniformes et, derrière, brouillés par la pluie et la fumée, les clochers d'Amsterdam.

Le soir il y a réception à l'Amirauté. J'y rencontre un vieux commodore hollandais grisonnant et sa femme javanaise de Surabaya, belle, avec un profil de statue maya, un visage d'ambre sans défaut. Et bien sûr nous parlons de « là-bas » : Djakarta, que le vieux commodore appelle encore Batavia, comme il m'arrive de dire Tourane pour Danang. Tandjung Priok, le quartier maritime... J'y ai vu un soir plus de trois cents goélettes sulawesi, échouées sur la vase des canaux, comme dans une *marine* hollandaise du XVIIIe siècle, attendre le renversement de la mousson pour appareiller. L'obscurité était pleine de senteurs de clou de girofle, d'iode, d'algues et de poisson. Les petits marchands de soupe ambulants descendus de la ville faisaient claquer leurs bambous pour appeler le chaland. On entendait rire et chanter les équipages serrés autour de leurs feux. Les voix disaient :

« *Nous avons nourri la mer de notre sang depuis des milliers d'années et elle nous appelle, toujours affamée...* »

Et d'autres choses encore évoquant des tempêtes, des batailles, des pirates, des îles, des requins et des perles...

Tout demeurait sombre jusqu'au lever de la lune.

Le commodore avait participé en 1945 à la reconquête de Bornéo par les alliés.

« Les Anglais avaient un fou là-bas, me dit-il, un Irlandais roux. Il nous a fait beaucoup d'embêtements... Il a fallu le racheter aux Dayaks, son poids de sel, je crois. Il y avait aussi un colonel japonais qui a été pendu comme criminel de guerre. A tous deux ils tenaient les tribus de l'intérieur. Des fous! Je l'ai vu une fois — l'Irlandais — il n'avait pas l'air de grand-chose... sauf ses yeux. Les Anglais lui avaient rasé le crâne. Ils l'ont embarqué sur un Liberty ship, et puis...

— J'ai passé une nuit en prison à cause de lui », dis-je en l'interrompant. Et je raconte ma première escale à Colombo avec le *Pasteur*.

« Beaucoup plus tard, à la fin des années soixante, je suis allé dans le... le « royaume » de cet Irlandais. J'ai remonté la haute Tunkalis, la Sembakung. On trouvait encore des têtes de soldats japonais, couvertes de toiles d'araignées, pendues aux charpentes des « *Long Houses* ». Le soir, en buvant l'ayak — un mauvais vin de riz — les vieux sages ivres les montraient en rigolant et racontaient la légende du « Rajah Rouge », mêlée aux grands poèmes épiques des *Temps aventureux*. Et il m'était bien difficile de séparer le vrai du faux. Une chose était sûre : cet homme — « *aux yeux gris comme la mer* » — avait fait rêver tout le peuple de la forêt... »

Quand j'ai obtenu ma mise en disponibilité — après ma dernière rencontre avec Willsdorff, à Haiphong — je vivais avec Maï Li, une jeune femme de Hué. Je ne l'ai pas épousée par... je ne sais pas... par habitude, parce que cela ne me semblait pas nécessaire (pour garder l'illusion de la liberté?). Je crois que c'est la seule chose qu'elle désirait vraiment, et je ne la lui ai pas donnée — bêtement. Je travaillais dans des cliniques, à Phnom Penh et à Saigon, je me sentais disponible : j'attendais. Un de mes amis, un ancien sous-officier du corps expéditionnaire, avait une petite plantation de thé sur la route de Djiring sur les plateaux montagnards. C'était un homme merveilleux, il était devenu l'ami des montagnards proches — les *Maa'* —, une tribu très peu connue qui refusait presque tout contact avec le reste du monde. Il avait su gagner leur estime, leur affection. Il me demandait toujours de me joindre à lui, de m'installer sur sa plantation. Un soir, me souvenant du choc éprouvé en Haute Région dans les Cent Mille Monts, j'ai accepté. C'est lui qui m'a fait découvrir les montagnards, leur langue, leurs coutumes, leurs légendes. Il m'entraînait dans son sillage, avec lui j'ai remonté des torrents pour coucher dans des villages où nul Blanc n'était jamais venu, assister à des palabres, à des sacrifices du buffle... Avec lui j'ai écrit quelques articles sur ces sujets dans les journaux locaux. Un ethnologue de l'École française d'Extrême-Orient qui les avait lus est venu nous voir et il nous a appris à faire un travail sérieux d'observation.

L'origine de ces tribus montagnardes proto-malaises reste encore une énigme, mais on sait que la péninsule indochinoise a servi de lieu de passage aux populations habitant aujourd'hui l'Océanie. Des rives de la mer de Chine à celles du golfe du Bengale, de Madagascar à l'île de Pâques, un même groupe ethnique peuple des archipels éparpillés à travers la plus vaste étendue océane de la planète. Notre ethnologue avait une théorie à lui : les Indiens des Amériques seraient du même stock humain et le peuplement se serait fait par le nord, à travers le détroit de Bering et l'Alaska. Des groupes auraient ensuite dérivé vers la Polynésie (le *Kon Tiki*) puis toujours plus à l'ouest, revenant ainsi à leur point de départ. Je crois qu'il était un peu fou, mais il nous avait convaincus et il nous faisait rêver. Le soir nous l'écoutions en buvant du vin sous la véranda. (Parfois il était interrompu par le barrissement de l'éléphant sauvage et il nous fallait brandir des torches vers la forêt pour protéger notre thé.) Il avait fait sienne l'idée de Claude Lévi-Strauss : « *Nous ne savons pas ce qu'est une race, nous savons ce qu'est une culture.* » Il disait qu'on devait retrouver un fond culturel commun dans les mythes et les légendes de toutes ces populations éparses et que ce fond serait la mer — même chez celles installées en pleine forêt, loin à l'intérieur des terres. Peu à peu naquit l'idée d'un grand projet : une thèse, une étude générale sur le thème de la mer dans la civilisation des peuples de la forêt. L'ethnologue se chargerait de la compilation et partirait en Amérique et en Polynésie. Mon ami approfondirait encore ses connaissances sur sa tribu — elle servirait de référence. Moi-même j'irais voir les Dayaks à Bornéo, les Toradjas aux Célèbes, les Bataks à Sumatra, les Sakaï... Jusqu'aux Nagas de l'Assam. (Partout j'ai retrouvé les légendes de la mer.) Et puis la guerre a recommencé, s'est rapprochée chaque jour un peu plus...

Aujourd'hui il ne reste plus rien de tout cela. Le premier l'ethnologue fou est mort, tué dans un accident d'avion. En 1968 mon ami a été vu une dernière fois, entraîné par des maquisards du Vietcong, et on n'a plus jamais entendu parler de lui. Maï Li que je n'ai pas épousée, Maï Li est morte, assassinée à Phnom Penh. Un mot a été laissé sur son corps : « *La putain du Français.* » Nos notes, nos chapitres déjà rédigés, ont brûlé avec la plantation. Notre tribu *Maa'*, qui rêvait de la mer sans l'avoir jamais vue, n'existe plus : des femmes et des enfants hébétés survivent, parqués comme des bêtes dans un village de regroupement; les hommes qui ne sont pas morts coolies sur la piste Ho Chi Minh sont supplétifs dans l'armée sud-vietnamienne... Même l'éléphant solitaire est mort, empoisonné par les défoliants. Il n'y a plus de civilisation des peuples de la forêt en Indochine. C'est fini.

« La mer change... Tout change, il faut bien, mais... je ne suis pas sûr que ce soit pour le meilleur », avait dit l'officier des pêches. Ha! ha! ha! Innocent!

Cette même nuit le chef et le jeune enseigne m'entraînèrent dans la ville chaude. Les réverbères, les lumières tournoyantes des néons rouges faisaient briller les pavés inégaux. De soudaines rafales de vent rebroussaient l'eau noire des canaux, frissonnaient sur les flaques des trottoirs. Il pleuvait, une petite pluie qui noyait tout, mais les matelots de l'*Eole* affamés par des mois de navigation ne s'en souciaient pas; ils rôdaient solitaires, pleins d'une trouble espérance, ou s'attroupaient par petits groupes devant les vitrines à femmes, poussant le monde, disant des bêtises qui les faisaient rire, l'air faussement blasé. Avec leurs pompons rouges et leurs grands cols clairs, ils apportaient une étonnante note de gaieté et de jeunesse dans la ronde équivoque de la foule obscure.

Des portes de bars entrouvertes s'échappaient des bouffées de musique dont l'accent veule et pathétique s'adaptait particulièrement à l'atmosphère de ces rues sans joie. Des visages tendus s'offraient à l'éclairage violent des magasins de pornographie, des yeux anxieux fixaient des images d'accouplements; j'avais l'impression de percevoir l'inquiétude des hommes devant les forces du désir, les soifs de sensations qui bouillonnent en eux et qu'ils ont conscience de partager avec les bêtes en rut. (Encore un tour de notre vieux cortex limbique!)

Nous nous laissons aller à cette pitoyable quête, nous aussi, nous regardons les femmes en devanture, qui sourient d'un même sourire figé, mort, qu'on dirait peint sur leurs bouches. Nous perdons conscience de l'heure; nous traînons inlassablement, avec peut-être au fond de nous l'espoir naïf et malsain de découvrir quelque chose d'inconnu, de terrible.

La pluie et la soif nous poussent vers un bar. Il y fait sombre et chaud, avec des relents d'alcool, de chien mouillé et de femmes. La voix d'une chanteuse noire, superbe de fièvre, exaspère l'attente silencieuse des consommateurs, tous tournés vers un rideau éclairé par deux projecteurs — l'attente des femmes! Tous les yeux luisent dans l'ombre, comme ceux de bêtes en chasse.

Après la chanteuse noire il y a un silence presque douloureux.

Puis un autre disque est posé sur l'électrophone et on entend un grondement de frustration.

Nous sommes gagnés par le désir collectif, par cette sorte de fermentation charnelle. Nos yeux aussi luisent. Nous buvons beaucoup, il semble que rien ne soit assez fort pour nos nerfs tendus.

De nouveau un silence — reçu comme un choc dans la poitrine.

Un roulement de tambour. Les pans du rideau s'écartent sur une estrade vide. Les regards deviennent tragiques.

Encore un disque — une musique syncopée, très lente. Et les femmes!

Elles sont deux. L'une, jeune et gracieuse, blonde aux cheveux lisses, à peine maquillée, ressemble à une jeune fille. L'autre, plus grande, plus lourde, plus vulgaire, a le sourire placide des prostituées des vitrines. Elles dansent ensemble et commencent à se déshabiller en se caressant.

Les yeux luisants suivent leurs contorsions avec une sorte d'hébétude.

Elles sont nues. Les caresses deviennent précises. La jeune blonde à l'air innocent est la plus perverse, la plus convaincante; elle pousse de petits cris ou des grognements, une flamme bleue brûle dans ses yeux clairs. Alors deux hommes nus montent sur l'estrade...

« Bon Dieu! »

Le chef s'est levé et a empoigné l'enseigne.

« Allez, venez. »

Un groupe de matelots de l'*Eole* fait des plaisanteries et des bruits suggestifs. Les deux « artistes » mâles semblent avoir quelque difficulté à exécuter leur « numéro » (comme le Turc Mémette). Le gérant, resté jusque-là derrière son bar avec l'air d'une sentinelle qui monte la garde près d'une poudrière, se précipite dans la salle en braillant dans un sabir international : « Shut up... Nix gut... Zilence... Pas pon... Nix lachen... » et toutes les obscénités qu'on peut trouver dans le vocabulaire hollandais.

Dehors il pleut toujours. Les néons des bars brûlent, répandant sur les pavés mouillés leurs reflets rouges autour desquels tourne la vaine ronde des affamés. Le chef lève son visage vers le ciel et respire à grands coups.

« Excusez-moi, dit-il, mais... Bon Dieu! »

Il part à grands pas, les jambes écartées. Il est ivre

et me fait penser à Babourg courant dans la nuit.

Nous rentrons. En franchissant l'échelle de coupée, il dit :

« J'aimerais que le bateau soit déjà en mer. »

L'*Eole* n'appareille que le lendemain soir.

Dans l'après-midi, je vais au Rijksmuseum avec le commandant, invité par le conservateur. Une fois je surprends son regard. Il s'est arrêté devant un autoportrait de Rembrandt, plein d'ombres étranges. Il est penché en avant, immobile. Essaye-t-il de comprendre le mystère de l'ombre et de la lumière réinventées?

Et soudain je revois les visages inconnus tendus vers les vitrines illuminées de notre nuit, les yeux anxieux, les yeux luisants du bar... Et je retrouve la même lueur de désespoir dans les yeux du commandant.

Et je la retrouve dans les yeux de Rembrandt, peints par Rembrandt.

CHAPITRE XX

LA PEUR

De petits nuages blancs dans le ciel pâle. Les falaises grises de Douvres. La mer couleur de jade. A dix-huit nœuds l'*Eole* remonte une longue file de cargos en route pour l'Atlantique, pour l'océan Indien, le Pacifique... Dans une semaine certains verront monter la Croix du Sud du fond de l'horizon. Ils partent et nous rentrons.

Chacun de nous a sa peur particulière, sa peur invincible, insurmontable — pour les uns c'est la peur de la mort ou de la souffrance, pour d'autres celle de la misère, de la faim — moi j'ai peur de rentrer.

Nous rentrons.

Appuyé sur le pavois de l'aileron de tribord, je regarde s'éloigner les falaises et je sens se nouer en moi une appréhension, un malaise croissant tout à fait irrationnel, accompagné d'un oppressant sentiment de culpabilité.

« *Il vente!...*
C'est le vent de la mer qui nous tourmente. »

Notre vieux commandant rentre, lui aussi — définitivement. Il livre son dernier combat d'arrière-garde. Je vais le voir deux fois par jour dans sa cabine. Il souffre mais n'en laisse rien paraître. Sauf une fois : « Il y a des soubresauts, dit-il dans un sourire qui ressemble plus à un rictus, la bête est encore là. » Il est exsangue et gris, toujours impeccablement rasé (avec des coupures de sang noir coagulé). Nous parlons. Je lui demande :

« Avez-vous peur? »

Il hésite longtemps, je crois qu'il ne veut pas répondre.

« Non, dit-il soudain franchement, non ce n'est pas ça... C'est très laid et ça va devenir encore plus laid... Très laid... Et il n'y a rien à dire. Absolument rien à en dire... Rien! »

Il a sa Bible à côté de lui.

« Ça vous aide? demandé-je en la désignant.

— Non.

— Alors pourquoi la lisez-vous?

— Je ne peux rien lire d'autre... Mes autres livres... ne m'intéressent plus. Vous êtes trop curieux, Docteur. Il n'y a rien à dire... C'est une affaire strictement... intime. »

Il détourne les yeux et fixe le plafond. (Je pense à la nuit d'Amsterdam, au regard peint de Rembrandt.)

« Je suis fatigué », dit-il encore pour que je m'en aille.

Une fois j'ai su que j'allais mourir, qu'on allait m'abattre. C'était l'année dernière sur la plantation — avant qu'elle ne brûle — il y avait eu des combats. Dans la nuit des soldats tout en noir sont venus me prendre et ils ont découvert deux vieilles carabines

U.S. M1 que nous avions gardées pour la chasse. Les soldats, devenus très nerveux, m'entraînèrent dans la forêt et me fouillèrent, trouvant dans une de mes poches un carnet de notes parfaitement indéchiffrables pour eux. (Elles étaient rédigées dans l'écriture phonétique que mon ami sous-off avait inventée — avant la rencontre avec l'ethnologue — pour transcrire toutes les nuances de la prononciation du langage montagnard.) Les soldats toujours plus nerveux crurent à un code secret. A coups de crosse ils me firent déshabiller. J'étais nu et, je me souviens, je ne savais que faire de mes mains : protéger mon bas-ventre et du même coup attirer l'attention sur lui, ou rester les bras ballants, sans protection? Le temps semblait suspendu. J'étais dans un état de déconnection — le phénomène bien connu de la double conscience — à la fois observateur détaché, vaguement curieux; à la fois bête sauvage tapie dans son trou presque insensible au coups — comme si l'esprit se désolidarisait de la chair. Je sentais ma mort venir, comme je sentais les soldats noirs derrière moi, dans mon dos; j'avais des picotements dans la nuque. J'espérais être tué de face parce que je voulais, avant de mourir, faire un geste, crier quelque chose. Mon esprit cherchait frénétiquement et ne trouvait rien à dire. Rien! Si, le mot de Cambronne!

Il y eut des coups de feu lointains, des détonations. Sur un ordre, les torches furent piétinées. Quelqu'un s'approcha derrière moi, je sentis son haleine chaude sur ma nuque. Il fumait. Il tira une dernière bouffée et me tendit le mégot de sa cigarette tout imprégné de sa salive, puis il disparut. Je me retrouvai seul. J'étais nu et vivant. Je me sentais très fatigué. Jamais une cigarette ne m'avait donné tant de plaisir.

J'ai cru avoir affaire à la mort. Je n'avais eu affaire qu'à des hommes de chair et de sang, semblables à moi. Tout avait été très brutal, et je pense très rapide — comme un accident de voiture évité *in extremis.*

Le commandant, lui, a affaire à la Mort. Elle avance tranquille et pas à pas. Il n'y a pas de soldats en noir, pas de torches enflammées, d'armes luisantes. Pas de coups de crosse, de regards pleins de rage, de cris. Il n'y a même pas le sentiment d'une injustice... Elle avance tranquille et pas à pas. Le soleil se lève à l'est. Le soleil se couche à l'ouest. Le temps passe. Elle avance.

Le clairon sonne : *Aux postes de combat! Aux postes de combat!*

Mon poste est à l'infirmerie mais je décide de monter sur la passerelle. Nous avons déjà plusieurs fois eu des exercices d'alerte en mer du Nord pour entraîner l'équipage — après tout l'*Eole* est un bâtiment de guerre — chaque fois le second avait auparavant réuni les officiers pour discuter du thème de l'exercice; ce soir c'est impromptu, rien n'a été décidé d'avance.

Il y a un peu de brouillard. Le soleil brille très bas sur l'eau, comme un énorme pain à cacheter d'un rouge sanglant. Peu de houle. L'*Eole* est monté à vingt-deux nœuds. Le vent de la course enivre. Parfois un embrun pelleté par l'étrave se rabat en coup de fouet et les veilleurs se courbent derrière le pavois. Des canonniers courent sur le pont et s'engouffrent dans les tourelles.

Des voix neutres dans le haut-parleur :

« P.C. radio, paré.

— Bien, répond le chef de quart.

— P.C. artillerie, paré.

— Bien. »

Notre vieux commandant est assis dans son fauteuil, muet, gris, mort. Je retrouve l'officier des pêches sur l'aileron tribord.

« Regardez, me dit-il, le salopard. »

Une immense tache d'huile — plus exactement un fleuve d'huile lourde large de près de trois cents mètres, que nous longeons à toute vitesse.

« Ça fait déjà plus d'un mille qu'on est tombés dessus. Et le salopard est à une dizaine de nautiques devant...

— Huit nautiques, Capitaine, précise le bosco, seize nœuds. C'est un gros, dans les 80 000 tonnes.

— Bien. On ne va pas tarder à le voir.

— Il a une avarie? » dis-je.

L'officier des pêches me lance un regard et se met à rire.

« Il dégaze, purge ses tanks. C'est interdit en mer... seulement c'est plus économique. On va le reconnaître. Le signaler... Ça ne servira à rien, il doit être sous pavillon de complaisance... Le Vieux veut qu'on lui fiche un peu la frousse. »

Le commandant fait appeler le photographe sur la passerelle. C'est aussi l'animateur — celui qui apprend à lire à Bongo Ba —, un jeune un peu antimilitariste, un peu gauchiste. Il arrive sans se presser, désinvolte, mais très concerné par les problèmes d'écologie comme beaucoup de garçons de sa génération, il change d'attitude dès qu'il voit le pétrole répandu. (« Ils m'ont récupéré, les vaches », dira-t-il plus tard dans son jargon.)

« *Sea Corona*, Panama », annonce un guetteur en reposant ses jumelles.

Nous sommes dans le sillage du pétrolier qui se découpe sur le coucher de soleil brumeux. La mer est de nouveau propre, il a cessé de dégazer en nous voyant.

« Y a-t-il assez de lumière pour la photo?

— C'est juste, je ne voudrais pas le louper, ce salaud.

— Faites allumer le projecteur. »

Le faisceau de lumière blanche hésite, cherche et se fixe sur la poupe. Le nom et le port d'attache sont bien visibles maintenant. L'écume soulevée par l'hélice semble phosphorescente. C'est un très gros pétrolier naviguant sur ballast; nous devons avoir l'air d'une petite souris grise approchant un matou noir.

« Commandant, du P.C. radio.

— J'écoute.

— Il se garde bien de nous répondre.

— Bien. »

L'animateur est très excité :

« C'est beau, le soleil est juste dans l'axe, une photo superbe! »

L'officier des pêches se met à rire :

« Pas d'émotion esthétique. Ce que nous voulons c'est son nom!

— C'est pas plus mal si c'est beau, réplique l'animateur.

— C'est vrai. Pourquoi pas?... »

Le commandant se lève soudain et va s'appuyer contre la vitre.

« Je prends, dit-il au chef de quart. Avant toute. Quinze à droite. »

Le vieux gnome répète aussitôt d'une voix tonitruante :

« AVANT TOUTE. QUINZE A DROITE.

— Attention, Commandant, murmure l'officier des pêches inquiet, on est déjà trop près, il va porter plainte. »

Le commandant a un rire amer :

« Là où je vais, sa plainte ne me suivra pas... Et je suis le seul responsable. »

Pendant une demi-heure l'*Eole* se livra à un magnifique ballet dans le crépuscule. A vingt-quatre nœuds les embruns jaillissaient haut et prenaient la teinte rouge du ciel. Nos canons tournèrent dans toutes les directions. Une fantasia!

« Faites sonner le clairon quand on sera à son vent. »

Et le chef de quart fit sonner le clairon.

Et le clairon sonna, sonna, avec un son pur de voix humaine et cuivrée. Et les notes déchirèrent le ciel rouge envahi d'ombre. Et tous les veilleurs se tenaient immobiles, comme s'ils eussent été de fer...

Le pétrolier poursuivait sa route, imperturbable. Énorme et noir. Un homme apparut sur son aileron et brandit plusieurs fois le poing vers nous.

« Commandant, du P.C. radio.

— J'écoute », répond l'officier des pêches après une hésitation et un coup d'œil sur notre vieux commandant immobile devant sa vitre.

« Il braille sur toutes ses fréquences — même sur la

fréquence de détresse : “ Dangereusement approché par torpilleur non identifié dans les eaux internationales. Des canons sont pointés sur moi... Inqualifiable atteinte à la liberté de navigation... risque de collision ”. J'en passe. Il est très excité.

— Très bien. »

Le commandant jette un dernier regard sur le pétrolier. « C'est fini, on rentre. Prenez. »

Le commandant retourne à son fauteuil en titubant un peu. Il ferme les yeux. Son visage a ce teint translucide, gris et beige à la fois, qu'avaient Willsdorff et Fou la Tête à leur libération du camp viet.

« Docteur, accompagnez-moi jusqu'à ma cabine, s'il vous plaît. »

Je l'aide à descendre. Il est si maigre que je sens les os les plus saillants malgré l'épaisseur de son manteau de mer.

« Il ne portera pas plainte, dit-il en arrivant dans sa cabine. Vous avez entendu : torpilleur non identifié... Et notre pavillon, et notre numéro ! Voilà des gens que je hais... une boîte postale anonyme à Panama. Le profit, le profit... et après nous le déluge. Il va recommencer, cette nuit, quand on sera loin. »

Je lui fais une injection. Il me regarde et hoche la tête. « C'est fini, Docteur. Fini. »

Contre toutes les règles le commandant a transmis le commandement de l'*Eole* à l'officier des pêches. « Je ferai ce qui est en mon pouvoir pour que vous le gardiez pendant la campagne de Terre-Neuve », lui a-t-il dit. Il a aussi un mot aimable pour le second.

Nous rentrons.

Ma névrose d'anxiété, cette sorte de peur enfouie dans mon vieux cortex au-delà de l'atteinte de la raison, devient si intense que je me réfugie au carré. Je bois une bouteille de vin avec mon ami le chef et retrouve provisoirement une sérénité factice.

« Pourquoi ne pas passer votre permission chez moi, Docteur, à Guenn-an-Avel? »

Les informations :

PARIS.

Il y aurait déjà plus de 700 000 chômeurs en France, dus à la crise économique et la situation devrait encore s'aggraver dans les prochains mois.

PORT MORESBY (Nouvelle-Guinée).

Des guerriers papous appartenant à deux tribus rivales se sont affrontés toute une journée à coups de haches, de flèches et de lances pour laver dans le sang une vieille dette d'honneur. Cinq guerriers ont été tués et des centaines de caféiers déracinés.

Incapable de dormir, je retourne sur la passerelle. A l'ouest le ciel et la mer sont d'un noir d'encre, piqué des feux de route des bateaux du rail. Dans l'est luit une lune énorme, bas sur l'horizon. La mer est calme, il n'y a presque pas de vent.

Quelqu'un monte du pont sur l'aileron par l'échelle extérieure.

« Bonsoir... Commandant, dit le veilleur, marquant une légère hésitation.

— Bonsoir Le Gall », répond l'officier des pêches.

Il jette un coup d'œil distrait sur le radar et va s'appuyer contre la vitre, les deux avant-bras sur la main courante de cuivre.

Je vais m'accouder à côté de notre nouveau commandant.

« Beau temps pour rentrer, n'est-ce pas, Docteur? » dit-il. Et après un long silence il ajoute plus bas : « Vous croyez qu'il l'a fait à cause de lui?

— De quoi parlez-vous?

— Le clairon, vous croyez que c'est à cause de... de votre ami? L'histoire que vous avez racontée la première nuit, la charge sur le fleuve.

— Et vous? » demandé-je.

Il ne répond pas et tourne les yeux vers la lune qui s'élève et descend doucement dans l'encadrement de la porte, au rythme de notre léger roulis.

« J'ai un camarade de promotion, dit-il tout à coup, qui pilote un crusader du porte-avions *Foch* — il a choisi l'Aéronavale. Il m'a dit un jour que... certaines nuits, en vol libre, il allume sa post-combustion et met le cap sur la lune... Mach 2,2. Droit sur la lune! »

Il s'arrête un instant et reprend :

« Il a l'impression de la voir grossir dans son viseur... Ça se termine forcément au plafond de l'appareil — quarante ou cinquante mille pieds, je ne sais pas — il rentre quand il a épuisé son kérosène.

— Diên Cái Dâú, Fou la Tête, dis-je.

— Oui, c'est ça, répond-il en riant... Peut-être que

le Vieux était un peu Fou la Tête lui aussi, cet après-midi. »

Nous rentrons.

Le feu de Groix. La radio capte un S.O.S. : un chalutier espagnol en perdition au large de La Corogne...

Les premières balises du chenal. Nous passons près des villas de Larmor. Je reconnais la large baie vitrée que j'avais vue au départ. La pièce est éclairée. La femme vêtue de noir est debout contre la vitre, seule. Elle nous regarde passer.

L'arsenal. La grande grue découpée sur le ciel. L'aube se lève. Les lumières des réverbères pâlissent. Un train roule sur le pont métallique, noyant dans son fracas les rumeurs du port.

« Le rapide de Paris, dit l'enseigne en regardant sa montre, il a trois minutes de retard. »

Il est bien noir ce matin de décembre. Ce soir c'est Noël. Les permissionnaires sont alignés sur la plage arrière dans leurs belles tenues de sortie. L'appel est terminé mais ils ne bougent pas. Ils ne disent rien non plus, tout concentrés qu'ils sont dans une attente de plaisir. Seuls deux ou trois d'entre eux franchissent furtivement l'échelle de coupée, une valise à la main, et se mettent à courir vers les portes de l'Arsenal.

Une petite pluie froide, pénétrante, continue, ruisselle sur l'acier gris.

Une voiture de l'Amirauté vient se ranger le long du bord.

Le commandant s'en va. C'est un spectre, mais il

se tient très droit. Un peu de sang coule d'une coupure sur sa joue, dilué de pluie. La garde présente les armes. Tous les officiers sont là. Tout l'équipage, les permissionnaires et les autres en tenue de travail. Tous, immobiles, figés. Je ne savais pas que nous l'aimions tant — que nous le respections tant; un respect qui se reconnaît à la pâleur de ceux qui le regardent, aux larmes refoulées quand il nous regarde.

Il ne dira pas un mot. Et c'est très bien ainsi.

Il passe lentement, raide. Il salue la garde. Sa pince noire et luisante tremble un peu.

Sifflet du maître d'équipage.

Le commandant monte sur la coupée et s'arrête, tourné vers la poupe, vers le pavillon. De nouveau il salue d'un grand geste lent. Longtemps. Mince et droit.

Il franchit la coupée et monte dans la voiture — la portière claque. Il ne s'est pas retourné. Il n'a pas dit un mot.

Dès que la voiture a disparu, les permissionnaires se précipitent. C'est un déferlement de cris, de rires. Un torrent de vie. Ils courent sous la pluie pour attraper leurs trains ou leurs autocars, pleins de joie et d'espoir. Ce soir c'est Noël.

CHAPITRE XXII

LE RENÉGAT

Trois jours plus tard l'*Eole* entre en bassin pour un grand carénage. Les deux tiers de l'équipage sont logés à terre ou envoyés en permission de longue durée.

Rien n'est plus triste qu'un bâtiment désarmé. C'est grisâtre, sale et froid. La coque est tachetée de minium, comme un saumon. Le pont encombré de débris de toutes sortes, d'étoupe, de pots de peinture, de morceaux de tôle, de boue; envahi d'étrangers — ingénieurs et ouvriers. Des câbles, des tuyaux partout. On soude, on découpe au chalumeau dans le fracas des marteaux et des compresseurs.

Bongo Ba vient me dire au revoir. Il a terminé son temps. Il part pour Fécamp prendre contact avec l'armateur, l'Inscription maritime et attendre le retour du *Damoclès* (Willsdorff est toujours en mer de Barents). Bongo Ba est un peu gris — « fallait arroser ça avec les copains » — et veut absolument trinquer avec moi. Je vais chercher une bouteille de vin au carré. « Faut rigoler, Capitaine (il ne m'appelle pas Docteur), faut rigoler. » Et il rit aux éclats, un rire joyeux et plein de vin.

Le 29 décembre je reçois un télégramme à mon nom, portant pour toute adresse : Marine française. C'est l'Amirauté qui me l'a fait suivre après quelques recherches :

« ZANO BEAUCOUP MALADE PEUT-ÊTRE MOURIR VIENS FÉLICITÉS — PHUONG. »

Suivait le nom d'une petite rue derrière la gare de Lyon.

Zano...?

Mais oui! Jean, Jeannot, le prénom de Babourg. Et Phuong était sa petite amie — pas très jolie, avec une voix criarde. Il avait failli la laisser tomber en 1950 quand il était rentré en France et puis au dernier moment, à Saigon, il avait sauté dans un car chinois, sans rien dire à personne, pour aller la rechercher sur le fleuve. Il avait loupé son bateau, évidemment, et ça avait fait toute une histoire avec la Marine. C'est Willsdorff qui arrangea le coup. Babourg épousa la fille en vitesse pour pouvoir l'emmener avec lui par le bateau suivant. J'avais été son témoin à la mairie.

Le soir même je prends le train de nuit pour Paris. *FÉLICITÉS*, c'est *les Dix Mille Félicités*, un petit restaurant peint en rouge sang de bœuf. Phuong y travaille avec une demi-douzaine d'autres Vietnamiens qui doivent être plus ou moins ses parents. Elle a toujours sa voix de crécelle et malgré les années parle encore petit nègre (cet imbécile de Babourg n'a jamais fait l'effort de lui apprendre correctement le français). « ... Lui tout le temps casse mes couilles... Taper moi, regarde. (Elle me montre de vieilles cicatrices et une dent qui lui manque.) Fou la tête... Boire tout son pognon, boire mon pognon aussi. Maintenant lui foute le camp l'hosto... » C'est un flot de paroles véhémentes.

Phuong a posé devant moi un bol de soupe chinoise (délicieuse, avec toutes les herbes de là-bas). Je lui demande comment elle a su que j'étais retourné dans la Marine.

« Zano dire toi pas con même chose lui, toi rempiler... lui et toi boire trop beaucoup. Lui pleuré après voir toi. Vouloir tout casser... lui beaucoup salaud... »

Elle se met tout à coup à renifler, les yeux plein de larmes et file vers la cuisine. Ses parents m'observent discrètement.

Phuong revient les yeux secs avec une assiette de bánh cuôn.

Le vrai nom de Babourg est Combourg (« Toi connaisse bien : Con Bouh, Zano Con Bouh. »), mais je préfère lui garder le nom que je lui ai toujours donné. Babourg a été ramassé ivre mort sur le trottoir par une patrouille de police et conduit à l'hôpital Saint-Antoine. J'obtiens le chef du service au téléphone : « Paraplégique... perdu par l'eau-de-vie... et les excès de tous genres. Plus les séquelles d'un séjour en Extrême-Orient délabré. Le foie. Les reins, il ne tiendra plus longtemps.. C'est fini pour lui. »

Des gens se hâtent dans les couloirs de béton, les escaliers. Phuong et moi nous sommes pris et entraînés par ce courant. Lorsque j'aperçois Babourg dans son lit de fer, près d'une fenêtre, ma première impression est que le médecin de service n'a rien exagéré.

Il fait très gris dehors et on a allumé ces affreuses lampes au néon qui donnent déjà un teint cadavérique à l'être le mieux portant. Babourg, prostré, indifférent, regarde dans le vague. Quand il nous reconnaît il fait un effort et marmonne quelque chose d'incompréhensible. Phuong s'empare de sa main et la presse en gémissant : « Zano, Zano, O Zano... »

Le médecin m'a permis d'apporter une demi-bouteille de vin (« Au point où il en est...! on fermera les yeux »), mais j'ai oublié le tire-bouchon.

« C'est défendu, vous faites pas prendre », déclare tranquillement une vieille femme qui tricote au chevet d'un petit homme en pyjama de satin rouge. Puis elle ouvre son sac et me tend un tire-bouchon.

La main de Babourg tremble tellement qu'il renverse un peu de vin. Nous trinquons et je lui porte un toast : « A ta santé, à ton retour aux *Dix Mille Félicités.* » Il me regarde intensément et je crains qu'il se mette à pleurer, mais il se reprend et secoue la tête.

Le vin lui donne un peu de vie. Il se redresse, s'agite.

« Nous... nous on a été des hommes, putain!... On a été des hommes... hein?... hein?... »

C'est à peine articulé; la parole est aussi paralysée chez lui. Je hoche la tête. Il se laisse aller en arrière, ferme les yeux; des larmes coulent enfin sur ses joues mal rasées.

Oui, tu as été un « homme », mon vieux Babourg — mon vieux Combourg — il y a longtemps, là-bas, sur le fleuve. J'en atteste. Tu as été un bon marin, un bon soldat. Et c'est déjà beaucoup parce que... on parle, on parle, c'est très joli, mais quand les balles sifflent — claquent pour être plus exact — nul ne sait ce qu'il va trouver en lui... Tu as été brave. Et un matin sur l'appontement, tu nous as donné à tous une leçon.

Ce matin-là était aussi pur que s'il n'y avait pas la guerre. Il faisait encore frais. Cuc avait préparé un tas de bonnes choses que nous dévorions en les arrosant d'un vin de l'intendance que Babourg avait déniché Dieu sait où (« meilleur que sa putain de bière »). Le clairon Bocheau n'était plus avec nous — notre retour avait été moins glorieux qu'en son temps — et pourtant nous étions heureux : la patrouille de nuit avait été un succès. Nous avions récupéré quelques armes et fait un prisonnier, un agent de liaison avec une sacoche bourrée de renseignements. Dans l'échauffourée il avait mordu un matelot vietnamien au mollet, par la suite il avait deux fois essayé de sauter dans le fleuve et on l'avait ficelé pour avoir la paix. (Il avait dû prendre quelques mauvais coups par la même occasion.) Il gisait au fond d'un des sampans, farouche et muet.

Les mets pimentés de Cuc, le vin, la fatigue, la joie nous tenaient dans un état d'euphorie. On riait en racontant nos émotions de la nuit. Monsieur Dégouzzi ronronnait, Willsdorff lui grattait la tête.

« Il a une mine d'or dans sa sacoche et il doit avoir pas mal à raconter aussi », dit quelqu'un.

On riait, on approuvait, on était heureux.

C'est alors que Babourg s'écria la bouche pleine :

« Putain! C'est déjà pas rigolo d'être tôlard, si en plus on doit trahir ses potes... »

Il se leva et ajouta avec défi :

« Moi, je sais, j'ai fait de la tôle. Mieux vaut crever. »

Willsdorff était au courant — c'était inscrit dans son livret militaire : il avait volé, « emprunté », dans la caisse de son boucher de Picpus, mais nous l'ignorions.

Babourg nous tourna le dos et marcha jusqu'au bord de l'appontement. Il sauta dans le sampan et ouvrit son couteau à cran d'arrêt. Le prisonnier impuissant eut un sursaut de bête, pendant un instant on put lire dans ses yeux une terreur fantastique. Babourg sans se démonter le retourna d'une main, comme un paquet, et trancha les liens. Puis il l'aida à escalader l'appontement et l'installa sur un tabouret libre à côté de moi. Le pauvre diable encore tout ahuri frottait ses mains ankylosées pour rétablir la circulation. Il était si drôle que nous ne pûmes nous empêcher de rire. Babourg d'abord furieux, finit par être gagné par l'hilarité générale.

« Allez, bois, et mange, petit, c'est moi qui régale », dit-il en lui donnant une paire de baguettes et un verre de vin.

Il y avait la fatigue, le vin, la joie de vivre — d'être vivant, on avait quand même essuyé quelques méchants coups de feu pendant la nuit. On se sentait plein d'affection les uns pour les autres, pour l'humanité. Le petit prisonnier, après avoir un peu hésité, mangeait de bon appétit et cela nous réjouissait.

« Ça m'ferait mal de le livrer à ces crabes du 2e bureau » grogna encore Babourg. (Comme nous tous, il avait pris le tic de Willsdorff).

Willsdorff n'avait rien dit jusque-là. Il observait tour à tour Babourg et le prisonnier, l'œil rieur, les pattes d'oie plissées.

« Le contenu de la sacoche devrait leur suffire », lâcha-t-il, nonchalant.

Babourg réagit aussitôt.

« Putain! Vous croyez qu'on pourrait... Putain!

— C'est vous qui l'avez attrapé. Gardez-le. Mais attention, hein! pas question qu'il saute encore à l'eau. C'est votre responsabilité. Si ça marche, dans quinze jours on l'enrôlera régulièrement. Je ne pense pas qu'il retourne de l'autre côté, ils doivent le prendre pour un traître.

— Putain! »

Et Babourg assena une énorme claque enthousiaste sur le dos de son protégé qui sauta en l'air de frousse.

« *Tôt lăm, t tôlăm*, petit, bois ton pinard, c'est pas toujours que t'en auras du comme ça. »

Le petit prisonnier nous fixait de ses yeux obliques, étroits, impassibles, comme ceux d'un chat, comme ceux de Monsieur Dégouzzi.

Je raccompagne Phuong en taxi aux *Dix Mille Félicités*. La nuit est tombée, il pleut. La rue est noire et déserte. Seuls brillent les deux globes qui encadrent la porte du restaurant et la vitrine embuée derrière laquelle on devine les clients. Phuong est restée silencieuse pendant tout le trajet. Elle ouvre la portière et demande :

« Toi mangé? »

Je secoue la tête. Elle sort du taxi mais garde la portière ouverte et se penche vers moi :

« Lui bientôt *chêt*, hein?

— Oui, il va mourir. »

Elle dit encore quelque chose, très bas, un juron vietnamien je crois — je n'en suis pas sûr parce qu'à ce moment le passage d'un train couvre ses paroles. Elle claque la portière, part en courant sous la pluie que j'entends crépiter sur le toit.

Je me fais déposer devant une brasserie des Champs-Elysées. Il pleut toujours. Le vent d'ouest s'engouffre dans l'avenue étoilée des illuminations de Noël, fait battre les stores des terrasses de café. Il a traversé la moitié de la France mais il sent encore un peu la mer. (Il doit y avoir une belle dépression au large de l'Irlande.)

Je commande une bière. A travers les vitres couvertes des réclames du réveillon, je vois les gens courir dans les bourrasques. J'observe mes voisins : comment certains d'entre eux peuvent-ils rire avec la mort lisiblement inscrite sur leur visage?

Un homme passe de table en table, proposant des billets de loterie :

« Aujourd'hui, c'est votre jour de chance. »

Pour attirer l'attention il fait claquer ses liasses contre sa paume comme les bambous des petits marchands ambulants de Tandjung Priok. Des jeunes, serrés autour d'un juke-box, écoutent la fervente rengaine d'une chanteuse américaine.

Je lis les journaux :

Phnom Penh : *Le blocus des Khmers rouges tient. Les Américains ont organisé un pont aérien pour ravitailler la ville. L'aérodrome a été touché deux fois par des roquettes.*

Saigon : *Le poste de Ban Ho sur les plateaux montagnards, au nord de Banmethuot, a été abandonné par l'armée sud-vietnamienne après de durs combats.* (Je connais Ban Ho. Il y avait là, autrefois, une tribu *Joraï* très intéressante, moins farouche que nos *Maa*'. Un singe m'y avait fauché ma montre que j'avais laissée sur un tronc d'arbre pour me baigner dans le torrent.)

... *Bombe dans un pub de Londonderry — sept morts...*

Crise de l'énergie... Inquiétude sur le sort d'otages détenus par un groupe palestinien...

Mon angoisse est là, tapie quelque part en moi, qui attend.

J'aimerais que le bateau soit déjà à la mer.

Babourg est mort le 3 janvier — tôt le matin, avant la ronde des infirmières.

Deux femmes en larmes sortent de la morgue. Il me faut pousser Phuong pour la faire entrer. Le garçon des morts tire un grand tiroir métallique et retrousse le drap qui recouvre le corps. Il fait froid. Combourg me paraît calme et beau sous l'éclat du néon. Ses yeux sont fermés, mais une des paupières s'est légèrement relevée. Phuong, toute grise, l'embrasse sur le front.

Le garçon retire du tiroir un paquet contenant les chaussures, le pantalon, la veste souillée de boue sèche et les derniers petits trésors du mort : un stylo à bille, des papiers, une photo abîmée de son sampan avec l'appontement et la cahute du marchand de soupe à l'arrière-plan...

« Il faut signer là, c'est le reçu de l'Administration. »

Phuong se laisse guider. Elle écrit laborieusement son nom.

Le garçon rabat le drap — l'arête du nez se dessine en relief — et repousse le tiroir qui se verrouille avec un bruit sec.

Je ne peux rester jusqu'à l'enterrement, il me faut retourner à Lorient. Il n'y aura que les Vietnamiens des *Dix Mille Félicités* pour accompagner mon ami jusqu'au cimetière.

L'*Eole* est toujours au bassin, plus sale, plus froid, plus encombré que jamais. Les ingénieurs et les ouvriers sont les maîtres partout. J'ai beaucoup de paperasserie à remplir, il me faut renouveler mes stocks de médicaments pour la campagne de Terre-Neuve... J'apprends que notre vieux commandant n'est déjà plus à l'hôpital maritime, il a été transporté d'urgence au centre de Villejuif. Le médecin-chef me passe un savon :

« Vous nous l'avez amené dans un drôle d'état. Il a déclaré avoir refusé de se laisser examiner, mais rien qu'à voir sa tête... »

Le vieux crabe m'a couvert autant qu'il a pu.

« Il a demandé de vous remettre ça. »

Un gros paquet. Ses livres, ceux qu'il avait à bord. Il y a aussi une enveloppe contenant une courte lettre à mon intention.

« *Je n'en ai plus besoin. Gardez-les en...* »

Le « en » a été raturé mais reste lisible. Les quelques mots qui suivent ne le sont pas. Ensuite, d'une main ferme il a ajouté : MERCI.

La Bible est dans le paquet. Il n'a plus besoin d'elle non plus.

Je participe à Bordeaux à une réunion avec les armateurs de grande pêche, pour régler certaines modalités.

J'y retrouve quelques-uns des capitaines rencontrés dans le Nord. Willsdorff est sur la route du retour il annonce 470 tonnes de morue salée — ce qui n'est pas mal. La mévente du poisson surgelé préoccupe tout le monde. Les armateurs sont pessimistes.

Nous recevons notre nouveau commandant. (Pauvre officier des pêches qui espérait bien conserver le poste.) Il nous arrive directement de la Rue Royale. Je l'avais rencontré une ou deux fois à Haiphong en 1954. Il était midship à bord du porte-avions *Arromanches*. Il n'a pas trop changé — moins de rondeurs, plus de méplats —, il a l'air bien, faudra le voir à l'œuvre.

Le soir, dans ma cabine humide, quand hurle la sirène de l'Arsenal, et que cesse d'un seul coup le fracas des marteaux piqueurs, un froid nouveau se mêle à ma vieille angoisse. La certitude de n'avoir été pour ce pauvre Babourg d'aucun secours me rend mal à l'aise. Ainsi lors de notre rencontre dans la nuit, je n'ai fait que le décourager un peu plus, qu'accélérer sa chute. J'en suis irrité contre lui et contre moi.

Le chef m'emmène passer la fin de semaine chez lui, à Cogne-le-Vent.

CHAPITRE XXII

LE SERMON

« On va passer par les Montagnes Noires. Vous verrez, c'est très sauvage. Et puis ça change de la mer. »

Le chef a une 2-CV Citroën toute rouillée. C'est le matin. L'air est presque doux, humide; le ciel gris un peu voilé, comme est souvent le ciel breton. On ne parle pas.

Quimperlé. On s'arrête pour boire un café à l'Hôtel de la Gare. Le chef connaît la patronne.

Une petite pluie fine commence à tomber — le crachin —, brouille la campagne triste, les arbres nus. Sur la route de Guiscriff, à un carrefour, un poteau indicateur : Lanvénégen.

« Je voudrais passer par là. »

Le chef me jette un coup d'œil et sans rien dire fait faire demi-tour à sa voiture.

Le bourg est à flanc de colline. Un calvaire, une scierie, de petites maisons de granit, une grande place avec au centre une belle église au toit d'ardoise que la pluie rend plus noires. Il fait froid. Personne nulle part. Et tout cela est silencieux.

Le monument aux Morts — le classique poilu avec son fusil Lebel. Il y a près de cent cinquante noms pour la guerre de 14-18; moins d'une trentaine pour 39-45. A côté, une autre plaque : des fusillés découverts dans des charniers, avec des noms juifs ou étrangers — ou des inconnus. Corée : un nom qui a été enlevé au burin. Indochine : trois noms; PERRON Romain est le dernier. Rien pour l'Algérie.

Le chef m'interroge des yeux en tirant sur sa cigarette.

« Un ami. »

Je ne vais pas lui dire que je ne l'ai rencontré qu'une fois et que les seuls mots que je l'aie entendu prononcer étaient : « J'ai soif. »

Une vieille femme en noir, sous un parapluie, traverse la place. Elle nous regarde. Le chef lui parle en breton et elle s'approche, un peu méfiante. Il doit trouver les mots pour la rasséréner parce qu'elle se met à rire.

« C'ui-là c'était un drôle. Perron, Romain Perron! J'étais à l'école avec — son cousin il est boulanger, et son aut', il est soldat aussi. Il a fait le Petit Séminaire. C'est lui qu'a cassé le... »

Elle montre le fusil du poilu. Le guidon est cassé, c'est vrai, je ne l'avais pas remarqué.

« ... avec un lance-pierres, pour tuer un oiseau — elle se met à rire — vous me faites causer de choses... Maintenant ils disent qu'il est au cimetière, là-haut — elle se penche vers nous — mais c'est pas lui, c'est un Chinois. »

Elle est très contente de son effet.

« Ils ont trouvé ça, à l'hôpital de Brest, quand ils ont ouvert. Ils ont refermé et tout envoyé ici, sans rien dire. Le neveu à monsieur le maire, il travaille à l'hôpital... Quand même, on lui met des fleurs à la Toussaint. »

Le rapatriement des corps a dû être un peu bâclé à Hanoï, avant l'arrivée des Viets. Ce pauvre Fou la Tête repose dans un cimetière tonkinois — et c'est très bien ainsi. (A moins qu'on ne l'ait expédié dans un douar algérien ou un village d'Afrique, qui sait?)

Le chef se marre. Il adore ce genre d'histoires. Nous passons voir le boulanger, dans le haut du bourg, c'est un homme jovial.

« Alors, comme ça, vous êtes un ami de Romain... Qu'est-ce que vous prenez : blanc ou rouge?... Je ne l'ai pas beaucoup connu, toujours là-bas... il n'aimait que ça... Tenez, la dernière lettre qu'on a reçue il demandait des cartes postales de Bretonnes en coiffe, parce que là-bas les femmes portent des coiffes aussi à ce qu'il paraît, il voulait leur montrer... Et puis peu de temps après, le gendarme est venu avec le papier : *porté disparu, présumé prisonnier...* »

Nous passons du magasin dans l'arrière-boutique pour trinquer tranquillement. Au mur, deux lavis japonais de bonne facture. Mon intérêt n'échappe pas au boulanger.

« Non, ça c'est pas lui, c'est de mon autre cousin, le commandant. Lui aussi ils l'avaient inscrit sur le monument, vous avez vu? Corée. Ha! ha! ha! — même les Chinois n'ont pas réussi à l'avoir, ç'ui-là! Il a fait l'Indochine, aussi. Et même contre les Allemands en 44, il était tout gamin. Et l'Algérie!... Il a quitté l'armée après le... la révolte. Beaucoup de ses camarades ont fait de la prison... Yerc'h mad! »

Nous buvons, un muscadet pâle, presque blanc, qui irrite les dents. Le chef finit par trouver le moyen de relancer l'affaire du Chinois dans le cimetière. (Un Vietnamien, sans aucun doute.)

« Y a pas de Chinois, tranche le boulanger, officiellement c'est lui. Alors pour nous, c'est lui... D'ailleurs j'en ai parlé à un grand type qui était venu voir sa tombe — ils avaient été copains, là-bas, — il a rigolé. Il a dit : " Ça me fait chaud au cœur qu'un de nos petits soldats tonkinois soit dans votre cimetière. Quant à votre cousin Perron, le Seigneur saura bien où le retrouver. " Il a été poser des fleurs... On a eu du mal à récupérer son chat, à ç'ui-là. Il a fallu la grande échelle des pompiers. C'est lui qui est monté, parce que la pauv' bête ne voulait rien savoir pour redescendre, à cause de tous les chiens qui aboyaient. »

Nous roulons sur de petites routes étroites bordées de talus vert sous le ciel gris. La nuit va bientôt venir. C'est la grande mélancolie de l'hiver breton. Des senteurs de feuilles mortes, de mousse; des bois sombres, qui dégouttent lentement leur eau de branche en branche; des murs blancs et bas de fermes isolées; parfois des calvaires, bras étendus — des christs naïfs et des larrons grimaçants rongés par les siècles.

Le pays change. A perte de vue un grand désert plat; une lande aride, des fondrières désolées, des marais, des joncs flétris; des arbustes rabougris, dénudés par l'hiver, tourmentés par le vent de la mer : l'ouest du vieux pays Bigouden. (« Le menton de la France », comme dit le chef.) Cela ressemble à un paysage des premiers âges, sombre et crépusculaire, au dépouillement absolu — fin et commencement.

Des hameaux austères, vides, humides, verdis de lichen. De rares lampes, balancées par le vent.

De vieilles femmes en hautes coiffes blanches, claudiquent sur le bas-côté de la route, comme des sorcières de la nuit.

Au loin le phare d'Eckmühl et les clochers décapités de Penmarc'h brouillés par une buée salée — les embruns de la grande houle de l'Atlantique qui se brise sur les rochers. Le ciel est bas. L'obscurité sent le goémon.

« Le père de mon père disait qu'autrefois les loups chassés des Montagnes Noires par le froid venaient par ici. Il les avait entendus, le soir. Quelquefois les vieux disaient que c'étaient les esprits des morts! Les chiens hurlaient, on faisait des signes de croix et on verrouillait les portes des chaumières », raconte le chef. Et je le crois.

En arrivant à Guenn-an-Avel, on commence à ne plus y voir. La mer toute proche rend un son puissant et insaisissable mêlé au crissement du sable.

La tempête d'ouest me réveille dans la nuit. La pluie crépite contre la vitre. Le faisceau tournant du phare d'Eckmühl balaie ma chambre, régulièrement.

Le matin, le chef m'apporte un bol de café. Il est en uniforme.

« C'est dimanche. Il faut que j'accompagne ma mère à la messe... Ça lui fait tant de plaisir. Je vous retrouve après.

— Non, je viens avec vous. »

Tous les deux en uniforme nous encadrons la vieille femme. Elle lui ressemble, elle a ce même visage mongol aux pommettes hautes, une peau jaune que le réseau des rides fait paraître plus sombre. Ses cheveux tirés sont tout gris, d'un gris de glace. Il n'y a que ses yeux résolus et scrutateurs que l'âge n'a pu vaincre. Elle avance fière et droite dans son costume traditionnel. Le vent fait trembler sa coiffe.

Des hommes en bleu marine, des femmes en noir à coiffe blanche. Un ciel gris. Une petite église à mince flèche de granit que par place le lichen a doré, un enclos d'ajoncs et des tombes. Le bruit de la mer. Un vent qui saoule et laisse un goût de sel dans la bouche.

Devant le porche quelques marins abandonnent leurs femmes et se dirigent ostensiblement vers le bistrot.

L'église est froide, humide comme un caveau, verdie de mousse. Partout des ex-voto; des bateaux en bouteille, de petites plaques de marbre (« Merci sainte Ninnoc'h »); la grande peinture naïve d'un brick luttant contre une effroyable tempête; des saints à grosses têtes de gnomes, taillés dans la pierre, alignés.

Il y a plus de trente ans que je ne suis pas entré dans une église. Je copie mon attitude sur celle de mes voisins, j'esquisse un signe de croix maladroit, je m'agenouille, je me relève, je baisse la tête... Je ne connais plus un seul cantique, ni une seule prière.

J'ai froid, je suis engourdi, le banc est dur. Le mauvais vent gémit dans la charpente. Il faut se lever encore : un beau chant breton, rauque et sombre. On se rassoit.

Le prêtre, un homme fort au visage rougeaud, est entouré de deux enfants de chœur en robe rouge et surplis blanc. Il parle, mais je ne l'entends pas, perdu en moi-même.

Et puis... je ne sais comment, je m'aperçois que j'écoute.

« ... Nous errons dans la nuit, mes frères. Et parce que nous sentons un souffle en nous, et parce que nous avons faim et soif, et parce que nous agitons des idées dans notre cervelle, nous pensons que nous sommes vivants — alors que nous sommes morts!

« Pourtant, nous, ici, dans cette église, nous croyons qu'il y a un soleil... et une promesse de vie éternelle, même pour les plus humbles d'entre nous.. Nous le croyons, n'est-ce pas?

« Autour de nous il y a ceux qui ont perdu tout espoir; ceux qui se sont tournés vers l'ivresse du vin pour noyer les terreurs de la nuit; ceux qui rendent les autres responsables de leurs faiblesses, qui voudraient réformer le monde afin d'en faire une loterie où chacun gagnerait à tout coup; ceux qui croient que le bien est dans la chair et le mal dans ce qui les détourne de l'acte de chair; ceux qui ont entrevu la lumière — une fois — qui ferment les yeux et disent : je n'ai rien vu... Mais laissons cela.

« Nous qui sommes réunis dans cette église, nous croyons qu'il y a une lumière, quelque part. »

Le prêtre paraît un instant abattu. Il relève la tête et, regardant l'assemblée des fidèles, reprend avec force :

« Comment ne le croirions-nous pas? Quel marin perdu dans la nuit du large ne sait pas qu'il y a un phare quelque part sur la côte pour le guider et le sauver?... »

Il brandit ses deux mains en avant, comme un Bouddha dans l'attitude de la non-crainte.

« Nous, ici, nous devons croire qu'il y a un feu.

« Mais l'avons-nous vu? Avons-nous ressenti sa bienfaisante chaleur? Sommes-nous repartis pleins de joie et de félicité?... »

Il se tait un instant. Une rafale de vent ébranle le portail et le prêtre semble lui-même secoué.

« Nul ne peut voir Dieu sans mourir, mes frères.

« Un jeune homme riche et intelligent, nommé Saul, marchait sur une route. Il se rendait dans une ville étrangère pour poursuivre et étendre ses persécutions, respirant la menace et le meurtre contre les disciples de Notre-Seigneur Jésus. Et comme il était en chemin, tout à coup, une lumière venant du ciel resplendit autour de lui. Il tomba par terre. Et il entendit une voix qui lui disait : " *Saul, Saul, pourquoi me persécutes-tu? Il te serait dur de regimber contre les aiguillons.* " Voilà pour Saul.

« L'homme qui se releva était l'apôtre Paul, saint Paul. Quoique ses yeux fussent ouverts, il ne voyait rien; on le prit par la main et on le conduisit à Damas. Il resta trois jours sans voir, et il ne mangea ni ne but.

« Voilà comment agit l'Eternel notre Dieu, mes frères à la nuque raide. Il prend et Il jette à terre. Il taraude de Ses aiguillons. Il aveugle... Et IL RESSUSCITE.

« Nous ne sommes pas Saul — riche et intelligent — nous ne respirons pas la menace et le meurtre contre les disciples du Seigneur; nous ne sommes que de modestes pêcheurs et nous gagnons durement notre pain quotidien. Sommes-nous dignes d'être jetés à terre, nous aussi, et d'être aveuglés?... et d'être ressuscités? »

Ces derniers mots furent prononcés d'une voix si basse que je ne pense pas que l'assemblée tout entière ait pu les entendre. Le prêtre reste longtemps silencieux, tête baissée, le visage enfoui entre ses mains. Les enfants de chœur le regardent avec crainte. Quand il se redresse, il semble avoir retrouvé quelques-unes de ses certitudes.

« Le marin perdu dans la nuit du large a un moyen de retrouver le feu sur la côte, qui le guidera, qui le sauvera. Le compas! Il prend son cap et il veille. Il sait que là-bas il y a un feu. Il scrute les ténèbres et il attend.

« Soyons comme le marin. Le Seigneur nous a donné un compas... »

Il leva lentement la main et la laissa retomber avec force sur la Bible ouverte devant lui.

« Appliquons-nous aux pratiques et aux rites de notre Sainte-Mère l'Église, astreignons-nous — même si nous ne comprenons pas, même si nous doutons. Appliquons-nous comme des petits enfants à l'école, prions, scrutons les ténèbres et attendons. Mais surtout ne demandons pas l'engourdissement et la paix, implorons que nous soit accordée l'inquiétude... et la Gloire. Alleluia! »

Le vent souffle toujours, apportant une odeur de varech et de crabe, une saveur amère de marée basse. Il y a un vrai soleil presque printanier dans le ciel pâle — très haut un avion invisible et silencieux laisse une longue traînée de condensation blanche. Le lichen de la flèche de l'église brille comme du cuivre. Des enfants courent entre les tombes; leurs rires libres et frais s'élèvent en l'air, mêlés au cri des mouettes, aussitôt emportés par le vent. A l'ouest le phare d'Eckmühl, les clochers décapités de Penmarc'h et de Saint-

Guénolé aux reflets métalliques s'enfoncent derrière le voile lumineux des embruns.

L'usage veut qu'à la sortie de la messe chacun aille retrouver ses morts. La mère du chef se plante — vivant reproche — devant la croix recouverte d'une mosaïque de coquillages de la tombe de son mari. Sa vaste robe claque comme un drapeau noir et elle retient sa coiffe d'une main.

« Sa tête était bien mauvaise, » dit-elle sévèrement.

Une dalle de granit porte le nom du vieux recteur et ces deux phrases gravées :

« *Où est cet homme?*
Je ne sais pas. »

« C'est lui qui l'a voulu ainsi, explique la mère du chef, c'était un saint homme, mais il avait la tête faible, lui aussi. Pourquoi faut-il que les hommes boivent et mènent si grand tapage, au lieu de rester tranquillement dans le coin que le Seigneur leur a dévolu? Je crois que les hommes sont fous. »

Gwen, Gwenaël qui avait peur de son ombre, est inscrit sur le socle du monument aux morts (un poilu et un coq de fonte tout rouillé) avec la mention : *Fusillé par les Allemands*.

De loin l'innocent nous regarde en bavant, il est tout petit, tout ratatiné, il ressemble aux saints à grosse tête taillés dans la pierre; il rit.

Et moi qui croyais que le chef inventait toutes ses histoires.

Le soir on abandonne la redoutable vieille dame à ses chats — elle en a sept. Le chef me fait faire la tournée des bistrots de Guenn-an-Avel — il y en a cinq. Tout un rituel : il n'est pas question d'entrer dans n'importe quel bistrot à n'importe quel moment; il faut suivre un itinéraire compliqué, un ordre hiérarchique connu des seuls initiés (cela aurait fasciné mon ethnologue fou) que transgressent seulement les touristes en été. « C'est comme ça », m'explique le chef.

De bistrot en bistrot, de tournée de vin rouge en tournée de vin rouge — le chef a des amis partout — vient l'heure inquiétante où le buveur se renferme, lance des regards de défi et boit en silence sans dire « *Yerc'h mad* », comme s'il refoulait une haine profonde.

A huit heures et à notre quatrième débit de boisson — notre dixième ou onzième verre de vin, peut-être? — je me tourne vers la télévision pour voir le journal.

Grèves... Chômage... Manifestation... Hold-up avec prise d'otage.

Phnom Penh (je monte le son) : des réfugiés affluent dans la ville déjà surpeuplée. Des roquettes tombent. Des avions brûlent à Pochentong. Des hommes courent en serrant des enfants dans leurs bras (je reconnais le Grand Marché). Un cyclo-pousse charge un cadavre déchiqueté. Un homme pleure. Des enfants jouent à la guerre avec des fusils de bois... Des soldats blessés, si jeunes... à peine plus âgés que les enfants...

L'innocent rit. Un vieux en bleu de marin me regarde avec hargne et marmonne : « On s'entend plus. Pas moyen de boire tranquille. »

C'est l'heure dangereuse où le buveur oscille sur ses jambes, la tête basse, les yeux fixes et se met de temps en temps à dire des mots à haute voix, comme s'il se parlait à lui-même.

Je devrais laisser le vieux bonhomme tranquille — le chef me fait des signes — mais j'ai bu (je sais, je sais, ce sont des choses qu'on ne fait plus à mon âge) et puis ces images ont réveillé une vieille blessure. Je lance comme un imbécile :

« Vous êtes bien à l'abri dans votre trou. Vous ne savez rien... Un jour, vous aussi, vous serez balayé... »

Je suis ridicule. L'innocent est tout agité de tics. Le vieux me regarde d'un air buté, avec le terrible sérieux de l'ivresse. Le chef commande une tournée générale.

Alors, heureusement, sonne l'heure miséricordieuse où le buveur s'attendrit et regarde son verre plein, les yeux brouillés de larmes.

« *Yerc'h mad.* »

Le vieux raconte son histoire et il lui faudra quatre tournées pour arriver jusqu'au bout.

Fait prisonnier à Dunkerque en 40, envoyé dans un camp de Prusse-Orientale. « Je leur ai dit que j'étais paysan... Je suis marin. J'ai dit « paysan ». Je voulais travailler dans une ferme. J'aime pas les camps, les... prisons. C'est pas bien... Ils m'ont mis dans la ferme Grandsk, pas très loin de Königsberg — des patates, et du seigle, des vaches aussi. Du travail... mais on mangeait bien. J'avais un copain polonais, Josef, qui fauchait mes cigarettes de la Croix-Rouge. *Yerc'h mad.* »

(Première tournée.)

Il y eut l'offensive russe de l'hiver 44-45.

« ... Des réfugiés partout qu'arrivaient à moitié

gelés — moins vingt, moins trente. La patronne elle croyait encore à la propagande d'Hitler : *pas de Russe en Prusse*. Ha! ha!... Avec Josef, on a attelé le meilleur cheval — Jaromir — et on a chargé de la paille, des couvertures, de quoi manger et du schnaps. On a embarqué la Grandsk de force avec sa fille. Elle pleurait et nous insultait. Elle disait qu'elle nous ferait fusiller quand on rencontrerait des soldats allemands. La pauv', c'est qu'elle laissait une belle ferme... et ses vaches. *Yerc'h mad.* »

(Deuxième tournée.)

Ils ont roulé vers l'ouest, mais c'était déjà trop tard et il leur a fallu remonter vers le nord, vers la Baltique.

« ... On était pas tout seuls! et il faisait froid... On enterrait les morts dans la neige gelée sur le bord de la route — des petits enfants surtout. Moi j'avais compris : fallait foncer. La patronne, elle voulait toujours s'arrêter dans les villages pour boire du café. On la laissait pas faire, avec Josef... Et puis — c'est comme ça que c'est arrivé — un embouteillage dans un village. Clic, clac, clac, clac, clic. Des panzers! Ce sont des Allemands, dit la patronne. Des Allemands! Des Russes. Ils écrasent les charrettes — ça criait et ça tirait dans tous les sens. Nous, on a pris la patronne et sa fille Tulla, et on s'est cachés dans une étable. *Yerc'h mad.* »

(Troisième tournée.)

« Les Russes nous ont crochés de là, comme des bigorneaux... Pour la patronne, ça a été... peut-être la quinzaine? J'ai pas compté. Ils gardaient même leur mitraillette pendue autour du cou. Et heureusement encore qu'ils n'ont pas trouvé notre schnaps! Josef et moi on était contre un mur, les mains en l'air, devant un Russe avec une tête de Chinois qui riait tout le temps. “ Fransouze, Fransouze, Nixt Germansky ”. Il riait : “ Fransouze kaputt. ” Et on entendait la patronne... J’avais la petite Tulla avec moi. Trop petite, heureusement pour elle. Le Russc-Chinois riait. Ça le faisait rire. Il était pas méchant, il riait : “ Fransouze, kaputt, kaputt. ” Je répétais : “ Fransouze kaputt ”, et je riais aussi pour lui faire plaisir. Il m’a pris mes bottes et ma montre... Il devait y avoir un petit groupe de soldats allemands dans le coin qui se repliait parce que tout à coup la bagarre a éclaté : “ Davaï, davaï ” Ils ont tous remonté sur leurs tanks. Ils ont encore écrasé des chevaux, des gens et des traîneaux. Avec Josef on a ramassé la patronne. Jaromir était toujours attelé. On a filé à travers champs, à coups de fouet, à coups de fouet — elle fumait, la pauv’bête! Moi j’ai failli avoir les pieds gelés. *Yerc’h mad.* »

(Quatrième tournée.)

« La patronne elle disait plus rien... elle gémissait. Peut-être quinze? Je sais pas. J’ai pas compté... Après ç’a été la traversée de l’étang — le Frisches Haff, 8 kilomètres de large — sur la glace, la nuit, avec les fusées éclairantes que jetaient leurs avions pour mieux nous mitrailler... Les charrettes basculaient dans les trous de bombes et disparaissaient dans l’eau avec chevaux, enfants et tout... On était des milliers dessus la glace... De l’autre côté, les déserteurs allemands pendus aux arbres se balançaient tout raides dans le vent avec un écriteau : « *Je suis un lâche.* » Les gendarmes SS voulaient me pendre aussi, qui disaient que j’étais un déserteur. Et ils riaient pas comme le Russe-Chinois, ceux-là... »

Cinquième et dernier bistrot — sinistre — qui sent l'eau de Javel et le vin. Nous avons emmené le vieux avec nous; c'est notre ami. L'innocent a suivi. *Yerc'h mad.*

Le vent de nord-ouest a chassé les nuages. Les rouleaux des vagues déferlent et croulent en cascades solennelles. Les vapeurs d'embruns s'élèvent au-dessus de la ligne noire des dunes, apportant l'odeur du goémon. Un calvaire gris sort de l'ombre et y rentre chaque fois que le touche et l'abandonne le pinceau du phare d'Eckmühl.

Arrive l'heure miraculeuse où l'âme du buveur vacille au bord du vide...

Nous nous mettons en route derrière le vieux qui marche droit devant lui en chantant un cantique plein d'amour, de joie et de gratitude pour je ne sais quoi ou je ne sais qui.

« Alléluia, a-a-allé-é-lu-ia, ALLÉ-LU-IA! »

L'innocent trébuche plusieurs fois mais aucun d'entre nous n'est jeté à terre.

Le *Damoclès* est arrivé à Fécamp.

CHAPITRE XXIII

LE SOLITAIRE

« Vous irez le voir à Fécamp, ou c'est lui qui viendra ici? » me demande timidement l'enseigne.

Je le regarde, étonné :

« Pourquoi?

— J'aimerais bien le rencontrer », répond-il en rougissant un peu.

J'ai Willsdorff au téléphone — il a toujours ce ton nonchalant qu'il aimait prendre —, on ne se reverra pas encore cette fois; je dois remplacer un de mes confrères à l'hôpital maritime et il a trop de travail pour venir à Lorient.

« A Saint-Pierre, on se retrouvera à Saint-Pierre. »

L'*Eole* sort du bassin.

Nous allons accoster un ponton flottant au pied du phare de l'Amirauté. C'est notre nouveau commandant qui dirige la manœuvre. Il s'en tire honorablement. Il est loin d'avoir la maîtrise et la rigueur de son prédécesseur. L'atmosphère de la passerelle est plus débonnaire — je ne retrouve pas cette tension glacée, ce laconisme qui m'avaient tant impressionné.

La vie reprend à bord, normale, et l'équipage a fort à faire pour remettre un peu d'ordre et de propreté.

L'*Eole* fait des essais sur la base des Glénans. Les ingénieurs de l'Arsenal sont satisfaits des travaux effectués. Notre commandant prend de l'assurance. Nous sommes parés pour la campagne du Grand Banc.

Le 7 février, le chef fait débrancher l'antenne de télévision, juste après le journal de midi.

Phnom Penh submergé de réfugiés. Le pont aérien est coupé, les derniers avions brûlent. Des roquettes tombent par dizaines tous les jours; les hôpitaux sont débordés. Un reporter interviewe un médecin de l'hôpital français. (Je le connais, c'est un ami de longue date, nous avons été ensemble au Tonkin.) Il lance un appel émouvant : *trop d'enfants sont en train de mourir...*

Mes camarades du bord, préoccupés par l'appareillage imminent, écoutent à peine.

... *Au Sud-Vietnam la situation se dégrade. Le gouvernement de Saigon semble perdre le contrôle des plateaux montagnards...*

Projet de loi sur le divorce... La mode du « string » va triompher cet été sur les plages (Là, mes compagnons lèvent les yeux : les jeunes baigneuses qu'on nous montre sont tout à fait charmantes)...

A quinze heures l'*Eole* appareille. Le commandant prend le pilote du port. Il fait beau. *(1020 millibars. Vent de secteur sud, modéré — force 3 à 4. Mer belle.)* Les balises numérotées défilent le long du bord — l'eau est verte avec des reflets noirs. Un cargo panaméen décharge des grumes de bois tropicaux dans le port de commerce...

Larmor. La villa que je regarde chaque fois semble vide. Les volets sont tirés. Un grand panneau pend au balcon. A la jumelle je lis : « A vendre. »

Cap à l'ouest. La pleine mer. Les silhouettes de deux chalutiers s'effacent lentement dans l'est. Quelques mouettes planent en criant, les ailes étendues. Il fait doux. Par petits groupes les hommes se tiennent sur la plage arrière; on entend des rires et des éclats de voix.

Les eaux bleu sombre de l'Atlantique deviennent grises, noires. Le soleil s'enfonce droit devant; il grandit, rouge, énorme; il se déforme, s'aplatit... Il n'est plus qu'un point, rouge comme le sang... La nuit!

Je reste longtemps appuyé sur le pavois.

C'est le *Têt*, le nouvel an vietnamien. Aujourd'hui commence l'année du Chat. (Voilà qui devrait faire plaisir à Willsdorff, s'il n'a pas oublié.)

Le commandant m'invite à déjeuner.

« Notre officier des pêches est un peu déçu, n'est-ce pas? me dit-il. Le Vieux avait fait un rapport très favorable en sa faveur, mais l'Amirauté en a décidé autrement.

— Il est à Villejuif maintenant, dis-je.

— Oui... pas pour longtemps, je crains. Vous n'avez pas fait grand-chose pour lui... »

Je le regarde droit dans les yeux et il baisse la tête affectant de chercher sa serviette.

« Vous avez failli être débarqué, Docteur. Mais les armateurs et les capitaines de chalutiers ont protesté. Les pêcheurs vous aiment bien... L'a-t-il au moins vu? » ajoute-t-il soudain.

« Non... il lui a parlé à la radio.

— Que se sont-ils dit?

— Rien... Adieu.

— Ah! »

Au café on évoque de vieux souvenirs; l'atmosphère de Haiphong pendant la bataille de Dien Bien Phu; les pilotes de l'*Arromanches* qui ne rentraient pas de leur mission au-dessus de la cuvette... « Untel, vous vous souvenez?... il s'était laissé pousser l'ongle du petit doigt, comme un mandarin... »

Willsdorff était déjà prisonnier à l'époque.

« Lui, je l'ai rencontré à Toulon en 1956, dit le commandant. Après ses aventures en jonque la Marine a voulu le faire rentrer dans le rang; on l'avait collé sur un croiseur. Il était un peu... exalté. Il nous citait la Bible à tout bout de champ. Il la connaissait mieux que l'aumônier.

— La Bible?

— Oui. Il l'avait apprise par cœur. »

Je dois avoir l'air complètement ahuri car le commandant se met à rire :

« C'était la seule chose qui lui restait. Il disait que c'est un livre remarquable, même pour un agnostique.

— Racontez-moi ça, dis-je.

— J'ai appris l'histoire à Chypre, après l'opération de Suez. Il avait retrouvé un capitaine para avec qui il avait été prisonnier en Indochine. Le para était amer : “ *On aurait pu camper aux pieds des pyramides!...* ” Il nous a entraînés dans une petite fumerie du quartier turc. L'opium rend bavard, c'est connu... Willsdorff a raconté son naufrage sur les côtes du Yemen... Il était assis tout mouillé sur les affaires qu'il avait pu sauver, avec son rat sur les genoux; il regardait sa jonque se désagréger quand des Bédouins ont rappliqué, lui ont filé quelques coups de bâton, l'ont ficelé et se sont approprié toutes ses dépouilles. Chaque fois qu'il protestait, un grand escogriffe venait lui passer la lame de son couteau sur la gorge en roulant des yeux et en faisant avec sa bouche d'affreux gargouillements — tous les autres se mettaient alors à rigoler, paraît-il. Après la prière du soir ils l'ont quand même délié pour le laisser boire. Il a sorti sa Bible de sa poche, leur a fait signe de s'écarter, s'est agenouillé et il a lu au hasard. Il nous a dit : " J'ai fait ça uniquement pour les embêter, les provoquer, parce qu'ils m'avaient échauffé les oreilles avec leurs simagrées. "

— Mais d'où sortait-il sa Bible? demandé-je.

— De sa poche... c'est-à-dire qu'il l'avait reçue aux Maldives, après un cyclone. Le pacha d'un bâtiment de la Marine lui en avait fait cadeau, en plus d'un gouvernail neuf et d'une touque de pinard. Agenouillé face à la mer, il s'attendait à être lapidé, ou au moins égorgé... Les Bédouins sidérés l'ont laissé faire. Dans la nuit ils l'ont emmené, attaché à la queue d'un chameau. Le rat s'est sauvé quand ils ont voulu l'attraper.

— C'était un chat noir, dis-je.

— Peut-être... en tout cas il l'appelait le Rat... Dans un village de montagne, ils l'ont enfermé dans une cage en bois — pas le rat, Willsdorff — pour le montrer aux femmes... Au bout d'un certain temps ils lui ont mis des fers aux pieds et il pouvait se balader où il voulait. Je crois qu'il a fabriqué des cerfs-volants pour les enfants; il en avait toute une bande à ses trousses. Il lisait sa Bible parce qu'il n'avait rien d'autre à lire. " Et pendant ce temps-là ils me fichaient la paix ", disait-il. On l'envoyait puiser de l'eau pour les femmes, il recevait en aumône un coup de bâton, parfois un peu de tabac ou du *kat* qui est une drogue amère. Il trottinait dans la poussière avec un cliquetis de chaînes... La seule malédiction était les mouches, disait-il. Quand un mari battait sa femme, il accourait et riait du spectacle avec les autres. Un jour ils ont coupé la main d'un voleur devant toute la tribu réunie : la main était attachée à un poteau et le bourreau a donné un grand coup de sabre — expéditif n'est-ce pas? Le voleur n'a rien dit et la main est restée accrochée au poteau, comme un vieux gant. C'est Willsdorff qui a soigné le pauvre type, il l'a cautérisé en trempant le moignon dans du beurre bouillant, paraît-il... La tribu était plus ou moins en guerre contre ses voisins; quelquefois Willsdorff participait à leurs expéditions dans la montagne comme coolie, avec une outre sur le dos. Il aimait bien si l'outre n'était pas trop pleine, de loin il pouvait voir la mer. Les Bédouins étaient très joyeux et chantaient tout le temps. Ils ne prenaient pas trop de précautions : quelques voltigeurs au large et c'est tout. Pour un oui ou pour un non, ils s'amusaient à tirailler sur des pierres dans la vallée avec leurs vieux Mauser modèle 1898. Un jour, un type qui s'escrimait sans succès sur un caillou a prêté son fusil à Willsdorff. Au premier coup le caillou saute en l'air. Alors ils se sont tous mis à brailler : " El... El quelque chose " — je ne me rappelle plus. Ça veut dire : l'Idiot, l'Ahuri, le Demeuré... C'était le surnom qu'ils lui avaient donné.

— L'Innocent, dis-je.

— Oui, c'est ça : l'Innocent! Ça a énervé Willsdorff, il a réarmé, a choisi une pierre au diable : en l'air! Il réarme, une autre pierre encore plus loin : en l'air! A la quatrième pierre, un type caché derrière s'est dressé tout droit et a détalé en lâchant son fusil. Les Bédouins, qui avaient reconnu je ne sais comment un de leurs ennemis, se sont mis à tirailler dans tous les sens. Le type filait comme un lièvre. Willsdorff disait : " Il courait tout droit, l'imbécile, je l'avais au bout de mon guidon, il n'avait pas l'ombre d'une chance; je pensais : cours, cours, petit homme!... Je lui ai même tiré un coup au ras des moustaches pour qu'il coure plus vite, histoire de rigoler un peu. " Les Bédouins ont dégringolé la pente en désordre pour récupérer le fusil. Willsdorff les a traités de tous les noms; il connaissait leur langue, les enfants lui avaient appris — surtout d'abominables jurons —, il a mis de la discipline dans leur pagaille, les a fait manœuvrer; résultat, ils ont encore levé trois ou quatre types et ramassé cinq fusils. Le chef était vexé — peut-être aussi un peu choqué par les jurons? —, il a fait remettre l'outre sur le dos de Willsdorff qui a encore reçu quelques coups de bâton pour lui apprendre à vivre. Mais le soir, après la prière on lui a fait une place autour du feu. Ils l'appelaient toujours l'Idiot... l'Innocent, mais ils disaient aussi : El Mansour, — Le Victorieux. Ils lui ont donné un des fusils et rendu son sextant un peu abîmé. Il est devenu conseiller militaire. " La Bible dans la main gauche, un Mauser modèle 1898 dans la main droite, mon sextant autour du cou, nous a-t-il dit, j'aurais pu conquérir le monde, c'est à ce moment que la Marine a marchandé mon rachat. Elle ne s'est pas ruinée : le prix de quatre ou cinq vieux fusils... " »

Je dis mollement : « Oui, il a le goût de l'aventure. »

Le commandant me regarde, pensif.

« Un aventurier! reprend-il. On l'a tous pensé, quand il a choisi la révolte... en Algérie. Un aventurier!... Je vais vous dire : à sa sortie de prison j'ai déjeuné avec lui et un de mes anciens camarades qui a quitté la Marine, qui vend des armes. Mon camarade lui a fait une proposition : " En Afrique on a besoin de bons officiers mercenaires... très bien payé... " Willsdorff l'a regardé fixement : " Pourquoi croyez-vous que j'aie fait ce que j'ai fait? lui a-t-il dit, pour m'amuser? " Je vous promets qu'il ne riait pas. Comme l'autre insistait, Willsdorff s'est levé. " Imbécile ", a-t-il dit encore et il est sorti. Je ne l'ai plus jamais revu. »

Le baromètre descend. La mer est lourde, inconfortable, d'une sale couleur olivâtre. Des cirro-stratus font de sinistres halos dans le ciel. L'*Eole* fatigue, l'officier de quart propose de réduire à huit nœuds. Le commandant hoche la tête, son visage très pâle est couvert de sueur. Il va discrètement vomir par-dessus le pavois et revient en pressant un mouchoir sur sa bouche — une odeur d'eau de Cologne vite emportée par le vent.

« Faites apporter la carte météo.

— Oui, Commandant ».

Le bureau météo est à quelques pas, juste derrière la chambre des cartes, mais le commandant préfère rester sur la passerelle où il y a de l'air. Je le comprends, moi aussi j'ai l'estomac un peu barbouillé.

Un premier maître déroule la carte.

« Reçu ce matin à 9 heures. Toutes les stations lancent des avis de tempête...

— Excusez-moi. »

Le commandant s'éloigne à nouveau et revient avec son mouchoir. Le premier maître reprend son exposé.

Le vent force, régulièrement. Une heure plus tard il souffle furieusement du sud-suroît, bousculant d'énormes masses de nuages déchiquetés. Les lames livides, à la mauvaise blancheur d'écume, se meuvent dans une confusion totale; s'écrasant l'une contre l'autre avec cette incertitude dans le déferlement qui précède le très gros temps.

Toutes les choses mobiles à bord sont solidement assurées.

Le vent force et hale à l'ouest. Des rafales arrachent les crêtes des plus hautes vagues et les projettent en rideau épais. Les veilleurs rentrent à l'abri, longtemps ils frottent leurs yeux rouges qui ne cessent de pleurer.

Le commandant donne l'ordre de réduire à trois nœuds et de prendre une allure de cape. Il n'a plus le mal de mer et pourtant l'*Eole* roule tellement qu'il faut se cramponner à deux mains pour rester debout. Personne n'a plus le mal de mer : le spectacle est trop grand, trop impressionnant. Nous savons tous que nous sommes sur un bâtiment moderne, solidement construit; nous savons tous qu'à moins d'une défaillance improbable des hommes ou des machines l'*Eole* ne court aucun risque; et nous sommes tous — sur cette passerelle — emplis de crainte.

« *Nul ne peut voir Dieu sans mourir* », avait dit le curé de Guenn-an-Avel.

Ce n'est pas Dieu; c'est la colère de Dieu — le cruel Jéhovah du Vieux Livre. Nous ne parlons pas. Nous sommes seuls — chacun — isolés, écrasés, cramponnés des deux mains pour n'être pas emportés; emplis de crainte et de respect...

Le capitaine du *Colonel Mevel* en route pour les Bancs signale sobrement : « Quinze ans que je fais l'Atlantique Nord, jamais vu ça ! » Sur les côtes d'Irlande, de Cornouailles, du Finistère, des milliers d'arbres centenaires sont déracinés, des toitures emportées, des môles de béton descellés. Dans l'abri des ports de gros navires rompent leurs amarres et partent à la dérive. En Manche, quatre pêcheurs côtiers et un caboteur allemand disparaissent corps et biens. A Lizard Head, le vent atteint 180 kilomètres à l'heure. Et 190 à Gris-Nez. Les fréquences de détresse sont saturées : Mayday, Mayday, Mayday...

L'*Eole* reste à la cape trois jours et trois nuits.

Impossible de dormir dans les couchettes, roulés, secoués, chavirés, glissant de droite et de gauche, heurtant les montants — il faut se tenir arc-bouté pour prendre un peu de repos et fermer les yeux. Partout les tiroirs, les armoires ont vomi leur contenu qui racle confusément le plancher avec des bruits déprimants. Des coups terribles ébranlent les tôles.

Une fois l'*Eole* reste si longtemps couché qu'on croit qu'il ne se redressera plus. Il me semble être porté dans l'air, arraché, et je m'écrase brutalement contre une paroi, l'esprit vide. Je me débats des bras et des jambes au milieu d'un tas de bottes et de manteaux de mer, incapable de me relever. Aplati sur le dos mon infirmier me regarde d'un air complètement idiot; il ouvre la bouche comme un poisson mais aucun son ne sort — ou alors je ne les entends pas. Et puis un formidable coup d'épaule nous expédie tous deux, avec bottes et manteaux, de l'autre côté de l'infirmerie.

J'ai beaucoup de patients : un mécanicien avec une fracture du bras, un cuisinier sérieusement brûlé (il faut les sangler dans les bannettes), des contusions, des plaies plus ou moins graves...

Le quatrième jour le soleil se lève sur une mer pâle. Le vent saute au noroît, puis au nordé; il écrase l'énorme houle d'ouest. L'*Eole* blanc de sel semble avoir été martelé — tôles bosselées, pavois défoncé, bastingage tordu, feu d'étrave arraché...

Le commandant fait pousser à 7 nœuds, et bientôt à 10, quand le vent commence à perdre de sa rage. A midi nous avons retrouvé notre allure de croisière.

« Quelque chose, deux quarts avant bâbord, signale un veilleur, je ne sais pas ce que c'est... peut-être une épave?

— Bien... oui, je vois. Pas d'écho au radar?

— Non... si, c'est tout petit. A... à six nautiques. Dans le 252. »

L'officier de quart prévient le commandant qui est retourné dans sa cabine. (Il n'a pas quitté la passerelle pendant toute la tempête.)

« Mettez le cap dessus, j'arrive. »

La houle est encore creuse, le « *quelque chose* » apparaît et disparaît au gré des lames.

« On dirait un canot », dit le veilleur.

Le commandant est visiblement fatigué, mais il s'est rasé et a changé d'uniforme :

« Il n'y a pas eu de navire en difficulté dans notre secteur, je me demande...

— C'est un canot. Il a même un bout de toile », répète le veilleur qui décidément a de bons yeux.

Ce n'est pas un canot, c'est un petit sloop de huit ou neuf mètres, peint en bleu. Son mât est cassé à la hauteur des barres de flèche. Il porte un tourmentin bordé contre et une petite voile de fortune, il capeye en gardant un peu d'erre sur l'avant et plonge gaillardement dans les creux. Personne à la barre. Le roof est fermé.

« *Beatrice*. R.W.Y.C. Plymouth, précise le veilleur.

— Bien... Je prends », dit le commandant.

Il manœuvre habilement pour approcher le yacht sans le déventer. (Il commence à connaître son bateau.) De l'aileron un veilleur hurle dans le porte-voix :

« Hoé! Hooo! de la *Beatrice*. Hoé! hooo! »

Rien.

Le commandant actionne la corne de brume.

Rien.

Tout à coup le porte du roof s'ouvre et la tête d'un homme roux, barbu, émerge. Indiscutablement on vient de le réveiller. En nous voyant si proches, il a un sursaut. Il fait de grands gestes de refus. On l'entend crier :

« No! no! Go away... go away! »

Il a l'air terrorisé. Le commandant prend le porte-voix :

« Do you need some help?

— No! No! away .. away. »

Le barbu est complètement sorti; il est furieux mais il semble nous faire des courbettes de politesse, penchant le torse en avant ou en arrière pour conserver son équilibre. La *Beatrice* cogne dans une lame et l'arrose copieusement, ce qui est loin de le calmer.

« Go away... Trafalgar... Waterloo! Fachoda!... away, away. »

« Je crois qu'il nous insulte » remarque froidement le commandant.

L'officier des pêches a un sourire.

« Un navigateur solitaire, dit-il. On lui a fait peur. Depuis qu'une de nos frégates météo a abordé le *Gipsy Moth* de Chichester sous prétexte de s'enquérir de sa santé, ils ont tous peur de nous.

— Abordé, vraiment?

— Oui, *France II* — un bateau de la météo — lors de la dernière course transatlantique en solitaire. Chichester était déjà malade, il ne répondait plus à la radio. Il y avait eu du gros temps. *France II* l'a retrouvé et s'est approché un peu trop près... Vous vous imaginez le bruit en Angleterre! Et le bateau s'appelait *France*! »

L'irascible barbu s'assoit dans son cockpit et nous tourne le dos. De temps en temps, il jette un coup d'œil furtif par-dessus son épaule.

« Commandant, dit encore l'officier des pêches, bientôt ce seront les derniers vrais marins, ces gens-là... Je voudrais... on pourrait lui faire un petit cadeau. Après la tempête, il a bien mérité de boire un coup, je voudrais lui envoyer quelques bouteilles. »

La réaction du commandant est surprenante. Il

a un air sévère et dédaigneux et tout à coup, sans transition, il se met à rire.

« Votre Anglais est fou. Et vous êtes aussi fou que lui. Demandez au maître d'hôtel de prendre une bouteille de cognac dans ma réserve.

— Merci, Commandant.

— Attendez, vous y joindrez un petit mot — je veux que cet animal boive à la santé de Bévesier. Après tout on a quand même gagné quelques batailles contre les Anglais. »

Le bosco a amarré la bouteille de cognac et quelques bouteilles de bordeaux à une petite balise fluorescente qui sert à marquer les buts pour les exercices de tir. L'*Eole* manœuvre pour remonter la *Beatrice*. Un peu sur son avant et sous son vent le commandant fait larguer le colis. L'Anglais roux nous regarde, sidéré. Puis on le voit manœuvrer sa voile de cape pour laisser porter et mettre en panne. Avec une gaffe, il croche la balise. Il est loin maintenant mais le commandant fait évoluer l'*Eole* pour revenir à sa hauteur. L'Anglais a l'air de meilleure humeur. Il lève un bras et se met à déclamer comme un mauvais acteur :

« *Hail to thee that shalt be king hereafter*[1]! »

« Votre Anglais est fou, constate à nouveau le commandant, ou alors il a déjà commencé à boire. Je ne comprends rien à ce qu'il raconte.

— Je pense que c'est une citation de Shakespeare, répond l'officier des pêches. En tout cas il nous salue comme des rois.

— C'est bien ce que je pense : nous sommes républicains. Je vais vous dire encore une chose : les marins,

1. « Salut à toi qui seras bientôt roi! »

les vrais marins, sont ceux qui gagnent leur vie, leur pain quotidien, sur la mer. »

Pour montrer qu'il pouvait être bien élevé, l'Anglais affale et hisse deux fois son pavillon. Et nous lui répondons de même.

Le lendemain l'*Eole* rencontre un épais banc de brume et il fait soudain très froid. La mer a une sinistre couleur noire. Nous venons de quitter les eaux bleues du Gulf Stream pour entrer dans le courant du Labrador.

L'officier des pêches contacte la flottille de chalutiers.

« Ici l'*Eole*... Bonjour à tous... »

Les chalutiers sont dispersés un peu partout, du Bonnet Flamand à l'est jusqu'à l'accore du Banc d'Artimon envahi par la glace, 550 milles plus à l'ouest. D'autres sont dans le chenal Laurentien, au large de Port aux Basques. Ils viennent juste d'arriver et les premiers traits ont été décevants, la morue se cache. Les Portugais, les Espagnols, les Allemands n'ont pas l'air plus heureux. Les Japonais sont incompréhensibles, et les Russes énigmatiques.

Il fait aussi froid que dans les parages de l'île de l'Ours alors que nous sommes à la même latitude que Lorient.

Le *Mara* a un blessé grave. (C'est étrange comme certains bateaux semblent avoir la poisse, le *Mara* a déjà perdu un homme au cours de la campagne dans le Nord.) Il a mis en pêche à l'accore sud du Trou de la Baleine.

Le brouillard est si dense qu'on ne voit pas la plage avant de l'*Eole.* C'est au radar que nous retrouvons le chalutier. L'officier des pêches fait monter un petit réflecteur radar sur le dinghy et nous guide par radio en contrôlant notre route sur l'écran du bord. Les criailleries des mouettes invisibles et une odeur nous annoncent le *Mara* — un remugle particulièrement épais de mazout brûlé, d'entrailles de poissons, de graillon, de goudron, de peinture, mêlé de la senteur salée de la brume. Et puis, soudain, à quelques mètres, une masse sombre, brouillée, qui bouge lourdement. Des voix nous hèlent...

Le blessé a une fracture ouverte de la cuisse. Il a perdu beaucoup de sang. Je lui fais une transfusion...

Cap sur Saint-Pierre. Le chef est tout heureux.

CHAPITRE XXIV

SAINT-PIERRE

« Vous verrez, Docteur, ils ont peut-être la tête encore plus dure que les Bigoudens. »

L'enseigne me fait un clin d'œil et va chercher une bouteille de whisky. Il nous en verse une bonne rasade.

« Allez-y, Chef, racontez. »

Les yeux du Mongol se plissent et il se met à rire silencieusement.

« On a coupé une fois le cou d'un type, là-bas...

— Ah! interrompt l'enseigne; je savais bien que ce serait encore une affreuse histoire.

— Vous ne savez rien du tout... Un type assez rigolo, mais un ivrogne. Il avait assassiné un vieux bonhomme à l'île aux Chiens — maintenant on l'appelle l'île aux Marins parce que le curé a trouvé que ça faisait mieux : " Mes brebis ne sont pas des chiens, ce sont des marins. " ... Le rigolo avait coupé le vieux en morceaux — dégoûtant! Il était ivre; il faut dire qu'à l'époque on vendait là-bas un tord-boyaux qui rendait fou — ça remonte au début du siècle —, aujourd'hui vous verrez ce qu'on boit : tous les meilleurs alcools du monde. Et pas cher!... Le rigolo en question, nommé Neel, est jugé, condamné à mort par le tribunal. Très bien!... Encore faudrait-il faire venir à Saint-Pierre les bois de justice et Deibler, l'exécuteur des hautes œuvres. Paris refuse. Peut-être que Deibler avait trop de pain sur la planche, ha! ha! »

Le chef nous regarde, enchanté de son mot.

« Va-t-il falloir gracier Neel? Non, un vieux scribe du ministère de la Justice découvre dans les archives qu'il y a une guillotine à la Martinique. On la fait expédier à Saint-Pierre avec un mot : " Pour le bourreau, débrouillez-vous sur place et lisez la notice. "

« Qui voudrait être bourreau? Il faut un certain goût pour la chose, ha! ha!... Personne! Même au détachement disciplinaire, même avec des promesses d'argent et de remise de peine...

« Le procureur finit par découvrir un marin-pêcheur en tôle — un homme de France, comme ils disent là-bas — un ivrogne, voleur, racaille et compagnie, pourri de dettes. Il accepte pour 500 francs, plus la liberté. Et il embauche comme assistant un de ses copains qui ne vaut pas mieux que lui.

« Les bois de justice arrivent de la Martinique. C'est une vieille machine qui date du citoyen Guillotin — le bruit court qu'elle a servi pour Marie-Antoinette —, le couperet est retenu par une ficelle enroulée à un taquet. On déroule et... clac! dit la notice explicative. Mieux vaut faire un essai, quand même. Nos deux bourreaux amateurs attachent sur la planche à bascule un petit veau qui beugle comme s'il avait la colique. Ils larguent la ficelle. Ça grince... Clac! Décapité, mais pas complètement, la tête de veau reste suspendue à un lambeau de chair au lieu de rouler dans le panier. Le procureur, un peu pâle, conseille à nos deux bougres de prendre leurs couteaux à morue la prochaine fois.

— Qu'est-ce qu'ils ont fait du veau? demande l'enseigne, pratique.

— Coupé en morceaux pour la soupe des disciplinaires. Il paraît qu'ils ont refusé de la manger, et pourtant ils n'avaient pas de viande tous les jours... Vous me faites perdre le fil avec vos digressions. Servez-moi à boire, parce que maintenant on arrive à l'aube du... du dernier jour... *Yerc'h mad!* »

Le chef boit.

« Verre de rhum, dernière chique et on emmène Neel en voiture à cheval sur la grand-place où les deux imbéciles attendent avec leur appareil. Neel déclare qu'il est content d'avoir dilapidé en boisson les quelques sous que lui avait légués son père. L'aumônier lui présente un crucifix... Nos deux ahuris mettent un temps fou à le sangler sur la planche à bascule. Et puis ils attendent, comme des idiots qu'ils sont. Le procureur leur fait des gestes discrets : allez-y, allez-y. Ils ne comprennent rien. Neel a le cou tendu dans la lunette, il gigote, il crache sa chique dans le panier devant lui et encourage : " Vas-y donc et me rate pas... "

« Enfin les deux abrutis retrouvent un peu de bon sens et larguent la ficelle. Ça grince... Clac! Même chose que pour le veau... Heureusement ils ont leurs couteaux à morue!

« Le procureur ne se sent pas très bien. Tout le monde pleure. La foule s'en va la tête basse. Même le docteur qui avait demandé le corps pour une leçon d'anatomie renonce à son projet. Neel va directement au cimetière. »

Le chef boit.

« Cela, c'est le prologue. Ha! ha! ha! Maintenant voici l'histoire : le bourreau amateur est libre. Et il a gagné 500 francs. Seulement... personne ne veut plus avoir affaire à lui. Personne ne lui parle, personne ne le regarde; c'est comme s'il n'existait pas. Il ne trouve plus de travail. Il traîne en ville comme une ombre et les yeux se détournent de lui. Quand il entre dans un bistrot les ivrognes s'écartent et se taisent. Il peut boire, mais il ne peut pas payer. Personne ne veut de son argent. Il propose de rembourser ses dettes et chaque fois ses créanciers sans dire un mot lui présentent ses comptes avec écrit en gros : ACQUITTÉ. Personne ne veut de son argent. Personne ne veut de lui. Il est seul, tout seul...

« Il a beau être complètement abruti, il comprend : il demande son rapatriement en France.

— Et l'autre, l'assistant? demande encore l'enseigne.

— Il se soûlait toute la journée, tout seul. Comme on n'acceptait pas son argent non plus, il disait : " C'est l'paradis, c'est l'paradis. " Un philosophe, celui-là. Une nuit il est tombé dans le bassin des goélettes. Plouf! »

Terre-Neuve et la Baie de Fortune dans le nord... Des roches noires, partout. L'île aux Vainqueurs, la Passe de la Normande, l'île aux Pigeons...

Le pilote nous attend près du phare du Petit-Saint-Pierre.

Deux chalutiers espagnols — qu'on appelle des bœufs parce qu'ils se mettent à deux pour traîner le chalut — ancrés à couple dans la rade; l'équipage casse l'épaisse couche de glace qui les engonce.

Un ciel pâle, d'une pureté froide, coupé en deux par la trace blanche d'un avion. L'air transparent et raréfié, sans la moindre particule de poussière, dilate le regard.

L'île aux Marins, son église et ses maisons grises sur la neige. L'île au Massacre... Un chien noir aboie.

Saint-Pierre : les collines blanches aux ombres bleutées. La ville rouge, jaune, verte; les doris tirés sur la grève.

Nous accostons aux installations frigorifiques du Cap à l'Aigle.

Je livre mes blessés à l'hôpital et je rentre à pied, par le chemin des écoliers. J'aime errer dans une ville inconnue, seul, le nez en l'air, la tête à l'aventure.

Rue de la Liberté, rue Sadi-Carnot, rue de la République, place du Général-de-Gaulle (c'est là que Neel a été décapité — elle s'appelait alors place de l'Amiral-Courbet). Le Barachois gelé... La pointe aux Canons... Le nouveau port avec de grands chalutiers allemands (Bremen) et japonais (Osaka). Et en face, toujours, l'église grise, le calvaire et les maisons abandonnées de l'île aux Marins, l'île aux Chiens, fermant l'horizon.

Neak Luong est tombé, dernier bastion sur le fleuve avant Phnom Penh. Ce sera bientôt fini, là-bas...

Le chef et l'enseigne m'emmènent avec eux à *la Morue joyeuse.* Nos pas crissent dans la neige. L'appel d'une corne de brume affole les cormorans. Un japonais appareille pour les Bancs. Le phare palpite sur la colline de Galantry.

Le néon rouge d'un bar sur le quai (une morue coiffée d'un suroît tenant un verre dans ses nageoires). Le patron — gendarme au procès de Willsdorff —, venu « rétablir l'ordre » en 1965, a fait la connaissance de « Madame », une Saint-Pierraise « pimpante comme un bonbon anglais ». Son temps fini, il est revenu l'épouser. « Il a un Black Bush irlandais de douze ans d'âge : le petit Jésus en culotte de velours », annonce le chef.

La salle est pleine, toutes les tables sont occupées, nous restons au comptoir.

« Il veut vous parler de votre " accusé ", dit le chef, dès la première tournée.

— Accusé? (le gendarme, un colosse roux, un peu empâté, se gratte la tête) Ah, le... Je l'ai revu il y a deux ans. Marin à bord de la *Marie de Grâce*. Il est arrivé ici avec toute une bande. Je l'ai reconnu tout de suite à ses yeux. Au début j'ai pensé : c'est pas possible. Mais c'était bien lui, j'ai fait ma petite enquête... Il a dansé avec Madame — rien que des valses. Il la serrait d'un peu près à mon goût... »

Madame baisse pudiquement la tête.

« Je le surveillais... Je ne sais pas s'il m'a reconnu, mais j'avais l'impression qu'il se fichait de moi... dans ma situation, faut se méfier. Son chat en a profité pour faire sur le bar. Oui, Monsieur, il a pissé sur le torchon qui me sert à essuyer les verres, la sale bête!

— Et le procès? demande l'enseigne.

— C'était très bien, Monsieur... sauf lui qui avait toujours l'air de rigoler. Moi j'étais sûr qu'il serait guillotiné.

— Fusillé, dis-je.

— Non, guillotiné! Il était civil, il leur avait envoyé sa démission après l'échec du putsch. Ils l'ont bien dit dans le réquisitoire. Des journalistes attendaient le verdict dehors. Ils ont pris des photos quand il est monté dans le fourgon pour la Santé. J'ai gardé l'article — on me voyait très bien sur la photo. C'est une femme qui l'avait écrit : " Il a passé devant moi avec son froid sourire de tueur... comme un SS ", et je ne sais quoi encore. Elle disait aussi qu'il aurait dû être guillotiné. Tout le monde le pensait. »

Un air de valse musette sur l'électrophone. J'invite Madame à danser.

« Il était si charmant, murmure-t-elle, dès qu'on s'est éloignés sur la piste, et bien élevé. Il sait parler aux femmes, j'ai bien vu qu'il avait un sentiment pour moi... »

Je ne peux m'empêcher de rire : sur la *Jeanne*, avant chaque grande réception, les midships glissaient une torche électrique d'un calibre adéquat dans la poche de leur pantalon « pour rester à la hauteur de notre réputation sans nous fatiguer », m'avait raconté Willsdorff. Ces torches électriques étaient surnommées justement des « sentiments ».

Ma cavalière danse avec beaucoup de décence et ne cherche pas à savoir si j'éprouve quelque sentiment pour elle. De toute façon, je sens dans mon dos l'œil du gendarme...

« L'année dernière il n'est pas revenu me voir, soupire-t-elle en se rapprochant un peu. Si vous le rencontrez en mer, dites-lui... que j'ai toujours la clef; il comprendra », ajoute-t-elle dans un souffle.

Je la regarde : ses yeux n'expriment qu'innocence et pudeur.

Au comptoir l'enseigne écoute le gendarme.

« Dans le fourgon, en allant au tribunal, il a demandé à mon collègue — Fougou Ernest — s'il avait déjà assisté à une exécution capitale. On n'a pas le droit de leur parler, mais Fougou a sorti son paquet de cigarettes, lui en a offert une et a dit très vite : " Vaudra mieux vider votre vessie, avant... " L'autre, après un moment, s'est mis à rire. " Merci, je m'en souviendrai. " Il répétait : " C'est juste, c'est très juste ", et il riait. »

Le Mongol lance son cri de guerre : « *Yerc'h mad!* »

Ce fut une nuit mémorable. Même les Japonais qui buvaient tranquillement leur saké dans un coin finirent par rallier au canon. Un ancien matelot de la corvette *Mimosa* de la France-Libre reconstitua la bataille de l'Atlantique sur le bar et se chamailla avec un Allemand qu'il appelait le grand-amiral Dönitz — ils se mirent d'accord pour torpiller un pétrolier de Black Bush et s'en partager le contenu.

Il y eut des chants aussi, à un moment — espagnols, turcs, japonais.

Le gendarme et Madame resservent les verres comme on réamorce une pompe... Le grand-amiral Dönitz a disparu.

« Il est dehors, dans un état de miséricorde », explique un vieux monsieur très digne, décoré de la Légion d'honneur (ses yeux bleu d'eau semblent voir plus de choses qu'il n'en existe).

Quelqu'un raconte le « temps du whisky », quand les docks de Saint-Pierre étaient bourrés d'alcool destiné à pénétrer clandestinement aux États-Unis. « Al Capone est venu une fois, je l'ai vu avec son chapeau blanc »...

La corvette *Mimosa* s'imbibe doucement. Les Japonais refusent de participer à la bataille de la mer de Corail. Le vieux monsieur parle.

« ... tempête et brume — on entendait la sirène de Galantry parce que le vent était au sud. Il y avait deux gangsters américains, là, à cette table. Leur vedette pleine d'alcool mouillée dans le Barachois à cause du temps. J'avais aidé au chargement et bu le fond des bouteilles cassées. J'étais tout jeune. Je cuvais ma première ivresse, ici même, contre le bar; j'aurais dû être couché depuis longtemps! Il y avait aussi des marins espagnols avec une femme. Et le vent qui hurlait dehors, et la sirène de Galantry... J'étais là — un peu ivre; le patron — c'était le père de Madame — l'avait bien vu : " Tu n'as pas honte, petit. " Il m'avait donné du café. Et puis la porte s'est ouverte d'un seul coup, les gangsters ont sauté en l'air, la main dans leur poche revolver... »

Coïncidence? La porte s'ouvre à ce moment-là et le grand-amiral Dönitz refait surface. (Pokriefke Joachim, de son vrai nom, second ingénieur-mécanicien du chalutier *Vogel.*) Il engage aussitôt la corvette *Mimosa* qui donne sérieusement de la bande. Le gendarme et Madame rétablissent l'ordre à coup de Black Bush. Le vieux monsieur reprend son histoire.

« La porte s'est ouverte... le vent? Un marin en ciré noir et en bottes est entré. Tout mouillé, comme s'il sortait de l'eau. Il s'avance jusqu'au milieu et retire son bonnet, tout mouillé aussi. L'eau faisait des sortes de serpents noirs sur le plancher. Il faisait très froid, soudain. Le marin ne disait rien, il se balançait comme s'il était étonné d'être là. Il avait l'air malade, son visage était blafard. Les deux gangsters aussi étaient devenus tout pâles et les Espagnols se taisaient dans leur coin. Dehors, la sirène de Galantry...

« “ Faut pas rester mouillé comme ça, dit le père de Madame, je vais vous prêter des effets secs.

— Non, non, répond le marin avec un mouvement de recul, je dois partir. Il m'attend.

— Vous allez attraper la crève. ”

« Le marin se contenta de sourire mais il n'était pas plus gai pour ça. Il regarda l'heure au-dessus du bar et eut un frisson. En ce temps-là il y avait une grosse pendule en marqueterie accrochée au mur, qui carillonnait comme Big Ben. Je crois qu'il n'était pas loin de minuit...

« Le marin s'approcha des Espagnols comme s'il voulait leur parler, puis recula et recommença le même manège avec les gangsters. Peut-être était-il ivre? Il avait l'air désespéré. Le père de Madame remplit un grand verre de rhum et le marin leva vers lui un regard de gratitude. L'eau ruisselait toujours de ses cheveux sur ses joues et j'avais l'impression qu'il pleurait. Il était juste à côté de moi, horriblement pâle, je sentais le froid salé de la mer. Il me regardait. Il murmura : “ On peut rien dire. ”... La pendule commença à sonner et il y eut comme une grande voix venue du dehors. Un appel? — peut-être était-ce seulement le vent et la sirène de Galantry?

« Le marin me serra le poignet — sa main était glacée. Il cria : “ On n'a rien le droit de dire, rien. Il faut pourtant que tu saches, petit : il existe! Il existe! ”

« Il tomba, comme s'il avait été jeté par terre. Il était devenu encore plus pâle — la couleur de la mort. Je l'entendis gémir : “ Voilà, je viens, je viens. ” Il se releva et courut jusqu'à la porte. Il me regarda encore. " Il faut que tu saches, petit : il... "

« Et la grande voix de nouveau... peut-être le vent et la sirène de Galantry?

« Il y avait un homme dehors qui l'attendait, les Espagnols l'ont bien vu par la fenêtre. Un grand bonhomme dans un grand ciré noir, sous le lampadaire, avec une ombre immense. Ils l'ont vu agripper le marin par l'épaule et partir en courant dans la nuit... Où vont-ils? " *Madre de Dios, Madre de Dios...* " Ils faisaient des signes de croix, les Espagnols, et ils commandèrent du rhum. Les gangsters tout pâles se saoulèrent au whisky... Voilà ce que j'ai vu et entendu... J'étais un peu ivre, mais le père de Madame avait lui aussi vu et entendu. »

Le gendarme a l'idée lumineuse de servir une nouvelle tournée de Black Bush pour dissiper la morosité.

« Tout ça c'est des hallucinations, affirme-t-il, ça arrive parfois, moi qui vous parle... »

Les Japonais qui de toute façon ne comprennent pas un mot de français abandonnent discrètement — quand ils ouvrent la porte les mouettes du dehors attestent à grands cris leur foi dans la migration des âmes...

Le grand-amiral Dönitz a perdu la bataille de l'Atlantique, définitivement. Il cherche ses mots sans les trouver et ne peut articuler ceux qui arrivent jusqu'à ses lèvres — quelques ratés étranglés et plus rien. Son regard est devenu stupide. La « corvette *Mimosa* » l'observe avec orgueil et essaye de fêter la victoire, mais le verre lui échappe.

Le gendarme à son poste donne des signes d'épuisement — personne n'écoute son interminable digression. Madame est toujours aussi pimpante. Les Espagnols et les Turcs croassent dans leur coin. Le Mongol boit. Le vieux monsieur aux yeux bleu d'eau parle :

« Qu'a-t-il voulu dire? Pourquoi moi? Peut-être le message ne m'était-il pas destiné?... On ne l'a plus jamais revu. Ni son compagnon... Qui étaient-ils?... Il y avait quand même beaucoup de bateaux dans le port et on ne pouvait pas connaître tous les marins... Buvez encore un verre, cher ami. Madame, s'il vous plaît : deux doigts sans glace. »

Madame s'exécute.

« Cette nuit-là, reprend-il, une goélette a fait naufrage à la Pointe de Savoyard. On n'a pas retrouvé de survivant. Seulement un corps sur les galets de l'anse : un marin en ciré noir et en bottes, avec un bonnet. Son visage avait été raclé par les rochers et on ne pouvait pas le reconnaître. Je le sais parce que je l'ai vu. »

Le vieux monsieur décoré de la Légion d'honneur reste longtemps silencieux. Il boit son verre d'un trait, le pose sur le bar et prend mon bras avec décision.

« Cher ami, me demande-t-il très poliment, croyez-vous... croyez-vous qu'Il existe?

— Le Diable? certainement! répond le chef, l'Autre?... L'Autre, ça je ne sais pas. Ha! ha! ha!

— Mais c'est terrible... Terrible! »

Vint l'heure fatidique où le buveur s'enlise, rumine en lui-même — seul — où la barbe pousse et laisse un peu plus vieilli. Il faut rentrer.

La nuit semble peuplée de choses invisibles et muettes, qui se déplacent sans bruit dans le silence. L'air glacé est immobile, d'une immobilité absolue et définitive. Seul le phare de Galantry clignote au loin sa mise en garde dans l'univers pétrifié : Attention!... Attention!... Attention!

L'*Eole* appareille et embouque la Passe à Henry. De grands cormorans noirs s'envolent du Colombier en criant.

La côte basse et blanche de Miquelon, les hautes falaises de Langlade, le ciel gris. La radio lance un bulletin météorologique spécial : « Attention! Attention! Avis de tempête... »

Le *Damoclès* est arrivé sur les Bancs. Il a mis en pêche dans le nord le long des côtes du Labrador.

Porte-avions et destroyers de la 7e flotte U.S. dans le golfe du Siam pour l'évacuation des ressortissants américains du Cambodge. A Phnom Penh des milliers de réfugiés affluent toujours.

Ban Methuot est tombé. Le gouvernement de Saigon a perdu le contrôle des plateaux montagnards. Offensive nord-vietnamienne sur Quang Tri et Hué.

Notre vieux commandant est mort. Un message de l'Amirauté nous l'apprend.

Banc de Saint-Pierre. Banc de Misaine. Banquereau. Accore des Goélettes. Banc George... L'*Eole* poursuit sa mission d'assistance. Il fait horriblement froid quand le vent est au nord-ouest. La température de l'eau est de moins trois degrés et les embruns gèlent aussitôt. L'équipage est envoyé plusieurs fois sur le pont pour casser la glace qui nous alourdit dangereusement.

Visite de courtoisie à Halifax — cocktail de l'officier des pêches.

Banc à Vert. Chenal de l'Eglefin. Queue du Grand Banc. Platier. Accore du Bourrelet...

Visite de courtoisie à Saint-Jean-de-Terre-Neuve — cocktail.

Les Américains évacuent tout le personnel de leur ambassade à Phnom Penh par hélicoptère. Une compagnie de marines protège l'opération.

A la télévision canadienne on peut voir l'ambassadeur courir en riant, le drapeau étoilé roulé en boule dans un morceau de plastique sous le bras. Phnom Penh meurt.

Offensive nord-vietnamienne : Quang Tri, Hué, Danang, sont tombées sans combat...

Moins 21 degrés. Persistance des vents de nord-ouest, secs et froids, qui sentent la neige des immensités du Canada — l'appel de la forêt. Les eaux arctiques du chenal Laurentien sont d'un noir de charbon. La banquise est descendue, le Banc Burgeo à l'ouest de Saint-Pierre est sous la glace. Les chaluts gèlent et durcissent dès qu'on les hisse par la rampe arrière. La morue se cache. Les pêcheurs sont maussades. Le stock invendu de poisson surgelé est énorme et les prix tombent... La vie est dure sur les Bancs.

Retraite, déroute de l'armée vietnamienne...

Pour me faire plaisir, le chef a bricolé une antenne de télévision orientable par gonio. Nous captons des émissions canadiennes et américaines. Le Col des Nuages. Danang — qu'il m'arrive encore d'appeler Tourane. Des enfants morts, des femmes mortes, des mouches bourdonnantes. Des scènes de panique, de détresse. Des visages. Des mouches, partout; leur bourdonnement dans les micros brouillent la voix des journalistes. Un père traîne derrière lui le corps de son enfant dans un sac de plastique. Il tient un parapluie noir, déchiré, pour se protéger du soleil. Il avance sur des dunes de sable couvertes de détritus, comme une décharge publique. Il lâche son terrible paquet. Il tombe à genoux. Il pleure. Des mouches...

Je bois un verre de whisky que me tend mon ami le chef.

« Personne ne nous aime »,dit le président Thieu.

Un avion américain qui évacue vers les États-Unis des petits orphelins vietnamiens s'écrase dans un marécage, en bout de piste à Ton Son Nut — 250 enfants morts. Un soldat de Saigon fouille les débris et jette un regard effrayant à la caméra qui l'épie : « Il nous en reste encore d'autres que vous pourrez emporter en souvenir », dit-il, en anglais, comme s'il nous crachait au visage. Encore des mouches, bourdonnantes...

Je bois un whisky.

Sur la passerelle. Le froid saisit. La mer morte, noire,

blanche; morte et glacée. Le soleil énorme, rouge, sans chaleur, sans rayon; mort lui aussi. Deux bœufs portugais tirent leur chalut. De petits hommes en jaune s'agitent. Les mouettes deviennent folles; elles crient, elles sont des milliers — une cacophonie rauque d'une violence et d'une confusion désespérée — elles plongent sur la poche du chalut qui émerge. On pourrait croire qu'elles se battent dans leur hâte d'arracher un peu de poisson. Les petits hommes titubent; eux aussi ont l'air de se battre, ou de défendre leur pêche contre l'avidité des oiseaux. Le soleil s'élargit encore.

Le médecin-chef de l'hôpital de Saint-Pierre est malade, je suis désigné pour le remplacer pendant quelque temps.

La nuit, en pleine tempête de neige, l'*Eole* embarque le pilote dans le secteur vert du feu du Petit-Saint-Pierre. Au loin on devine parfois les palpitations du phare de Galantry. Le pilote hésite à nous accoster au frigorifique du Cap à l'Aigle.

« Mieux vaut rester en rade. »

Nous avons un blessé, le commandant décide de le transférer sur le bateau pilote. Je le drogue un peu pour qu'il ne souffre pas trop et j'embarque avec lui. L'officier des pêches me fait un clin d'œil de connivence.

Je deviens un notable, cela m'amuse un temps. Je suis reçu par le gouverneur, par les professeurs du lycée, par l'évêque des Territoires (un Alsacien, lui aussi), par le directeur de la station de télévision (que tout le monde ici appelle le Roi Soleil) et sa jolie femme.

C'est le Roi Soleil qui me fait découvrir Saint-Pierre et ses habitants. Ils sont joyeux, heureux, hospitaliers, pleins d'histoires et de rêves. Ils aiment leurs rochers, leurs arbustes nains, leurs tempêtes, la chasse à Langlade et la pêche en doris. Il fait froid et nous buvons beaucoup.

Les chalutiers allemands, espagnols, japonais, portugais, viennent et s'en vont. Pour quelques heures les équipages animent les rues, le samedi soir on va danser et toute la ville est là.

Ma journée de travail finie je vais traîner à *la Morue joyeuse*, boire un Black Bush avec le Roi Soleil, le gendarme et Madame (comme naguère une bière tiède avec Cao Giao, au bord du fleuve). J'y retrouve parfois le vieux monsieur très digne. Il me parle de contrebande d'alcool, de poursuites, de naufrages, d'équipages aveuglés par le blizzard, de cris dans la nuit, d'un trésor enterré à Miquelon... Et nous sommes bien au chaud. Et nous buvons notre merveilleux whisky irlandais aux reflets acajou.

L'île aux Marins est déserte, plus personne n'y habite depuis très longtemps. Un des frères Le Clinche — celui qu'on appelle le Diable parce qu'il n'est pas beau à voir (il a perdu un œil, crevé par un hameçon, il porte un bandeau noir, une grande barbe et un bonnet rouge) — m'y conduit dans son doris. Un labrador noir monte la garde et chasse les poules d'eau sur la grève pour se nourrir. Les maisons décapées par le vent sont intactes : il y a l'église avec ses ex-voto pendus à la voûte (bateaux en bouteille, modèles réduits de goélettes, peintures naïves...); le café avec quelques verres vides abandonnés sur le comptoir; la mairie avec la photo encadrée du président Lebrun face au buste de Marianne; l'école chrétienne avec la dernière leçon de catéchisme encore inscrite à la craie sur le tableau noir :

« *Qu'est-ce que Dieu?*

Dieu est un pur esprit, infiniment parfait, créateur du ciel et de la terre, souverain maître de toutes choses... »

Le Diable me raconte qu'un jour de brume un yacht américain s'est échoué de l'autre côté de l'île. Un homme et une femme ont nagé jusqu'à terre pour chercher du secours. Ils ont couru en aveugle vers les maisons, frappé à toutes les portes en criant : « au secours ». Et personne ne leur a ouvert, bien sûr, personne ne leur a répondu; ils n'entendaient que les aboiements du chien et les beuglements lointains de la sirène de Galantry.

« J'crois qu'ils sont devenus fous, dit le Diable, en tout cas ils criaient comme des fous. Je pêchais près de l'île au Massacre et j'les ai entendus jusque-là malgré la brume qui étouffe les bruits. J'suis allé voir. Ils avaient laissé toutes les portes ouvertes; elles grinçaient et tapaient dans le vent. Ils ne criaient plus mais j'ai entendu un drôle de chant lugubre... Vous savez on a beau ne pas croire aux... dans la brume on voit des choses qui ne sont pas et on entend des bruits qu'on ne connaît pas. C'est le chien qui m'a guidé vers l'église : ils étaient là tous les deux à genoux, en train de prier et de chanter des cantiques. La femme a poussé un hurlement quand elle m'a vu. Raide folle. C'est elle qui avait fichu la frousse au bonhomme. Elle croyait que le monde était mort. »

Six cents ressortissants français et étrangers enfermés dans l'ambassade de France à Phnom Penh. La ville a été entièrement vidée de ses habitants par les Khmers Rouges, même les blessés et les malades des hôpitaux.

Trois millions de gens jetés sur les routes. Où vont-ils? Combien survivront? C'est le temps de la mousson du sud-ouest. Il fait chaud, mais la pluie tarde encore. Les essaims de mouches noires font entendre leur bourdonnement grave. Phnom Penh est morte. Y a-t-il aussi là-bas une dernière question sur un tableau : « *Qu'est-ce que Dieu?* »...

Durs combats à Xuan Loc.

Les derniers soldats du Sud se font tuer, pour rien, par désespoir.

Des réfugiés, toujours, affluent dans Saigon. Des morts, des blessés, des malades. Il n'y a pas assez de médecins.

Et moi je suis ici!

Bien sûr j'ai été expulsé. Je me suis laissé expulser, pour être tout à fait honnête. Avec un peu d'insistance j'aurais pu rester... Je pressentais la tragédie.

J'ai dit avoir choisi mon peuple, et voici que je suis ici.

Là-bas, dans la foule, retentissent des gémissements, des sanglots, des cris de peur et de douleur, des appels...

« *Pierre suivait de loin...* »

Un jour de blizzard (de « poudrin », comme on dit ici), le *Damoclès* glisse, fantomatique et silencieux, dans le port. Sa corne de brume retentit trois fois.

Il disparaît complètement, effacé dans une rafale de neige qui étouffe tous les bruits.

Au loin la sirène de Galantry, comme la plainte d'une bête. Une ombre grise... Une étrave, des cris, des amarres lancées... Un œil peint qui me regarde.

ÉPILOGUE

LE COUCHER DU SOLEIL

Conduire une barque au naufrage.
Savoir qu'elle y va. L'y conduire.
D'une main sûre.
...

Jean CHAUVEL,
D'une eau profonde.

Au coucher du soleil nous sommes tous réunis à *la Morue joyeuse*. Il y a là le grand Le Clinche et le Diable son frère, la « Corvette Mimosa », le vieux monsieur dont les yeux bleu d'eau voient plus de choses qu'il n'en existe, le Roi Soleil avec un de ses cameramen et un preneur de son, le gendarme et Madame derrière le comptoir. L'*Eole* est accosté au frigorifique du cap à l'Aigle — il vient me rechercher. La campagne d'assistance à la grande pêche est terminée : nous rentrons. Le Mongol, le jeune biffin, l'officier des pêches, le commandant; ils sont tous venus eux aussi, même le vieux maître à face de gnome. Nous buvons des Black Bush. Il y a aussi des Portugais, des Espagnols, des Japonais, des Allemands, des Turcs; la clientèle habituelle. Le soleil a disparu derrière les collines qui masquent la pointe de Savoyard, le ciel est rouge; très haut un avion laisse une traînée que les derniers rayons font briller comme de l'or — cap à l'est. Le phare de Galantry s'allume. Tous les comptes sont réglés et les adieux sont faits, nous rentrons.

« Alors, l'avez-vous vu? »

L'*Eole* venait à peine d'accoster que l'enseigne me hélait déjà de l'aileron.

Un peu plus tard je le retrouvai au carré, avec le chef et l'officier des pêches. Le maître d'hôtel essuyait des verres, l'air indifférent, je sentais que lui aussi attendait.

« Alors, Docteur, racontez-nous ça.

— Oui, je l'ai revu... »

Que veulent-ils donc que je leur dise? Il n'y a rien à dire. Qu'espéraient-ils?

Oui, j'ai revu Willsdorff. Il n'a pas changé, long et maigre, quelques cheveux blancs dans sa tignasse crépue, des rides plus creuses — ses pattes d'oie au coin de l'œil lui donnent toujours l'air moqueur et heureux. Il a peut-être perdu cet aspect juvénile qu'il avait encore à Haiphong à notre dernière rencontre; son visage nettement taillé, comme ceux de certains portraits de Dürer, a enfin rattrapé son âge.

Il était dans sa cabine. Il m'a regardé longtemps, sans rien dire; il scrutait mon visage, comme je le fais parfois le matin avant de me raser. J'ai eu l'impression qu'il retrouvait dans chacune de mes rides les traces de toute ma vie : le bien et le mal — les lâchetés, les veuleries, les reniements, l'alcool et aussi cette part de moi-même que je sais la meilleure.

Il avait l'air de rire.

« Quel long chemin, hein! » dit-il enfin.

Son rire est resté le même.

Diên Cái Dâú (« Monsieur ma Conscience ») était assis sur le bureau, sa queue enroulée autour de lui — noir avec une cravate blanche (comme Monsieur

Dégouzzi et Mimi le Rat), très maigre, presque famélique. (Il devait revenir d'une de ses fugues!). Lui aussi m'observait, impassible. Son verdict tomba : il me tourna le dos.

J'ai revu Willsdorff. Le *Damoclès* avait une avarie de treuil et devait rester huit jours à Saint-Pierre pour réparer. Nous avons été pêcher ensemble sur le doris des frères Le Clinche; nous avons chassé dans la neige à Langlade avec le Roi Soleil; nous nous sommes promenés dans l'île aux Marins, seuls, suivis de loin par le labrador noir. Nous ne disions rien... Une fois, pourtant, j'ai parlé de notre vieux commandant : « Il est mort... — Je sais, je sais. » Willsdorff n'a rien voulu ajouter d'autre.

Le soir nous allions à *la Morue joyeuse.* Madame était toute rose et le gendarme ne savait trop quelle contenance adopter. J'ai offert un verre à tout l'équipage — aux deux Tonkinois de la Cat Ba, aux trois harkis d'Algérie, à tous les anciens de la *Marie de Grâce,* à Bongo Ba le nègre du *Damoclès* qui a fait danser Madame plusieurs fois... Diên Cái Dâú n'a pas pissé sur le comptoir.

Oui, j'ai revu Willsdorff!

L'*Eole* est revenu me chercher. Le *Damoclès* réparé appareille tout à l'heure pour le Labrador et le Groenland. L'officier des pêches voulut organiser un de ses cocktails mais Willsdorff n'avait pas le temps de venir à bord, alors on a tous décidé de se retrouver à *la Morue joyeuse.* Willsdorff est arrivé accompagné d'un de ses Tonkinois et de Bongo Ba qui voulait danser une dernière fois avec Madame et revoir les gens de l'*Eole*. Une soirée d'adieu, comme tant d'autres.

Dans le brouhaha, j'ai soudain entendu l'enseigne demander à Willsdorff — il était droit comme un piquet, un peu rouge, il avait avalé d'un trait son verre d'alcool pour se donner du courage, sa voix mal assurée tremblait légèrement — je l'ai entendu demander :

« Capitaine, avez-vous besoin d'un bon premier lieutenant?... »

Willsdorff le regarda, il avait l'air de sourire, cruellement.

« ... Je donnerais ma démission... je voudrais... Si vous avez besoin d'un lieutenant, Capitaine, je... »

Il était très droit mais se cramponnait d'une main au comptoir, je voyais blanchir ses phalanges. Le commandant et l'officier des pêches ne bougeaient pas. Le Mongol riait silencieusement. Une sorte de vide s'est fait autour de Willsdorff, il n'avait pas l'air étonné par la demande de l'enseigne, il le regardait sans rien dire. Le silence était embarrassant.

Non, il ne lui a pas dit : Suis-moi. Je ne sais pas ce qu'il lui a dit. Monsieur ma Conscience a miaulé et je crois que le gendarme s'est mis à rire, bêtement — ou le Mongol, ou le gnome, ou le Diable et son frère le grand Le Clinche, je ne sais plus. Je n'ai pas pu entendre ce qu'il lui a dit.

Le Roi Soleil et son équipe étaient très excités : « Nous, on part, nous on part avec vous », criaient-ils. Ils voulaient réaliser un reportage : *les Travailleurs de la mer*, et Willsdorff avait accepté de les prendre à son bord.

« Nous partons, nous partons! »

L'enseigne était un peu rouge — mais c'était peut-être l'alcool, le Black Bush est traître.

Le soleil est couché. La trace rose de l'avion se dissout lentement dans l'est. Une corne de brume retentit trois fois, le chien noir de l'île aux Marins lui répond en hurlant.

« Il nous appelle, il nous appelle. Adieu », crie le Roi Soleil, et il se sauve en courant avec son équipe.

Le commandant et l'officier des pêches sont partis, emmenant avec eux l'enseigne. Le Mongol raconte une histoire au vieux fou décoré de la Légion d'honneur. Il m'ennuie, mais j'écoute quand même.

« ... Trois mécréants sérieusement éméchés rentraient par la lande à Cogne-le-Vent, précédant notre bon recteur qui cette nuit-là avait été lui aussi un peu trop tenté par le gwin ru. Arrivé devant le calvaire que le rayon du phare d'Eckmühl balayait parfois, un des mécréants eut une idée d'ivrogne : " Je vais lui faire perdre sa foi. " Il expliqua aux deux autres qu'il allait monter sur le calvaire et interpeller le recteur à son passage. Pour faire plus réaliste, il se déshabilla et ne garda qu'une serviette autour des reins. Les autres durent l'attacher parce qu'il était trop ivre et n'arrivait pas à garder les bras en croix. " Cachez-vous, on va bien rigoler "... »

Une petite flamme folle brille dans les yeux bleu d'eau du vieux monsieur. Le Mongol rit.

« ... L'innocent recteur arrive, plein de joie et de vin rouge. Le mécréant en croix se met à brailler : " Il n'y a pas de Dieu, pas de paradis, pas de péché;

tout ça n'est que mensonge. Il n'y a rien. Ha! ha! ha! » Le pauvre vieux recteur tombe à genoux, en se reprochant d'avoir abusé du fruit de la vigne et de la peine des hommes. " Il n'y a rien ha! ha! ha! Rien! rien! " braille l'autre. La nuit, le vent, les mouettes qui se mettent de la partie, cette voix qui vient du calvaire, ce corps blafard de crucifié; il y a de quoi faire peur au plus courageux. " Arrière Satan... *Vade retro Satanas*... — Il n'y a rien. Rien! rien! ha! ha! " Le saint homme est un peu ivre mais pas idiot, il devine qu'on lui fait une mauvaise farce et s'en va. Le mécréant prend peur : " Ohé! ho!Il n'y a rien, n'est-ce pas? Ohé! ho! Il n'y a rien! " Sa voix est angoissée maintenant. " Il n'y a rien... Ohé! ho! Rien... Au secours... au secours... ! " »

La corne de brume. La nuit est presque tombée. Le *Damoclès* glisse le long de la jetée. Je vois Bongo Ba sur le gaillard d'avant qui agite son bonnet. Il y a aussi quelqu'un sur l'aileron qui fait des gestes — peut-être le Crabe-Tambour ou le Roi Soleil — je crois entendre un grand cri : Adieu Pierre? Adieu Saint-Pierre? Je ne sais pas. Les mouettes sont devenues folles et le chien de l'île aux Marins hurle.

« ... Ce sont les gendarmes qui l'ont décroché le lendemain, mort de froid et d'épuisement. Le vent avait arraché sa serviette et il avait vomi tout son vin. Ses deux compères avaient détalé pleins de terreur, le laissant dans la nuit. »

Je bois trop. Le phare de Galantry palpite : Attention... Attention... Attention.

Willsdorff m'a donné un bateau en bouteille, la

corvette qu'admirait tant l'officier des pêches. Un Japonais veut l'acheter.

Je bois. Le Mongol me guette de ses yeux de chat.

Il rit. Nous rions. Nous buvons. C'est la plus triste nuit d'ivresse. Dehors le phare de Galantry palpite indéfiniment. Il fait froid.

En retournant à bord, je jette la bouteille à la mer. Je la regarde dériver dans le courant à la lueur des étoiles. Je suis ivre.

Au diable tout ça!

Nous rentrons...

Et voici que la peur me dit : « Ha! ha! A nous deux maintenant. »

TABLE DES MATIÈRES

CET OUVRAGE A ÉTÉ ACHEVÉ
D'IMPRIMER LE 22 SEPTEMBRE 1977
PAR FIRMIN - DIDOT S.A.
PARIS - MESNIL
POUR FRANCE LOISIRS

Dépôt légal : 3e trimestre 1977
N° d'édition : 3336
N° d'impression : 1405